U0106083

21世纪
人生职业规划

在职业生涯中，应有目标，这样才不会盲目；应有追求，这样才会有动力。只有通过对你的职业生涯进行设计，才会使你有一个新起点，有一个新的发展，有一个新的未来，才能站立在你以前的经历和财富上追寻更大的成功。

21世纪
人生职业规划

成就人生事业的关系

- ◆职业规划的八大步骤
- ◆生涯设计的四大准则
- ◆另谋职业的五大理由
- ◆成功谋职的八大要诀
- ◆21世纪的热门职业

李 宏 周正训◎著

金城出版社

21世纪人生职业规划

李宏　编著

金城出版社

图书在版编目(CIP)数据

21世纪人生职业规划/李宏编著. －北京:金城出版社,2001.1

ISBN 7－80084－316－5

Ⅰ.2… Ⅱ.李… Ⅲ.职业选择－通俗读物 Ⅳ.C913.2－49

中国版本图书馆CIP数据核字(2000)第77610号

金城出版社出版发行

(北京市朝阳区和平街11区37号楼 100013)

北京中原印刷厂印刷

850×1168毫米 1/32 9.25印张 220千字

2001年1月第1版 2001年1月第1次印刷

印数:1－5000册

ISBN 7－80084－316－5/F·14

定价:15.00元

前　言

自己决定自己命运

在告别20世纪,迎接21世纪的曙光之际,世界范围正在进行一场新技术革命。新技术革命对职业的冲击巨大,带来崭新的人生职业前景。未来的职业需要更多的受过良好教育的工作者,每个人生中或许将涉足三个迥异的专业领域。高素质、强能力,是每个人在21世纪取得竞争力的关键。

所有的人都希望能够把握自己的命运,然而,实际上不同职业决定不同的人生。特定的职业意味着不同的发展机会与空间,也决定不同的生活方式、社会地位、收益。由于受时间限制,你只能在特定的行业中谋求成功。

因此,人生的关键只有几步,特别是当人年轻的时候,在选择行业和职业时,一定要理解其对人生的意义。所有的职业无所谓好坏,关键看是否适合自己。职业生涯规划作为对人生的总体设计,会为你带来准确的定位、稳定和合适的职业以及操练职业事务的策略。

笔者认为,进行人生职业规划,要把握好下列要点:

1. 设定生涯目标

一个人事业的成败,很大程度上取决于有无正确适当的目标。你应该在某一领域成为行家里手,如专家学者、企业家、政治家、律师、会计师、广告大师。一个人的目标越高,他取得的成就越高。

当然,生涯目标应以人生现实为基础。

2. 利用人生资源

人生的成功,直接依赖于特定个人可以动用的资源。人生的资源主要包括时间资源、知识资源、人际关系资源、金钱资源和身体资源。你必须接近潜在的可能被您动用的资源,在人生职业规划中充分利用。

3. 做出职业选择

在做职业生涯规划时,要评估自己的兴趣、特长、性格、学识、技能、智商、情商以及组织管理、协调、活动能力等。咨询未来有潜力、有发展、稳定、热门的职业。将个人因素与职业选择结合起来,这对刚步入社会初选职业的年轻人非常重要,对于在职人员调整自己的职业也很重要。

4. 讲究行动策略

在职业生涯中,你可能要面临求职、跳槽、升迁、辞职、业务等各种事情。你可能遭遇求职失败、人事难题、职业定位、职业忌讳、劳动法规等事情。如何选择恰当时机、把握行动策略是人生职业规划实施的要害。

在21世纪,许多传统的就业渠道不复存在了,你必须考虑采用新的职业生涯发展策略。上面论述的四点及书中的内容,会为你带来崭新的职业生涯图景和操作绝招。

希望本书对在21世纪有理想、有抱负、想定位、想成功的所有人士有所帮助!

编　者

2000年11月

目　录

启示篇　21 世纪你准备做什么

• 职业决定不同的人生　2
• 高新技术带来的生涯前景　3
• 成功人生的关键——资源　5
• SOHO 族：在家上班的人　7
• 知识青年当农场主　9
• 西部大开发，年轻人的事业天地　10
• 职业生涯新规则　11
• 案例：张朝阳：用别人的钱圆自己的梦　14
　　　吴士宏：我为什么离开微软　16

定位篇 把握人生坐标

坐标原点：人生职业规划

• 勒刚的黄金之路 21
• 人生策划——择业与升迁 23
• 职业规划的八大步骤 24
• 生涯设计的四大准则 30
• 求好、求稳、求全 33
• 个人定位的五大陷阱 37

坐标轴一：职业与兴趣
——事业成功之母

• 从迟钝到天才——帕弗利克的故事 41
• 喜欢干一件事需要理由吗 43
• 自测：我喜欢干什么 44

坐标轴二：职业与气质
——增强适应性

• 多血质人适合干什么 51
• 抑郁质人适合干什么 52
• 胆汁质人适合干什么 53
• 粘液质人适合干什么 54

• 另类气质与职业选择 55
• 自测：我是哪种气质 57

坐标轴三：职业与性格

——性格决定命运

• 汽车巨子之死 62
• 性格的四大特征 63
• 性格决定职业 65
• 自测一：你对自己的看法如何 67
• 自测二：你是怎样看待自己的 69

坐标轴四：职业与需要

——追求多重满足

• 由低到高的职业需要层次 73
• 无法满足的职业需要 74
• 新职业是否真的想要 75
• 培养正确的职业观 76
• 自测：你是否符合社会需要 77

坐标轴五：职业与价值观

——人生的自我实现

• 人生价值取向与职业类型 81
• 甜蜜的陷阱——七大误区 84

• 判断你的职业价值观 86
• 职业态度引导职业行为 91
• 案例：高薪人士缘何“跳槽” 92
• 自测：个性价值与工作类型 94

坐标轴六：职业与能力

——发挥自己特长

• 能力的个体差异 98
• 天生我才必有用 100
• 职业能力要求与锻炼 101
• 案例：新闻人才“有本事就有饭吃” 104
• 自测：职业能力倾向 107

另类人生：自己创业打天下

• 创业者：和平年代的新英雄 111
• 天将降大任于斯人也 113

选择篇 谁让我心动

——21世纪27种热门职业

职业选择：三思而后行

• 为什么要找新工作 117

- 四位成功人士的现身说法 118
- 另谋职业的五大理由 121
- 跳槽——并非现代人的时尚 123
- 谋划职业：该出手时就出手 125

搭上新经济的快车

- 电脑工程师 129
- 网页制作者 130
- 网络媒体开发者 132
- 多媒体产品策划人才 134

一证在手，走遍天下

- 商务策划师 136
- 保险精算师 138
- 注册会计师 139
- 律师 141
- 专利代理人 142

创造就是生命

- 广告人 144
- 自由撰搞人 145
- 旅游从业者 146

代人理财，皆大欢喜

- 个人投资顾问 148
- 基金经理 149
- 证券经纪人 151

听我一席话，胜读十年书

- 职业咨询师 153
- 心理医生 154
- 信息咨询师 155
- 培训师 156

给别人美丽，给自己前途

- 美容师 159
- 摄影师 160
- 时装设计师 161
- 高级园林绿化工程师 162
- 室内设计师 163

白领中的白领

- 公共关系优化与管理 165
- 人力资源经理 166
- 保险代理人 167

实务篇　成功谋职要诀

要诀一：选择成功的职业模式

• 刘学钦式：挑战新环境，尝试新人生　171
• 王文京式：重新定位，走向创业　172
• 求伯君式：发觉希望，激发潜能　174
• 铃木式：就业创业两手抓　175
• 附录：职业失败模式
　汤姆式：未经三思，冒然行动　178
　郑虹式：做一行，厌一行　179

要诀二：兵马未动，探子先行

——获取职业信息及估价

• 研究就业信息　181
• 翻阅公开出版物　183
• 从中介机构了解信息　186
• 参加人才交流会　188
• 谋职者关系网络　190
• 从专业学会和协会了解信息　194
• Internet 职业库　195
• 附录：29 家人才网网址　198

要诀三：方寸之间，尽显风流
——撰写漂亮的个人简历

• 个人简历的要求 199
• 人个简历的结构 200
• 撰写个人简历的准备工作 200
• 个人简历的必备内容 203
• 两种形式的个人简历 206
• 最后检查的四大法则 208
• 附录：中文个人简历及英译 209
• 附录：英文个人简历及中译 212

要诀四：不卑不亢，应对自如
——面试成功要诀

• 面试成功五个要点 217
• 如何回答棘手提问 220
• 典型的棘手问题举例 223
• 附录：绵里藏针的 13 个提问 230

要诀五：办公室兵法
——上班族的游戏规则

• 了解单位的特色与要求 233
• 搞好人际关系 234

• 好汉不言勇 235

• 坚持自己的目标 236

• 扭转立场，重新定位 236

要诀六：职场秘笈，招招封喉

——实用六绝招

• 机智跳槽三步曲 238

• 成为择业专家 239

• 与猎头公司交朋友 241

• 以退求进，逆向求职 243

• 骑驴找马，找了再跑 244

• 避开职业忌讳 245

• 附录：诺基亚职业经理访谈录 246

要诀七：轻轻地我走了，不带走一片云彩

——办好辞职技巧

• 阐明辞职理由 248

• 正确的辞职程序 251

• 选择恰当的辞职时机 253

• 绅士般离去 254

• 附录：一封规范的辞职信 256

要诀八：遭遇司法

——掌握职业法规

• 劳动合同的签订与解除 258
• 商业秘密的保护 262
• 案例：南京“机五医”跳槽风波 265
• 用法律保护自己的利益 268
• 有关辞职的法律规定 271
• 附录一：劳动合同书 273
• 附录二：终止、解除劳动合同书 275
• 附录三：终止、解除劳动关系证明书 277

启示篇

QISHIPIAN

21世纪你准备做什么

一、职业决定不同的人生

俗话说,好男怕入错行,好女怕嫁错郎。不同的职业实际上就是不同的行业。特定的职业,通常意味着不同的发展机会与空间,也决定了不同的生活方式。成功的人生一定要理解这个事实,第一份工作决定了您的人生! 同一起跑线上的同学几年的时间会有了巨大的差异,其中最重要的原因就是选择了不同的职业,进入了不同的行业。选择了一份职业,也就选择了一个行业。

小王是一名女生,毕业后回到了原籍的省会城市,一直干一些办公室事务性的工作。跳槽的频率很高,反正都差不多,几年之后,意识到确实没有更好的发展机会,就想方设法移民到了国外。

小赵毕业后直接上了研究生,研究生毕业之后,留校做了教师,同时搞搞科研。收入虽然一般,但很稳定,未来的发展方向应当是在学术上有所建树。

小李一毕业就进入了某化工原料销售公司,尽管与专业对口,但毕竟没有实务的经验。几年下来,没有大的发展,唯一的好处就是一个小白领,上班的公司是大型的跨国企业,办公地点是城市的高档写字楼。为了今后的考虑,开始攒钱,希望一段时间后买房成家。

小周专业对口,干的是本行业。在工厂呆了三年,成为很有经验的技术人员。合同期满之后,很多同行的老板纷纷想"挖"他,原来的老板也提出了很优厚的条件试图挽留小周。小周经过仔细考虑之后,与另外的一个老板合作开了一家贸易公司,专门提供科技含量很高的化工原料。由于小周本身对实务技术很有经验,卖原料的同时还都提供技术支持,具有很高的竞争力。良好的业绩使很多化工原料的供应商,纷纷与小周合作,生意如日中天。到底赚了多少钱,小周一直不说,但一年之后买了房买了车。

小邓放弃了专业,进入了一家小型私营企业。几年下来,小邓发现了一个事实,自己已经不可能进入三资企业发展,只能在现有行业中的私营企业发展。尽管收入很高,但没有前途;唯一的前途就是自己在本行业中创建一个小型企业,做一个小老板。

由于受时间资源的限制,人生有限的时间内只能在特定的行业中谋求成功。在选择行业的时候,一定要理解特定的行业对人生的意义,自己可能在特定行业中出任的职务,以及在行业中是否会有所发展。所有的职业无所谓好坏,关建看是否适合自己。

二、高新技术带来的生涯前景

在人类准备告别20世纪,迎接21世纪的曙光之际,世界范围内正在进行一场新技术革命,一些新技术被广泛应用于社会生活的各方面,使社会生活方式发生着巨大的变化。高新技术是国际经济和科技竞争的重要阵地,发展高科技,实现产业化,是带动产业结构升级,大幅度提高劳动生产率和经济效益的根本途径。高新技术包括了微电子、激光、光导纤维、新能源、新材料、生物工程、海洋工程、空间工程方面等,其发展速度之快是空前的,可谓日新月异。在令你眼花缭乱的高新技术的牵动之下,电子计算机不仅大大提高了人类的工作效率,而且做出了许多人类不能做的事情,并加速了不少职业走向没落和淘汰,例如电报发报员、电话接线员、(机械)打字员等;但与此同时,一个个新职业也破土而出,从而给世界描绘出一幅崭新的职业生涯前景。

未来职业生涯趋势如何?职业生涯的发展前景一片光明。美国未来学家在《未来热门职业500种》一书中列举的职业,有近1/4的职业可归类于“计算机职业群”之中。未来的职业形态还将打破原来的专业界限，使职业名称更加模糊化，要求从业者具有多方面的职业知识、能力和技能，如会计软件专家、环境控制工程、电子律师等。据美国俄克拉荷马大学专家分析，未来“每个人一生中或许将涉足三个迥异的专业领域”，而拥有触类旁通的能力，是在21世纪取得竞争力的关键因素。

专家预测，未来互联网络上流动的联机广告将提供数目可观的就业机会。美国劳工统计局认为，作家、艺术家、设计师、演员和公共关系专家的就业机会将增加。当然，电脑对那些仍按传统方式工作的脑力工作者施加了无形的压力，迫使他们更努力地工作和尽快改变原有的工作方式，以免重蹈其同事被免职的覆辙。对于那些幸存保住职位的人来说，不久他们也将面临来自和电脑一起长大的下一代人的残酷的就业竞争，这是与许多成年人愿望相背的，但又不得不接受的事实。电脑时代的孩子们生活在一个充满新鲜名词的世界里，他们的成长意味着争夺现代职业的竞争会越来激烈，对此，你决不能熟视无睹，至少要保持一定的危机感。

专家指出，未来白领蓝领阶层的界线将越来越模糊，这就要求你要向专业化方向发展。

在这些新技术革命带来的职业中，有些职业将对你的社会生活产生深刻的影响。美国国际预测公司总裁马文·塞顿博士认为：“预计几乎所有的工程和科学领域中的就业机会都有很大增长。技术专家所面临的挑战，无论是数量上还是复杂程度上都绝不亚于我们所经历的历史上的任何挑战。基因工程、人工智能、有视听和思维功能的电子计算机、机器人、核能源、电讯……各种职业的抉择机会几乎无穷无尽。”

新技术革命对职业的冲击是全方位的，未来的工作具有两个显著特点：一是各种就业岗位需要更多的受过良好教育、掌握最新技术的技术工人，而对单纯的体力劳动者或操作人员需求量将明显减少;二是只有少数人能拥有"永久性"的工作,而从事计时工作、计件工作或临时性工作的人会越来越多。

在现代社会里它使得许多职业改变了对你的素质要求和评价标准,你要想成为一个真正的"现代人",从事真正的"现代职业",就要防止成为未来"获得博士学位的文盲"。也许这能给准备走向21世纪的你很好的启示。

三、成功人生的关键——资源

一名资产1000万元企业的总经理,不成功都很困难。事实上,能否动用相关的资源,以及资源的规模,是人生成功与否的重要标志。

所有的新人起步的时候都一无所有,自己可以控制的资源十分有限和脆弱。人生职业的发展,实际上就是一个逐渐增加个人可以动用资源的过程。

如果您可以动用特定的外界资源,您通常可以获得成功的人生。如果您一辈子仅仅可以动用自己的收入,即使是一名优秀的个人理财专家,您的成功也十分有限。人生的成功,直接依赖于特定个人可以动用的资源。您必须接近潜在的可能被您动用的资源。

人生资源主要有以下几种:

1. 时间资源

时间就是生命,时间就是金钱。

人常说,年轻就是资本,这是指年轻人有时间干自己想干的事业。即使挫折、失败也可从头再来。而上年纪的人只有感叹年轻的可以选择尝试多种职业的份。但是,由于人生不过几十年,如白驹过隙。在有限的时间内,在激烈的竞争环境中,一个人只能在特定的行业中谋求成功。

2. 知识就是力量

未来学家、战略学家指出,衡量21世纪国家的战略地位,首先要看这个国家的知识状况,如科技力量、学校数量、受过高等教育的公民的比重。可见知识是一个国家的战略资源,也是发展知识经济的关键。一个人拥有的知识,与他成功的机率成正比。

在未来,在某一行业、专业领域里学有所专的人才大受用人单位欢迎。

3. 人际关系资源

众所周知,办成一件事,或一个人的成功,专业知识、业务能力固然很重要,但人际关系的贡献竟然占60%~80%。可见,人际关系对人生的决定性影响力。

在人生的道路,有三大人际关系资源需要精心经营:

①亲缘关系。包括父母、夫妻、兄弟姐妹、叔叔阿姨等亲戚。他们是你事业的坚定支持者。

②学缘关系。同学之间的关系是在纯情年代结下的深厚友谊。很多人的成功得益于同学的帮助和提携,同学不但帮助你解决问题,而且提供各种机会。微软总裁巴尔默就是比尔·盖茨的大学同学,盖茨不但将他从学校中拉到微软公司,而且给股份,给职位。如今,巴尔默身价几百亿美元,还担任微软公司总裁。

③业缘关系。处在同一行业内的同事、伙伴,由于业务、工作上的关系,在日常生活中接触最多。无数事实证明,你身边的人对你最重要。古人云,远亲不如近邻。这两句话都说明,业缘关系,可以在工作上、生活上使你受益匪浅。

4. 健康的身体

身体是革命的本钱。工作需要健康的体魄、充沛的精力来支撑。在未来社会,加班很正常,特别是重大项目攻关阶段。保持好身体的关键是劳逸结合,有张有弛。一些行业和特殊工作岗位聘用人才,首先看身体。如市场推广人员,要"能适应工作强度,能经常出差";模特职业对身高、体型有特殊要求。

公共礼仪人员招聘也同样挑剔身体、形象。像近视、色盲、多病的人在很多职业中多受到限制。

5. **金钱资源**

钱是生活的基本来源。适当的钱可以满足日常吃穿住行的消费。此外,好的职业需要好的教育,职业培训需要学费。有了资本还可以去创业,干一番自己的事业。

资源是人生职业成功的关键。是否走向辉煌,就看你如何整合这些宝贵的资源了。

四、SOHO 族:在家上班的人

信息技术的发展已使越来越多的职业可以在家上班,例如文字工作者、教师、职业和教育顾问、保险代理人、证券经纪人、房地产经纪人、旅游代理人、广告撰搞人、记者、编辑、营销师、美术设计者、艺术创造者、会计和翻译工作者等。这些职业都能使从业者,特别是家庭主妇既能照顾家庭,又能踏足社会;更重要的是,当她们重新回到公司上班时不会感到不适应。杜邦公司的一项调查也表明,有 58%的男性员工愿意采取较多家庭时间的弹性上班制;而如果别的公司提供较多的工作弹性,有 40%的人将考虑换工作。

电脑进入家庭,可用于写作、方案处理、计算、设计、资料查询,它无疑是公司职员、作家、律师和科技工作的好帮手;另外,计算机可用于知识储备、职业训练、教学辅导、娱乐游戏和家庭影视等等。这样,就很容易在家里营造出一个与办公室不相上下的工作环境。

1994年美国已有760万人上班不坐班，比1993年增加了15%。据调查，美国已有11%的小型企业专门做过正式的安排，让员工有一部分时间在家里上班，而更多的企业或政府部门虽没有明文规定，但也鼓励或默认员工在家工作。例如：AT&T公司在全美国至少已有1500多人在家上班，马里兰大学允许40多名家里有电脑的行政人员必要时在家上班，一些州和市政府也实行了在家上班制。据统计，美国在家上班的人在1990～1991年间就增长了38%。

可以说，办公方式的革新速度实在太快了。七八十年代，诸如文字处理、电子表格和区域网络新技术改变了许多工商企业总经理的工作方式，实现了多少年来梦寐以求的“无纸化办公”；90年代，便携式计算机、传真机、调制解调器和移动数据网正在改变包括经理们在内的许多人的工作场所。因此，现代信息技术实际上已不仅让你能够在家里办公，还能使自己的办公室随身携带，成为“移动办公室”。许多人走遍天下，可以将自己所有的办公设备和信息带在左右，并能与世界各地保持热线联系。

和“无纸化”一样，“虚拟办公”同样是基于高度发达的电脑、通讯科技的运用；不同的是，“虚拟办公”比“无纸化”更系统、更完整地融合了现代办公工作的细节所需，并以“虚拟现实”技术来替代如传真机和复印机等物理意义上的办公设备，使电脑的作用发挥得淋漓尽致。事实上，美国科学家已经开始尝试这种最新的办公方式。典型的“虚拟办公”方式是通过带上眼罩和传感器，来检索电脑合成的三维数字图像，然后利用传感器在看到的“虚拟设备”上进行办公操作。

五、知识青年当农场主

农村随着信息高速公路的建成,将是很好的办公环境,那里将是脑力工作者理想的办公乐园。在21世纪,人口向大城市流动的趋势将被逆转,许多有抱负,有才智的人纷纷到农村创业和投资。

29岁的石昊春1993年毕业于南京农业大学并获得动物营养学硕士学位。后来进入一家生产饲料的中美合资企业工作。1996年春节,他随老师到浙江绍兴讲课,看到当地福景达农业有限公司拥有众多的猪场、鸡场、鸭场、茶园、果树,却缺乏科技人员,感到这儿是自己的用武之地。于是他只身来到江南水乡,正式落户当了一名猪馆,在短短4个月中,他用计算机为牧场编制了《肉猪的饲养与管理》、《肉鸡的饲养程序》等一整套规范、科学、完善的管理方法,年创收几十万元。

在北京郊区金盏乡的园丁农场,有20多户城里人在占地40多亩的园丁农场中划出自己的自留地,他们中除北京市民外,还有一些外国驻华使馆的"老外"。农场主人许萍是一位城里人,刚刚承包两年便已把农场建设得初具规模。越来越多的城里人带着他们的志向和远见由城里大厦向农村广阔天地走去!

在湖南衡阳市,有2000多名下岗职工不等不靠,自带技术、资金"上山下乡",在广阔的田野找到新的工作岗位。辽宁北票市许多下岗职工在蔬菜上市旺季,涌向农村打工谋职。悄然兴起的上山下乡热,正改变着人们的思想,改变着人们的职业。

农村市场潜力巨大,知识青年到农村去具有以下优势:

1. **知识技术**。知识经济时代,不但工业经济需要知识,农业经济更需要知识。四川希望集团四兄弟靠科技和知识做饲料工业,短短十几年,超速成长为我国最大的民营企业。肥力高产品的研究者陈天生挑战比尔·盖茨,声称肥力高可使农业增产70%,自己会成为世界首富。知识农业,将会带来巨大的经济效益。

2. **政策优惠**。城里人、大学生去农村工作,国家有许多鼓励的政策。如可不落户、减免税收、停薪留职、国家帮助等。有国家的鼓励,可以放心大胆地去干。

3. **资金雄厚**。农业投资和开发,相对于工业而言,资金小得多。城里人相对于普通农民,有不少余钱,加之国家贷款。自然在资金上问题不大。

4. **市场营销**。农产品的市场在城市和城里人,这对本身是城里人的经营者再熟悉不过了。他们有精明的经营头脑进行市场调查和营销规划,从农业开发经营的终端上把风险降到最低。

21世纪,旅游、生态、绿色、环保这些词预示着农村、农业、农民的美好前程。有抱负、有志气、有远见的知识青年,还犹豫什么呢?相信,农场主这种职业是一个有利于积累财富、有利于提高自己生活水平、有利于人生健康的好职业!

六、西部大开发,年轻人的事业天地

经济发达地区,通常意味着更多的发展机会。然而,发达地区的人才市场有一个饱和点,当其达到之后,许多人把眼光投向了新的地区——西部。

西部大开发,是党和国家作出的跨世纪抉择。政策、资金、资源、机制各方面的好条件为试图在中国西部一展宏图的年轻人提供了一个广阔的事业天地。

“我现在缺两样东西,资本和人才,什么人才都缺,党政人才、经济管理人才,高素质的市民,有了高档次的人才才会有好的战略策划,才能更好地依法行政。”重庆市副市长、西部开发领导小组副组长赵公卿说。

当年“孔雀东南飞”,今日“人才闯西北”。人才的跨地区流动已经成为一个基本的事实。如同美国当年开发西部一样,中国西部意味着更多的商机、机遇。如果你“宁为鸡头,不为凤尾”,不妨在开发西部、建设西部上动些心思,将其纳入自己人生的考虑之中。

通过你的努力,你会在西部成长为当地的著名官员、企业家、经理人、会计师、律师、医生、策划人、广告人、专家、学者……

当然,是否“走西口”,关键看西部是否适合你。有许多西部学子回家乡后无用武之地,一段时间又得南下北上谋求发展。不要走弯路!

七、职业生涯新规则

经济并非像有人宣称的那样正趋向停滞,恰恰相反,它正处在一种持续的结构性变动之中。显而易见,一些行业正处于转轨之中,而另一些行业则正在兴起。谁能够预测变化,分辨潮流的方向,推测商业的需求,谁就能够采取明智的决策。从而永远走在变化的前面,成为自己创造事业的契机。

在现代职业生涯领域,只有变化是永恒的主题。许多传统的就业渠道也往往不复存在了,你必须考虑采用新的职业生涯发展策略。

也许你会问:“我如果要在网上求职是不是也可以呢?”答案是:“可以”。

目前,不但有许多的超市、书店在网上有了自己的主页,同时许多人才市场网络上提供了相关类似的服务。如中国北方人才市场(http://bfrc.online.fj.cn/)的站点就是一个人才信息相当丰富的站点，你可通过网络浏览器来访问该站点中的信息。在这个站点上，你可以得到很多重要的信息。比如市场简介、公司介绍、招聘信息等。在市场简介，你可以看到北方人才市场的服务内容和方式等。在业务指南里你可以找到有关求职的具体事项，如办理登记手续等等。如果你现在正在谋求一份新的工作，那么招聘信息将是你必看的一个栏目。另外在政策法规中你还能了解到有关科技人员的规定和条例等。总之在这个人才市场上，你能够得到比传统人才市场更大的收获。

你不但可以在网络上查找用人信息，同时还可以用毛隧自荐的方式将自己的个人信息发布到相关的人才库中，供用人单位进行查找。“人才职业服务盟网”(http://www jobs. com. cn/)这是一个专门提供人才信息服务的站点。在这里你可以找到很多的相关信息，而且还可以将你的个人信息加入人才数据库中。

当今就业方式呈现出多样化发展的趋势，终身从事一份全日制工作不过是这众多方式中的一种选择罢了。除此以外，最新出现的有“超边界工作制”(跨越地理边界、跨越国际时区的工作)和“有效工作制”(任何地区、任何时间都可参与的工作)。

能够承受经常变化的工作环境所带来的压力和负担，是成功人士的“必备素质”之一。能否不断提高你的专业技能，取决于你自己，而不是你的老板。你的工作处于不断被淘汰或革新的状态之中，老板对你的业绩的评估越来越取决于你所带来的“附加值”的大小。

你对公司是否具有长久的吸引力，将日益取决于这些因素：近期工作表现；你的特长的实用性及你与公司核心业务的相关程度；你对公司所作的贡献。许多公司都越来越倾向于培养小范围的核心力量，这些人员凭借其某一方面的专长或参与特定的项目而获取报酬。

必须把自己独特的能力、天份和阅历看作是宝贵的资本。它们是你立业的基石。你还得不断地加以开发,适应公司变化的要求。

案例：

张朝阳：用别人的钱圆自己的梦

1998年全球计算机数字化领域50名风云人物的当选，我们知道了一个叫张朝阳的中国年轻人。30岁出头的留美博士生成为引人注目的网络精英。事实上，张朝阳创建的爱特信“搜狐”公司早已成为全世界进入中文网络的重要门户。

张朝阳被说成是中国高科技领域风险投资的第一人，第一个吃螃蟹的张朝阳在中国大获成功。他感激尼葛洛·庞帝：“我和他首先是师生关系，后来他在我这儿赌了一把，我们是投资者的关系。这几年我的业绩特别好，他庆幸自己赌对了。我们现在都是公司董事会成员”。尼葛洛·庞帝现在对自己当年的投资决策很满意。张朝阳同样如此，庆幸自己在构筑中国和未来的关系之间找到了一个最佳点来作为自己一生的事业。

如果说未来世界是网络世界，而张朝阳和搜狐就是把你引向这个世界的一盏灯。张朝阳总是这样向别人介绍他的“搜狐”这个奇怪但给人好感的名字：“‘搜’是搜狐，‘狐’就是狐狸，狐狸是很轻巧聪明的动物，我不希望我们的网上服务是个很笨重的东西。”只有活在自己的文化里才能感到充实。

1986年，他22岁考取李政道奖学金赴美留学，1993年获美国麻省理工学院物理学博士学位，同年任麻省理工学院亚太地区中国联络负责人。这是麻省面向亚洲商业的一个窗口。这也是张朝阳向经商转移的一个前奏。

他在美国生活了10年，有丰厚的薪水。但他不满足中产阶级的地位，他是有内在冲动的人，他渴求大动作，大作为。美国文化虽然给了他更好的视野和眼光，但他富足而不安，他说"我的日子还没来"。他还清楚记得最初的动作。他说服一向纯学术味道的麻省理工学院同意他的商业计划，一个星期过去了，他焦急等待，麻省能为他破例吗？那天，他像往常一样来到实验室，突然，电脑上出现了一条简短信息："校长同意了你的设想!"第一步的成功就是这样平静地来了，他激动地跑到外面，租了一辆敞篷车开到海边，痛快淋漓地玩了一下午。

但这时他还并没有找到一生的目标，1994年美国互联网已如火如荼，他还只是个观战者。1995年，他获得世界材料学会最佳研究生提名，所有人都以为他会在学者路上走定了，没想到他却毅然弃学从商了。然而他做了一个比弃学经商更令人惊讶的决定：回国。他在美国呆了快10年了，久别祖国，才突然真实感到生活在自己文化里的充实。

"这种充实感对于这儿的人们也许是司空见惯了，只有在异国他乡生活了许多年的人才能体会，我回国看到各种各样的人，从出租司机到街上走的人、到餐馆服务员、到包括学界很有成就的人，不管他们是做什么，都有一个相同的印象，就是生活在自己的文化里，每天都紧张地参与，每天都有一种充实的、好像在这个世界上活得津津有味的感觉，对我触动很深。在美国我想做这个想做那个，一直找不到自己人生的方向。终于明白实现不了的原因就因为我没在我的文化里，于是我回国了。"

1995年以来，美国的互联网更加迅猛发展，ISP（网上服务商）日益壮大，而中国网络却存在中文信息严重匮乏的问题，90%的ISP只能简单提供互联网的接入，张朝阳这时猛醒了，就去找尼葛洛·庞帝，他极力说服他的老师进入中国的信息产业。未来学家看准这个年青的中国学生。张朝阳如愿以偿从尼葛洛·

庞帝那儿拿到 22．5 万美金。

他又通过他的老师又去说服风险投资家爱德华。有了最初的启动的资金，中国第一家以风险资金建立的互联网公司爱特信成立。很快，张朝阳代表美国互联网络信息公司，提着两个箱子回到中国。风险投资这个概念，就这样被张朝阳悄悄带入了中国人的生活中。所谓风险投资，就是别人把钱给你，但不是借给你，而是换取你的股份。公司成功了，他所持的股份就很值钱，如果公司失败了，他就认了，也不会要你还债。这种方式很适宜高科技领域，虽然这个领域失败的可能性很大，可一旦成功了，回报特别高。

吴士宏：我为什么离开微软

吴士宏，生于北京，满蒙汉三族血统。曾为北京椿树医院护士。1985 年，获自学高考英语专科文凭后通过外企服务公司进入 IBM 公司任办公勤务。一年后获培训机会进入销售部门，因业绩突出不断晋升，从销售员直至 IBM 华南分公司总经理，被称为“南天王”。1997 年任 IBM 中国销售渠道总经理。12 年半在 IBM 一路冲杀，为其开拓中国市场立下了汗马功劳。1998 年出任微软（中国）公司的总经理，1999 年“因个人原因”辞职，在 IT 业引起震动。

韬晦了一段时间的吴士宏终于重出江湖，出任大型国有企业 TCL 集团常务董事、副总裁、TCL 信息产业集团公司总裁。同时，吴士宏推出自传，其名为《逆风飞扬——微软、IBM 和我》。在这本书中，吴士宏交待其辞去微软（中国）公司总经理职务的内幕，从一个鲜为人知的侧面评论微软“维纳斯”计划的出笼，以及微软公司制胜世界的秘密武器；跨国大公司的企业文化如何聚拢精英等等。也许，这代表着中国白领阶层真实的心路历程，对有志于成为优秀职业经理人的人士有所启迪。

经理人应当有鲜明的风格

经理人应当有鲜明的风格，应该能够积极地、坚定有效地感染、影响团队。如果模棱两可你好我好大家都好，会使团队变得无所适从，无所谓，也可能使纪律失去应有的威慑。我初入微软时就曾有意柔顺模糊我本鲜明的风格，结果延误了掌握全局防患于未然的宝贵时机，还是雷厉风行做回我自己，才能反败为胜，也才能真正赢得了团队。我特别同意杰克·韦尔奇说的："……好的领导者不但精力充沛，而且还能激励他们所领导的人……最重要的，好的领导者要能非常放得开。他们必须保持上下沟通去与人接触；他们不会拘泥礼仪，他们会与人们直率来往，让人感觉容易亲近。""身为一个领导者，你不能成为一个中庸的，保守的，思虑周密的政策发音器，你必须具有些狂人形象。"这个世界将属于那些热情而有魄力的领导者，而非只会循规蹈矩亦步亦趋的经理，好的职业经理人，必须是好的领导者。

在微软，我学到了"狠"，我不喜欢"狠"

我在微软最后几个月里，高密度地综合实践了职业经理人几重角色：战地指挥官团队领袖，协调，激励，鞭策，放权，还有——激发并综合团队的智慧，这最后一点，是我做经理人以来最得意的成功经验之一。也是在微软，我学到了"狠"，我不喜欢"狠"，这违背我的天性。但是我知道了，职业经理必须有断则断的狠辣，不然，断臂疗毒的壮烈也可能医不好入髓的沉疔，自己"死"了不要紧，辜负了经理人的基本职业要求。职业的"狠"，不妨碍做好人的原则。我坚信好的职业经理人必须是好人，不是好人也可以有能力有魄力，甚至有时会技高一筹——因为没有顾及可以不择手段，但只有好人才会有人格魅力，真正卓越的人生，少不了正直的生活。”

能进入外企的本地人大多都很优秀，但是最优秀的中国人也与人家差着整整一个社会基础——整个中国重新进入国际市场才不过20年。求生，求存，牛一样地熬夜苦耕，一点一点学会学习，学会思考，学会竞争法则，受委屈跌跟头是免不了的，人人如此并非我的专利。外企中国白领们都有一段艰难的心路历程。

外企对白领们的最初吸引多半是因为职业训练、发展的机会，工作环境和优厚报酬也很重要，等到终于爬上几个台阶，当了经理，买了房子买了车小康起来，很多人又会经历“无从理想”的失落。

我没有再给自己定“在××时间内，要做到××职位”的目标，我认定要开始追求理想：把优秀外企做成中国的；或者，把中国企业做到国际上去。理想给了我更高的追求，为了它可以进可以退，海阔天空。有理想是很幸福的境界，许多小事不会再让我烦恼，变得比以前乐观大度，别人更喜欢我了，我也更喜欢自己。许多精英人物都有理想，我自己是混沌迟开，领悟得好不容易。外企中国白领要成长为真正国际标准的职业人、经理人，是非常艰难的过程。经过十几年，外企在中国已全面推行人才本地化，本地人在外企越来越受到重用，因为性能价格是明摆着的！我们不愿被当做“矮子里拔出我们一族，想以自己的能力和智慧，真正自立于世界民族之林。在“高大”起来以前，我们在外企注定是“另类”，人多而势不“众”，不能真正影响外企在中国的经营决策。

我本打算承担下去——如果我有机会影响微软在中国市场的

策略和做法！只需要成功。我希望看到我的一族在外企更快地成功，出现更多的担纲领军将帅，在更高的位置上，去实现更大的中华民族的利益。职业白领要在外企成长，成功，每一步都要做到“底线”——做好自己的本职工作！

我坚信，外企对员工的认可程度，最终看的是同一个底线——业绩。这也应该是所有成功职业人的最重要标准。

定位篇

DINGWEIPIAN

坐标原点：

人生职业规划

现在，你必须静下心来，对你的职业生涯作出设计。

在职业生涯中，应有目标，这样才不会盲目；应有追求，这样才会有动力。只有通过对你的职业生涯进行设计，才会使你有一个新起点，有一个新的发展，有一个新的未来，才能站立在你以前的经历和财富上追寻更大的成功。

求职择业的过程，在某种程度上，也是一步一步走出来的，在职业生涯中，更应讲求原则采取一定策略，不断去追求。

职业生涯同我们的身心发展一样，是一个渐进的过程，这其中，难免出现职业适应与职业满意的问题，也就是说，遇到不满意职业时，应采取什么方法、方式、步骤去解决问题，从而达到职业适应。应慎重选择，然后按一定规律去办事，这样才能取得成功。

一、勒刚的黄金之路

我们来看一个职业生涯的设计方案。

在中学毕业时，勒刚便立志要成为一名优秀的企业家。抱着这样的梦想，勒刚开始了自己的生涯设计，他为自己描绘出了职业生涯的蓝图，即开学去读企业管理专业，然后运用这些知识进入企业界。蓝图是绘好了，但在经过其父亲和老师的分析之后，认为要成为一位真正优秀的企业家，应进入理科班学习，因为在创办企业过程中，更需要的是技术基础，而工科学习，不仅是知识技能的培育，还能帮助建立一套严谨求实的思维体系，训练你的逻辑推理能力，使你有一种严谨踏实的工作态度，而在学习工科的同时，可以选择企业管理的知识，这样，使知识结构达到完整优化。高中时的梦想经过了高考的考验，终于，勒刚进入了大学。

在大学期间，勒刚在学习工科知识的同时，大量涉及了企业管理，经济方面的知识，并参加了大量的实践，使自己各方面的素质都得到培养，在毕业之后，已经是具有了发展成为企业家的知识和素质。

但勒刚毕业时，并非立即进入企业工作，而是进入了一家研究院工作，于是勒刚开始了科学创造的追求。在这一期间，勒刚的努力终于得以实现，并申请了专利，但作为职务发明，勒刚还是不能带走该发明的，此时，勒刚即提出了辞职，与另一合伙人创办了一所公司，并将其发明创造向应用性方面发展，为自己公司的发展提供了拳头产品。而这时，勒刚发现自己的管理水平和知识已有点与现实不大适合，于是，边工作边考取在职的MBA学位，为其职业生涯打下坚实基础。终于，使其职业生涯与自己的公司同步发展，成为一位出色而优秀的企业家。

我们在此可以看到勒刚职业生涯的设计思路清晰，步骤合理，充分考虑了自己的兴趣、素质、能力和职业技能的培养，终于在父亲和老师的指导下，经过不断的努力，实现自己的梦想。

作为求职者，更应明确自己的生涯设计并做出适合于自己的职业生涯设计。这样，才能真正了解自己，进一步详细估量内、外环境的优势与限制，设计出自己的合理且可行的职业生涯发展方向；这样，人生才能有目标，工作才能有方向，才能算是慎重行事。

二、人生策划——择业与升迁

人生与生活的每一个时刻，每一个关口都需要策划，充满了策划。孔子成为各国垂询的国老、一代大宗师，耶稣由小木匠成为著名的宗教领袖，李嘉城、霍英东，这些穷苦出身的人，能登上世界巨商的顶峰，是因为他们的每一步都是拼搏之步、策划之路。

人生关键的只有几步，这几步尤其要走好、策划好；否则身败名裂，身首异处或未可知。

个人的工作对于人生具有重要的意义。职业决定了个人的生活所在地、收益、发展前途、人生观念，甚至社会地位。

以前称行业有三百六十行，但现在已远远不止。不管行业种类如何多，概而言之，不外学道、商道与官道。学道人们戏称黑道，因为要坐一辈子的冷板凳；其实，如果策划好了照样辉煌。人们称商道为金光大道；可是，如果策划失误，同样是门前冷落，清苦一生，甚至高筑债台。官道人们戏称红道，因为权高势重而大红大紫；可是，如果没有过人的策划本领，照样夜不能寐，无所适从。潜在的职业实在太多，必须进行市场细分，选择适合自己的职业。牢记一点，职业将决定一个人的生活方式，因此考虑的角度除了事业之外，生活也是重要的目标。

不同的职业都有一系列的基本要求，择业之前必须作好准备，使自己能够满足用人单位的需求。

做事能力是所有职业的基本要求，个人必须具备特定的做事能力。司机必须会开车，电脑程序员必须会编写程序，播音员必须会说标准的普通话，记者会写稿，厨师会做菜。

自己不喜欢的职业一般也不合适，除非因为生存压力迫不得已，否则，还是要将工作尽可能和自己的兴趣结合起来。要知道您将毕生的时间、精力、才华花费在自己的职业上，却不是自己的兴趣所在，是不是代价太大？太残酷？

一时的收益很重要，尤其是对于年轻人，没有经济基础，迫切需要钱的情况下。但职业会对一个人的一生产生重大的影响，职业的发展前途就更重要。

通过升迁的形式获得更大的事业成功，从而推动人生的更大成功。假如一家企业规定部门经理55岁要么升迁，要么退休；提升为部门经理的最大年龄是45岁。如果现任经理已经50岁，您42岁；5年之后，经理退休，您也超过了45岁，已经47岁了。

企业的发展是能否提供足够升迁机会的基础。快速发展的企业，由于规模的扩大，自然会产生很多升迁的机会；反之，企业停滞不前，升迁的机会则很有限。关键因素一般包括做事的能力、同事关系、老板的印象以及一些非理性因素，例如老板娘的意见。

三、职业规划的八大步骤

在21世纪，工作方式将不断推陈出新，除了学习新的技能及知识外，更得时时审视自己的生涯资本及其不足，不断修正自己的目标，只有这样，才能立于不败之地。一个优秀的职业生涯设计方案需要花费很多精力，要掌握丰富的信息，自己要有充分的了解，只有这样，才能设计自己的人生，选择自己的命运。

想要真正获得职业选择与规划的成功，一个完整的自身职业生涯规划很重要。

STT人力资源管理顾问公司总经理高伟认为，常规谋职应该是如下几个步骤：制作简历，通过人才交流会，媒体广告等形式选择目标，递送简历求职信函，面试，渡过试用期，谋求步入职业发展的机会。

中国人民大学劳动人事学院副院长彭剑峰所持的观点是：规划不应只是对高薪或高一级职位的追逐，而是对职业生涯的进一步追求。越跳越高，高的不仅仅是薪水和职位，更重要的则是使你的职业生涯步入更高的阶段。从这个意义上说，每一次都应该是对自己职业和发展目标的重新设定。

京城著名的人才测评机构世纪人才系统公司，近期针对白领族开设了职业发展咨询服务，该公司职业咨询师白玲介绍说，职业发展咨询服务主要能帮助人解决以下几个问题：一是肯定自己的长处，发现不足；二是考察自己是否适应当前的职业；三是发现自己最适合的职业，选择更好的职业；四是了解自己的发展潜力及更为适合的方向，制定适合自己的职业发展规划。

今天，越来越多的谋职者开始意识到职业生涯设计举足轻重的作用。规划自己的职业前程，使职业成为有计划、有目的、有现实打算和未来发展方向的事。职业设计将是谋职者走向成功最好的保护伞。

职业生涯规划的内容：一个标准的职业前程规划，一般应包括以下六方面的内容：

一是自我职业性格分析；

二是确定职业目标；

三是确定成功标准；

四是制定职业发展道路计划；

五是明确需要进行的培训和准备；

六是列出大概的时间安排。

职业生涯规划的要素：主要包括自身的性格、兴趣、特长、智商、情商等，以及就职单位的组织环境、组织发展战略、人力资源需求、晋升发展机会等，知己知彼，方能百战不殆。

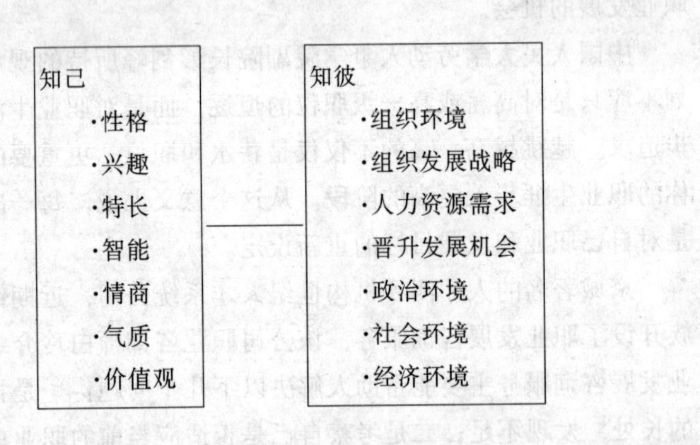

职业生涯规划是一周而复始的连续过程，其过程包括确定志向、自我评估等八个步骤。

1. 确定志向

在制定生涯规划时，首先要确立志向，这是制定职业生涯规划的关键，也是生涯规划最重要的一点。

志向是事业成功的基本前提，没有志向，事业的成功也就无从谈起。俗话说："志不立，天下无可成之事"。综观古今中外，各行各业佼佼者，都有一个共同的特点，具有远大的志向。立志是人生的起跑点，反映着一个人的理想、胸怀、情趣和价值观，影响着一个人的奋斗目标及成就。

2. 设定职业生涯目标

生涯目标的设定，是职业生涯规划的核心。一个人事业的成败，很大程度上取决于有无正确适当的目标。抉择是以自己的最佳才能、最优性格、最大兴趣、最有利的环境等条件为依据。通常目标分短期目标、中期目标、长期目标和人生目标。短期目标又分日目标、周目标、月目标、年目标。中期目标一般为3～5年。长期目标一般为5～10年。

3. 生涯机会的评估

主要分析内外环境因素对自己生涯发展的影响，每一个人都处在一定的环境之中，离开了这个环境，便无法生存与成长。所以，在制定个人的职业生涯规划时，要分析环境条件的特点、环境的发展变化情况、自己与环境的关系、自己在这个环境中的地位、环境对自己提出的要求以及环境对自己有利条件与不利条件等等。只有对这些环境因素充分了解，才能做到在复杂的环境中避害趋利，使生涯规划具有实际意义。

环境因素评估主要包括：

(1) 组织环境：组织发展战略，人力资源需求，晋升发展机会。

(2) 社会环境：社会道德风尚，舆论环境。

(3) 经济环境：宏观经济状况，行业经济政策。

4. 自我评估

职业生涯规划是一个过程，自我评估是其不可缺少的一个步骤。如果忽视了这一步，或自我评估不全面，生涯规划将会因根基不牢而中途夭折。

通过自我分析，认识自己，了解自己。因为只有认识了自己，才能对自己的职业作出正确的选择，才能选定适合自己发展的生涯路线，才能对自己的生涯目标作出最佳抉择。因此，自我评估是生涯规划的重要步骤之一。通常自我评估包括自己的兴趣、特长、性格、学识、技能、智商、情商以及组织管理、协调、活动能力等。

5. **制定职业生涯路线**

考虑向哪一路线发展。即是走行政管理路线，向行政方面发展；还是走专业技术路线，向业务方面发展等等。发展路线不同，对其要求也就不同，这一点也不能忽视。因为，即使同一职业，也有不同的岗位，有的人适合搞行政，可在管理方面大显身手，成为一名卓越的管理人才；有的人适合搞研究，可在某一领域有所突破，成为一名著名的专家学者；有的人适合搞经营，可在商海大战中屡建功勋，成为一名经营人才。如果一个人不具有管理才能，选择了行政管理路线，这个人就难以成就事业。由此可见，职业生涯路线的选择，也是职业生涯发展能否成功的重要步骤之一。

6. **职业的选择**

分析自我、了解自己、分析环境、了解职业世界，使自己的性格、兴趣、特长与职业相吻合。这一点对刚步入社会初选职业的年轻人非常重要，对于在职人员调整自己的职业时也很重要，甚至对即将退休或已离退休人员再次选择职业时仍然重要。

在职业选择时，要充分考虑到自身的特点，即自己的性格、兴趣和特长；要充分考虑 到环境因素对自己的影响，即组织环境、社会环境和经济环境的影响。对这些因素的分析，是职业选择的前提条件。

7. **制定行动计划与措施**

行动是关键的环节。没有达成目标的行动，就不能达成目标，也就谈不上事业的成功。这里所指的行动，是指落实目标的具体措施，主要包括工作、训练、教育、轮岗等方面的措施。例如，为达成目标，在工作方面，你计划采取什么措施提高你的工作效率？在业务素质方面，你计划如何提高你的业务能力？在潜能开发方面，采取什么措施开发你的潜能等等，都要有具体的计划与明确的措施。并且这些计划要特别具体，以便于定时检查。

8. **评估与回馈**

要使生涯规划行之有效，就须不断地对生涯规划进行评估与修订。其修订的内容包括：职业的重新选择；生涯路线的选择；人生目标的修正；实施措施与计划的变更等等。

职业生涯规划的流程如图所示：

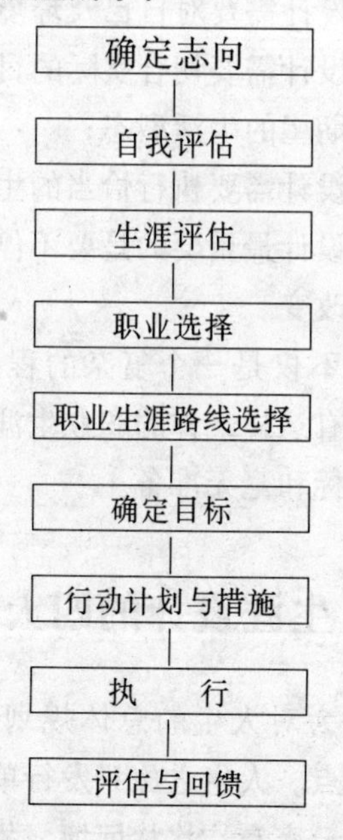

在这些过程中，你应反思以下几点：

你想实现什么理想？

你想成为一位什么样的人物？

你最想做的事情是什么？

你最喜欢的工作到底是什么？

你在原单位的感受如何？

你在原单位的工作对你有什么帮助？

你的专长是什么？

你的家庭对你有什么期望？

你将有哪些工作机会可供选择？

成功的职业生涯设计应符合以下几个条件：

有效的职业生涯设计需要对自己及环境有充分的了解；

有效的职业生涯设计需要切合实际的目标，包括个人的价值取向、兴趣、能力及期望的生活型态；

有效的职业生涯设计需要执行恰当的生涯策略；

有效的职业生涯设计最重要的是要不停地反馈并且修正生涯目标，以适应环境的改变。

职业生涯的设计不仅是一个复杂的程序，还需要科学的方法，并持之以恒，只有这样，你的职业生涯才不至于白白浪费时间，才不至于毫无目标和毫无准备。

四、生涯设计的四大准则

职业生涯设计作为对人生的总体规划，更要遵循特定的准则，体现其本身的特点。人生之旅只发行单程车票，如果你闭门造车，很可能从此阴云密布，坎坎坷坷。相反，如果你遵循职业设计的基本规则，运筹帷幄，相信从此便会风和日丽，道路坦荡，你也将由此走向辉煌。

准则一：按需择业

社会的需求不断演化着，旧的需求不断消失，同时新的需求不断产生。昨天的抢手货今天会变得无人问津，生活处于不断的变异之中。

你在设计自己的职业生涯时，一定要分析社会需求，择世之所需，否则，只会自食苦果。

准则二：发挥特长

职业不同，对技能的要求也不一样。任何职业都要求从业者掌握一定的技能，具备一定的条件。难以想象让一名卡车司机驾驶一架民航班机会出现怎样的后果，也没有人会让文盲去操纵计算机——他们不具备那些职业能力。任何一种技能都是经过一定时间的训练后才被劳动者所掌握的，而每个人的一生都很短暂，任何人都不可能在一生中掌握所有的技能。

尺有所短，寸有所长。你也许兴趣广泛，掌握多种技能，但所有的技能中，总有你的长项。有些人善于与人打交道，有些人则更适于管理机器物品。你在设计自己的职业生涯时，千万要注意：选择最有利于发挥自己优势的职业，即择己所长。

马克·吐温作为职业作家和演说家可谓名扬四海，取得了极大的生涯成功。你也许不知道，马克·吐温在试图成为一名商人时却栽尽跟头，吃尽苦头。马克·吐温投资开发打字机，最后赔掉5万美元，一无所获；马克·吐温看见出版商因为发行他的作品赚了大钱，心里很不服气，也想发这笔财，于是他开办了一家出版公司。经商与写作毕竟风马牛不相及，马克·吐温很快陷入困境，这次短暂的商业经历以出版公司破产倒闭告终，作家本人也陷入债务危机。

经过两次打击，马克·吐温终于认识到自己毫无商业才能，遂绝了经商的念头，开始在全国巡回演说。这回，风趣幽默、才思敏捷的马克·吐温完全没有了商场中的狼狈，重新找回了感觉。到1898年，马克·吐温还清了所有债务。

当你长处较多时，不妨观察一下周围人群，研究一下别人的长短处，如果你的长处也正是别人的长处，不妨放弃这种选择，尽量寻找一个你非常拿手，而别人却感到棘手的职业，这种选择往往让你平步青云。因为在这一领域内，很少有人能和你竞争，只有你一枝独秀。

准则三：干我所爱

兴趣是最好的老师，是最初的动力，兴趣是成功之母。调查一再表明：兴趣与成功机率有着明显的正相关性。

你在设计职业生涯时，务必注意：考虑自己的特点，珍惜自己的兴趣，择己所爱，选择自己喜欢的职业。

是什么造就了贝利，造就了历史上最伟大的球王？

显然，数十年的刻苦训练，坚毅的品格，非凡的天赋都是贝利成为球王的原因，但最不可或缺的却不是这些。

贝利说："我热爱足球，足球是我的生命！"

执迷不悔的爱恋是推动贝利踢球的原动力，在一种与生俱来的兴趣引导下，贝利步入绿茵场，成为万众瞩目的英雄。年轻时，贝利当运动员；退役后，他作教练，当评论员。贝利以足球为生，足球事业是贝利终生的职业。也正是足球给贝利带来了人生的辉煌。

方正集团的迅速发展激荡人心，集团总裁张玉峰的创业史更是发人深思。张玉峰原是北大物理系的一名普通讲师，僵化的行政体制与计划经济制度压抑了他的兴趣与才能。改革开放之后，张玉峰发现自己原来对经商有着如此强烈的兴趣，于是他果断决策，在一片讨伐“离经叛道”声中下海创办了北大方正公司。长期压抑的兴趣与才能一经释放，便一发不可收拾，短短十年之内，方正公司膨胀了上万倍，创造了巨额财富，成为中国高科技企业的杰出典范。

准则四：择己所利

一个不得不承认的事实是，职业对你而言，依然是一种谋生手段，是谋取人生幸福的途径。你通过职业劳动，在谋取个人福利的同时，也为社会作出了贡献，创造了社会财富。

谋取职业的动机很简单，你的目的在于你个人生活的幸福。谁都期望职业生涯能带给自己幸福，利益倾向支配着你的职业选择。

你择业时，首先考虑的将是自己的预期收益，这种预期收益要求你实现最大化的幸福，也就是使收益最大化。个人预期收益在于使这些由低到高的需求得到最大的满足，而衡量其满足程度的指标表现于收入、社会地位、职业生涯稳定感与挑战性等方面。不同的人有不同的偏好，每个人都会尽可能满足其所有的需求。明智的人大都会在迎合与蔑视间有效地协调，以利益最大化原则权衡利弊，从一个社会人的角度出发，在一个由收入、社会地位等等变量组成的函数中找到一个最大值。

五、求好、求稳、求全

人往高处走，水往低处流，职业规划也不例外。在随着人才流动性的加强，职业发展规划主要考虑：

一是提高待遇，增加收入。有一次调查显示，近八成人说如果收入变化不大，就不会跳槽。薪酬是一个重要的因素，是人们求职择业的一个重要考虑因素，因此，一个人会因为待遇收入问题而作出合理的选择的。

二是更大的发展空间。有的职业者在就业时的考虑的首要因素就是个人的发展空间问题。是否有机会培训，是否有机会晋升，是否有机会得到重用。这些因素更多是体现了一个人的职业价值取向。职业价值观不同，所体现的职业追求也是相应不同的。

三是避开恶劣的人际环境。有的人在人际关系处理上不能适应现有职位。故此在不能忍受现有人际关系时，便会考虑是否要去跳槽。

四是充分发挥自己的潜能和能力。他们觉得现有的工作会浪费自己的能力和机会，于是便决定出去闯一闯，去换一换新环境，去接受一项全新的事业，以全新的事业得到充分的挑战。

求好、求稳、求全者由于缺乏自知之明，没有正确估计自己，只看到自己的长处，没看到自己的不足，往往期望值过高，所以在择业时常常陷入误区。

求好。职业者往往注重于选择那些经济效益好、单位牌子响、工资待遇高的企业，而不愿到那些目前经济效益差，尚有发展潜力的企业。职业规划者常偏重眼前利益，忽视长远利益，对于有发展前景的新兴企业、民营企业、私营企业不予过问，也许就遗失了重要的人生机会。

求稳。即求稳当保险。过去在国营企业工作，端的是“铁饭碗”。时下建立市场经济，调整产品结构，转换企业机制，打破了“铁饭碗”，职工们不能躺在国家身上“吃大锅饭”了，面临着下岗、待岗的“危机”。为寻求“出路”，有一技之长的人才纷纷涌向三资企业。他们认为三资企业待遇好、工资高，却没想到制度严、抓得紧，弄不好随时会被“炒鱿鱼”，也不再“保险”了。于是，近年来人才择业又出现新趋势，往往选择那些工作较好，收入稳定的单位，期盼端上“银饭碗”、“金饭碗”。他们看中了银行、证券交易所、期货公司、进出口贸易公司，不少“天之骄子”还选中了日趋火爆的行业——国家公务员。尤其是那些“下了海呛口水”的人才更想重新上岸，找个“旱涝保收的单位吃安稳饭”。

求全。把择业想得十全十美，这种想法是不现实的。那些刚出校门的大学生进入人才市场与招聘者洽谈往往开价过高，一开口就要 2000 元，否则拜拜。还有少数人才想到浦东一展身手，可又想一步到位，户口、房子、票子想要全部解决，不然就不干。即使一家三口进来了，户口迁来了，住房暂时没解决，还是一走了之。

随着人才市场在我国迅速崛起，现已呈平衡发展趋势。但如果稍加留意，就会发现人才需求如今已发生了很大变化，从单一型人才向复合型人才转化，从操作型人才向管理型人才转化，从内向型人才向外向型转化。为了适应人才市场的需要，不少人者已重新转轨定位，概括起来就是充实自己，包装自己，推销自己。

充实自己，即用知识文化“充电”，丰富自己的头脑。有个上海师范大学外语系毕业的大学生，英语较好，口头表达能力也强，但她不满足已掌握的知识，还利用工作之余学习日语，学习电脑、文秘、公关等，经过努力，她实现了一专多能，成为复合型人才。在几次求职后，她找到了称心如意的工作。另外，有的大学生在学校里学的专业到社会上不太“吃香”，他们走上工作岗位后就做了及时调整。有位大学生在校学的是图书管理专业，分到某单位后觉得不太“热门”，便自学国际金融专业，准备读完后再“跳槽”。像这种情况不仅在大学生中存在，在中年人才中也不鲜见。他们认为自己所在单位效益不太好，或者工作不理想，便纷纷自学，为今后跳槽作准备。还有一些尚未毕业的大学生，为了与人才市场接轨，主动到企业实习，把自己所学的专业知识和实际紧密结合起来，提高其工作能力。复旦大学有位女大学生，开始到大宾馆学公关，接着又到一家商场学营销，后来到一家企业学管理，从而找到最佳角色，实现人生价值。还有少数中专生尚未毕业就提前到人才市场来了解需求，很有超前意识。

除充实自己外，不少求职者还注重“包装”自己。俗话说：“佛要金装，人要衣装”。许多进入市场的人才是很注意“包装”自己的。男的大多西装革履、衣冠楚楚，女的大多衣着时髦、光彩亮丽、引人注目，他们的外表给人留下良好的第一印象。同时他们举止文雅，谈吐得体，在向招聘单位介绍自己的简历时清楚明白，重点突出，显示出人才良好的修养和气质。尔后，还郑重向招聘单位交上自己的文凭、职称、简历材料，供用人单位参考。切不可小看这些“包装”，这是人才进入市场所必需的。

像推销商品那样向用人单位推销自己，是求职者实现自己目标的重要手段。不言而喻，人才在推销自己的过程中，也是增长才干，提高自己，让用人单位认识和了解自己的过程。在人才市场上，我们经常可以看到，有的原来比较内向腼腆的小姐或不善言辞的先生，通过多次交谈，较快提高了自己的口头表达和公关能力。有的外语专业人才通过用外语直接与招聘者对话，很快让对方了解了自己的外语水平，甚至被“老外”当场拍板录用。推销自己的作用和效果是显而易见的。

六、个人定位的五大陷阱

个人定位是一个很主观的过程，即使掌握了正确的观念与方法，仍然可能出现错误。定位的错误将导致人生的失败，因此，我们必须理解定位中各种可能的错误，这就是定位的陷阱。

1. **“专业”的陷阱**

个人定位中，以为凭借自己特定的能力、素质、专长、吃苦等要素就可以获得成功，就是掉进了“专业”的陷阱。小王学的是地质外语，这是一个十分冷僻的专业。大学毕业之后，她不愿意放弃自己的专业，做普通的翻译，因此就继续就读研究生，以为自己水平提高之后，就会从事自己的专业。毕业之后，她依然很失望，还是没有合适的岗位。

2. **八面玲珑的陷阱**

个人市场需要的是专才。八面玲珑就是试图满足所有的需求，这种定位在卖方市场阶段还是可行的，一物多用。现在您能够找到这样的工作岗位吗？通才并不是没有，但已经越来越少，越来越没有市场了。事实上，特定的岗位都要求一定的专业知识与技能，使用的也是特定的专业知识与技能，您多余的能力只会干扰您的成功。

3. **“延长线”的陷阱**

很多老板成功创建自己的事业之后，迫不及待地展开多元化经营，以为凭借自己的能力，哪有失败的道理。这就是“延长线”的陷阱。

4. **误上贼船陷阱**

跟错人是最大的定位陷阱。小胡跟着叔叔出外打工，而叔叔不是一个正经的务工人员，多以坑蒙拐编赚钱。小胡跟着这样的叔叔混，不出事才怪呢。

5. 自相矛盾的陷阱

例如，一个人既希望过平静的生活，又选择动荡的职业，这就是矛盾。矛盾的定位会导致激烈的冲突，这也是定位的一大陷阱。

坐标轴一：

职业与兴趣——事业成功之母

兴趣是活动的重要动力之一，是活动成功的重要条件。当其对象指向某职业时，就形成职业兴趣。职业兴趣在职业活动中起着重要的作用。而你的兴趣、动机、感情、价值观等倾向性因素对你的职业生涯的适应性都有影响，因而同样应予以考虑，而这些因素中，兴趣所起的作用最大。

首先，兴趣可影响人们的职业定向和职业选择。在求职中，人们常会考虑到自己对某方面的工作是否有兴趣。兴趣发展一般经历有趣、乐趣、志趣三个阶段。从有趣开始，逐渐产生乐趣，进而与奋斗目标相结合，发展成为志趣，表现出方向性和意志性的特点，使人坚定地追求某种职业，并为之尽心竭力。

其次，兴趣还可以开发人的能力，激发人们探索和创造。一个人对某事物感兴趣，会激发起他对该事物的求知欲和探索热情，促使他充分调动整个身心的积极性，使情绪饱满，智能和体能进入最佳状态，最大限度地施展才华，挖掘潜力，发挥人的主动性和创造性，有助于成功。

另外，兴趣可以增强人的职业适应性。研究资料表明，如果一个人对某一工作有兴趣，能发挥他全部才能的80%—90%，并且能长时间地保持高效率而不感到疲劳；相反，对某工作不感兴趣，在这方面只能发挥全部才能的20%—30%，也容易感到疲劳、厌倦。广泛的兴趣可以使人善于应付多变的环境，即使变换工作性质，也能很快熟悉和适应新的工作。

美国职业指导专家霍兰德（John L. Holland）著有《职业决策》（1973年）等书，提出人的职业匹配理论，着重兴趣与职业的关系。他把人格划分为六种类型：现实型、调查型、艺术型、社会型、企业家型（又称贸易型）和传统型，认为六种类型反映了对职业经历的总取向。下面表格反映了各种类型的个人特点及适应性工作环境。

根据霍兰德理论的对人和环境的描述样本

类　型	个人特点	环境特点
现实型	攻击性 机械呆板倾向 重视现实 体魄强壮 传统的男子气质 借助手势表达问题 避免人际关系的任务	要求明确的、具体的体力的任务 户外的 需要立即行动 需要立即强化 较低的人际要求
调查型	喜欢具体的任务基于抽象的任务 思考问题透彻 讲究科学性 有创造力 简明扼要	要求思考和创造性 思考任务倾向 极少社会要求 要求实验室设备但不需要强体力劳动
艺术型	成就感 害羞 彻底性 独创性 不合群 不喜欢有结构的任务 较多的传统女性气质 情绪性的	解释和修正人类行为 对于优异有模糊的标准 喜欢长时间的埋头苦干 单独工作
社会型	责任感 人道主义 接受传统的女性气质的冲动 具有人际技能	解释和修正人类行为 要求高水平的沟通 帮助他人

类 型	个人特点	环境特点
企业家型	避免智力性的解决问题 擅于口头表达 倾向于权力和地位	强调威望 延迟强化 需要自言语反应 完成督查性角色 需要说服他人 需要有管理行为
传统型	偏爱有结构 高度的自我控制 权力和地位的 强烈认同	体力要求极低 户内的 需要较低人际技能

你在选择职业生涯时，不仅需要知道自己有能力从事什么样的工作，也需要知道自己对哪类工作感兴趣并能满足你的意愿。只有将能力和兴趣结合起来考虑，才更有可能取得职业生涯成功。获得诺贝尔物理奖的华裔科学家丁肇中说过：“兴趣比天才重要”。

一、从迟钝到天才——帕弗利克的故事

兴趣影响你的工作满意感和稳定性，在某些情况下（如不考虑经济因素）甚至具有决定性作用。一般来说，从事自己不感兴趣的职业很难让你感到满意，并由此导致工作的不稳定。

同学们可以不费力气地把单个的字母组成音节，并朗读出来，而帕弗利克要花很大的力气才能办到。一首关于美丽的冬天的诗，同学们只需听上一、两遍就记住了，可是他却怎么也做不到。久而久之，大家都认为他属于“没有掌握知识的天分”的落后学生。

当老师带他们参观生物室时，面对眼前展现出的一个崭新的、从未见过的世界，帕弗利克简直被迷住了。这里的植物他以

前都看到过，也很熟悉，可是在每种植物上面都有一种新奇的、不同寻常的东西：西红柿的茎不是分成簇，而是像葡萄那样攀援或缠绕着向上生长，上面挂满了累累果实；葱头和西瓜差不多大小；黄瓜，真正的大黄瓜，却生长在瓶子里。

这都是怎么搞出来的？这时，他的思想已经离开眼前充满阳光的温室，进入一个奇迹般的世界：要是能够在学校园地里培养出十来棵这样的西红柿该有多好呀！也许它们长成一排，结出的果实就像一串串葡萄那样。可是，这一切怎么好跟大家讲呢？要知道，他的算术不及格，他能幻想这些有趣的事情吗？

在一次植物课上，学生们用多种方法把果树嫁接到野生砧木上去。教师注意到，帕弗利克怎样精细而准确地切开砧木的树皮，剥出括条上的幼芽。帕弗利克从一颗珍贵品种的苹果树上剪下一根长着两个幼芽的树枝，思考着不用嫁接的方法是否能培育出树苗，教师告诉他，这需要很高的技艺。在老师的鼓励下，他的两眼闪烁着兴奋的光芒，他决心自己试验一下。对帕弗利克来说，幸福的日子开始了。经过他的精心护理和细心观察，后来他发现有一半树枝长出了芽苞，并渐渐长出晶莹发亮的树叶……

关于帕弗利克搞试验的消息不胫而走，很快全校都知道了。在这之后，帕弗利克身上的那种胆怯、拘谨、犹豫不决慢慢地消失了。他的求知欲越来越旺盛，他的思维的觉醒、智力的发展、求知欲的增强，这一切都跟植物课能成功地使他展示出自己的天才和创造性劳动的禀赋分不开。帕弗利克自己明白：植物栽培是他能够表现自己能力的活动领域。他又在温室里和生物室里开辟了一些新的工作，进行各种有趣的试验。他在植物天地里试验着、研究着……。

帕弗利克中学毕业后，进入了农学院，后来成了一名成功的农艺师。

很显然，是兴趣催发了帕弗利克的智慧之光，使他从一个迟钝 的学生成为一个成功的农艺师。

一个人如果能根据自己的爱好去选择生涯，他的主动性将会得到充分发挥。即使十分疲倦和辛劳也总是心情愉快，兴趣在无形中对你起着作用，可以使你兴致勃勃，也可以使你无精打采，影响着你的精神状态、注意力、思考能力以及你的行动。

二、喜欢干一件事需要理由吗？

兴趣是你力求认识、掌握某种事物，并经常参与该种活动的心理倾向；或者说，兴趣是你积极探究某种事物的认识倾向。你对某种职业感兴趣，就会对该种职业活动表现出肯定的态度，并积极思考、探索和追求。

职业兴趣总是以社会的职业需要为基础，并在一定的学习与教育条件下形成和发展起来的，是可以培养的。职业兴趣的培养中，有父母的耳濡目染，有家庭的潜移默化，也有教育的整体引导，还有通过实践活动，在积极的感知认识活动中的发展。虽然某种职业兴趣一经形成，具有一定的稳定性，但根据实际需要，还是可以通过多种途径，加上自己的努力去改变、发展和培养的。在培养职业兴趣时，要注意以下几个问题：

1. **培养广泛的兴趣**。具有广泛职业兴趣的人，不仅对自己的职业领域的东西有浓厚的兴趣，而且对其他方面也有一定兴趣。这种人眼界比较开阔，解决问题时也可以从多方面得到启发，在职业选择、变动上有较大的余地。如小提琴家傅聪对中国古典文学有浓厚的兴趣，便也能从古诗意境中更好地把握音乐的演奏。国外一个电台主持人，利用闲暇搜集古玩和旧家俱。当他失去主持人的工作后，他原来的“业余爱好”使他能靠鉴定古玩、修复旧物继续他的职业生活。兴趣范围狭窄、涉足面小的人，对新事物的适应性就要差些，在职业选择上所受限制也多些。

2．**要有中心兴趣**。人的兴趣应广泛，但不能浮泛，还要有一定的集中爱好。既广且精，才能学有所长，获得深邃的知识。如果只具广泛性而无中心职业兴趣，人往往会知识肤浅，没有确定的职业方向，心猿意马，这样难以有所成就。所以，还应着意培养自己在某一方面的职业兴趣，促进自己的发展和成才。

3．**保持稳定的职业兴趣**。人在某一方面有持久稳定的兴趣，不能朝三暮四、见异思迁，这样才能投入更多的热情和精力，深入钻研相关内容，在事业上才能有所发展和成就。

4．**培养切实的职业兴趣**。兴趣的培养不能为追求清高而不考虑外界为其展开和深入所提供的客观现实条件。否则，过分曲高和寡，只能是画地为牢，自缚身手。

自测：我喜欢干什么

在求职择业之中，认识自我是一个很重要的问题，因为只有在正确地估价自己之后，才能面对现实，在面对各种错综复杂的招聘信息面前做到慎重考虑，权衡利弊地进行选择；只有全面地认识自我，才能在应聘中知己知彼，把握自己的优势，扬长避短，合理地塑造与表现自我，达到求职目的。若对自我缺乏应有的认识，将对求职造成不良影响。而对兴趣的测试一般应靠自己留心自己的行为志向，以及一贯所表现的兴趣所在。

兴趣测查多是职业兴趣检查，下面即是一个职业兴趣自我诊断表：

	(A)	(B)		
1.	写出一本书的梗概	出席讨论会	A	B
2.	分析决算书	构思新游戏	A	B
3.	解难题	假日做木工活	A	B
4.	操作计算机	研究害虫与杂草	A	B
5.	研究改良水稻品种	研究人体结构	A	B
6.	制做骨骼标本	绘制卡路里表	A	B
7.	选择窗帘布料	担任旅行干事	A	B
8.	跳集体舞	培烧陶器	A	B
9.	在日本记上画画	练慢跑	A	B
10.	制作盲文书	与强盗搏斗	A	B
11.	熨东西	构思广告版画	A	B
12.	研究感冒药成分	记录比赛得分	A	B
13.	培育树苗	烤面包	A	B
14.	安装组合音响	帮助别人拍 X 光照片	A	B
15.	在实验室工作	当动物的饲养员	A	B
16.	声援别人选举	编织微机程序	A	B
17.	欣赏电影	观测天体	A	B
18.	制做图书卡片	去参观工厂	A	B
19.	随卡拉 OK 唱歌	进行水质检查	A	B
20.	采集昆虫	学习人工呼吸	A	B
21.	调整大楼暖气设备	整理书架与影集	A	B
22.	搭乘远洋渔轮	照顾贫困户	A	B
23.	检查血型	画漫画	A	B
24.	改建房屋	参加越野知识比赛	A	B
25.	解剖青蛙	分析时事	A	B
26.	在牧场工作	乐器店工作	A	B
27.	用圆规与尺作图	制作同窗花名薄	A	B

	(A)	(B)		
28.	做统计表	制作生活日历	A	B
29.	思考新产品如何推销	看手术的幻灯片	A	B
30.	归纳采访通讯	训练猎犬与信鸽	A	B
31.	通读文学全集	帮助配药	A	B
32.	研究股票市场	访问亲戚家	A	B
33.	研究公害	给病人读书听	A	B
34.	办飞机驾驶许可	参加合唱队	A	B
35.	设计庭院	练健美	A	B
36.	拆装相机或钟表	出席发言冗长的大会	A	B
37.	参观科学博物馆	去听歌剧	A	B
38.	当电话服务员	当个人生活顾问	A	B
39.	记日记	哄孩子	A	B
40.	解纵横字谜	教孩子唱歌跳舞	A	B
41.	参加电视演出	构思设计与装璜	A	B
42.	绘气象图	做体力测定记录	A	B
43.	写税金申报表	帮人搬家	A	B
44.	编辑剪报	装饰橱窗	A	B
45.	编辑杂志	当滑雪教练	A	B

职业价值观测试得分表

	Ⅰ	Ⅱ	Ⅲ	Ⅳ	Ⅴ	Ⅵ	Ⅶ	Ⅷ	Ⅸ	Ⅹ		Ⅰ	Ⅱ	Ⅲ	Ⅳ	Ⅴ	Ⅵ	Ⅶ	Ⅷ	Ⅸ	Ⅹ
1	A	B									24							A			B
2		A	B								25						A				B
3			A	B							26					A			B		
4				A	B						27				A				B		
5					A	B					28			A				B			
6						A	B				29		A				B				
7							A	B			30	A				B					
8								A	B		31	A					B				
9									A	B	32		A					B			
10								A	B		33			A					B		
11							A	B			34				A					B	
12						A	B				35					A					B
13					A	B					36				A						B
14				A	B						37			A						B	
15			A	B							38		A						B		
16		A	B								39	A						B			
17	A	B									40	A							B		
18	A	B									41		A							B	
19		A	B								42			A							B
20			A	B							43		A								B
21				A	B						44	A								B	
22					A	B					45	A								B	
23						A	B				合计										

你的兴趣范畴表

范畴＼得分		1	2	3	4	5	6	7	8	9	10	11	12	13	14	15	16	17	18	19
Ⅰ	人文科学																			
Ⅱ	社会科学																			
Ⅲ	理　　科																			
Ⅳ	工　　科																			
Ⅴ	农　　学																			
Ⅵ	医　　科																			
Ⅶ	家　　务																			
Ⅷ	教　　育																			
Ⅸ	艺　　术																			
Ⅹ	体　　育																			

Ⅰ. **人文科学** 本国文学、外国文学、宗教文学、史学、哲学、心理学、人际关系学、教育学、教育行政学等专业。

Ⅱ. **社会科学** 法学、政治学、经济学、商学、经营学、社会学等专业。

Ⅲ. **理科** 数学、物理学、化学、地质学、生理学、天文学、生物化学等专业。

Ⅳ. **工科** 机械学、建筑学、土木工程、应用化学、金属工程、资源工程、船舶工程、原子能工程、造船工程、原子核工程、航空工程、信息工程、环境工程、控制工程、通信工程等专业。

Ⅴ. **农学** 农学、园艺学、农用化学、农业经济学、林学、畜产学、兽医学、水产学、食品工程学等专业。

Ⅵ. **医科** 医学、口腔学、药学、药剂学、生物药学、保健等专业。

Ⅶ. **家务** 家务学、食物学、儿童学、住房学、生活学等专业。

Ⅷ. **教育** 幼师、小学师范、中学师范、保健师范、特殊师范（包括音乐、美术、书法护理、保健体育）、聋哑师范、高中师范等专业。

Ⅸ. **艺术** 美术、造形、设计、雕刻、艺术、音乐、作曲、声乐、器乐、指挥、乐理、摄影、电影、表演等专业。

Ⅹ. **体育** 包括体育、武术、健康学等专业。

诊断方法是：

①对 1～45 问题逐一比较 A、B 两句，在喜欢的句子下面画○，无法说清的画“△”；

②画○者 2 分，画△者 1 分。分别填入上表中。

③将职业兴趣得分表中Ⅰ～Ⅹ的各竖栏的得分累计起来，分别填入各行下面的合计栏中。如果填写正确，10个合计格中的总和应为90分。

④依据兴趣范畴表评判，9与10中间的粗线表示一个界线，其右是你“感兴趣的范畴”，12与13中间的粗线以右表明是你“特别感兴趣的范畴”。

在完成以上的兴趣及感兴趣的职业的测试之后，你应静下心来，思考一下所属的兴趣类型，展现一下这一类型的景象，并在大脑里感受一下，是否真正符合你的品味，接下来，再将所感兴趣的职业充实一下内容，比如这一职业所需的工作知识、能力、以及工作的环境，工作条件等等，是否是你真正所向往的。

坐标轴二：

职业与气质——增强适应性

每种气质类型也有其较为适应的职业范围。在适应性职业领域，每种气质类型的人能发挥其优点，避免其缺点。

根据感受性、耐受性、反应的敏捷性、可塑性、情绪兴奋性和指向性等特性的不同组合，一般把气质划分为四种类型，即多血质、胆汁质、粘液质和抑郁质。

气质会影响人活动的特点、方式和效率，所以一定的职业活动的顺利进行，要求从事者必须具有某些气质特征。如军事指挥、外交人员需要控制情绪的兴奋性，表情不外露。而演员、营业员、推销员则更需热情奔放、情绪舒展、笑口常开。

气质使人在心理活动和行为方式上具有独特色彩，但它并不标志一个人智力发展水平和道德水平，更不能决定一个人的社会价值和成就前途。每种气质类型都各有优缺点。如多血质思维灵活、反应迅速、好交际、敏感；但易变浮动、急躁不稳。胆汁质直率热情、精力旺盛；但失之鲁莽、易于冲动、准确性差。粘液质的安静沉稳、自制忍耐；但反应缓慢、朝气不足。抑郁质的细腻深刻、踏实细致；但多愁善感、孤僻迟缓。

不同的职业，也正要不同气质的人去适应它，因为这是一个双向的选择过程。你的气质应适应于你的职业，只有这样，你才能在工作中有所成就，有所发展；当你表现的气质与你的职业不相适应时，你的适应性将得到破坏，你的效率和兴趣将遭到不良影响，还有你对工作的完成的满意程度将会大大降低。

一、多血质人适合干什么

他们是充满自信的人，他们有活动能力，而且会越来越强。种种体验和锻炼，都会成为有益的东西。所以从一定意义上说，多血质人对所有的职业都具有适应性。

重大局、不贪小利、不感情用事，等等，这都是多血质人在气质方面的长处，他们具有较突出的外向性格，适应于社交性强的工作，如政治家、外交家、商人、律师等。

商业活动中，市场调查、商品规划和扩大销售，是三大支柱。这三大支柱互相紧密相依，支撑着商业活动的进行，而多血质人在这三大领域中，都能够有很好的发挥。如果从成果上对他的工作进行评价，那就可以看出，多血质人比其他气质类型的人能钻研得更深入，贡献也相当可观。他们能使工作向前推进，因而他们可以出色地胜任管理工作。要是再有一个好助手，那多血质人就完全可以成为一个成功的管理者。多血质人，对于新的环境适应能力较强。多血质人对谁都能坦诚对待。多血质人能适应社会的进步，以发展的眼光进行谋划、设计。因此，他们对经商、计划、广告一类的职业的适应性很强。

选择兴趣和适应性全都没有的职业，也是一种探求新的适应性的心理学方法。因为，这种可能性太少了，实在难得。话虽这么说，可并不是所有的职业都是和自己的兴趣有关的，也不是和自己的适应性有关的。在这样的情况下，应该对自己的适应性进行检验，一旦确认在某一领域不具有适应性，那就要马上转向。不过，精力充沛、意志坚强、不达目的不罢休的多血质人，却往往能在那些缺乏适应性就无法立足的领域内大显身手。

对过于简单、细致和琐碎的工作，对缺乏竞争和刺激、只要求细致的工作，多血质人是产生不了兴趣和热望的，也做不出引人注目的成绩。重要的是，不要去模仿其他气质者，多血质人要选择更能发挥自己长处的领域，一步一步攀登，不急躁、不慌张，以最高水平向着目标奋斗下去。

在自己已经承担的职业之外，多血质人还大有选择其它职业的可能。如何处理个人与团体的关系，是多血质人是否能在一个团体内维护下去的检验标志。多血质人不喜欢没有波澜的工作，他们总希望由自己来整治混乱状态，并将其引入安定局面。多血质人之所以这样，是由于他们不安于现状，总是渴望着向前、向前。所以，总愿置身于不断发展的潮流中的多血质人，往往选择职业运动员一类的职业。多血质的人对所有职业都有适应性，无论哪一门类的哪一种工作，他都可以胜任。而且，多血质人很快就可以成为一个团体中的一个独当一面的人物。

二、抑郁质人适合干什么

抑郁质人中的许多，不是单凭聪明去处理事情，而是把自己所掌握的工作内容在头脑中组合、计算，确定方针，然后在这个范围内一个一个地去实行，把问题处理好。

再加上内心的孤独倾向，因此，在团体中表现出独来独往，不善于表达自己，不善于通过人际关系达到自己的目的。由于这样，在外交、政治、商业领域，其适应力是会受到一定限制的，需要很大的考验。而在只需要一个人刻苦奋斗的学术、教育、研究、技术开发 和医学等内在要求慎重、细致、周密思考的职业领域，抑郁质人就感到适合。无论置身于怎么样的立场，只要肩负了责任，就以所从事的工作为荣，努力解决因不太适应而造成的困难，努力把它做好，这正是抑郁质人的长处。

抑郁质人积极认真、努力向上、毫不懈怠，归属于集团的意识强烈，富有协调精神，作公务员而成功的很多。抑郁质人希望世界安定、平静、和平，这种气质特征，很好地为他们从事公务员的职业开辟了道路。抑郁质人有思考力、协调性，因此在会计、一般事务等方面适应性也比较强。他们适合承担事务、记账、资金事务等工作。

一般的看法是，抑郁质人在学者、教育家、研究人员、技术人员、医师等比较内向的职业领域里，有较强的适应性。在国家公务员这个职业领域，尤其如此。

在人事关系方面，适合承担组织管理和工资管理、教育培训等方面工作。

抑郁质的人应扬长避短，在职业选择上体现出自己的优势所在，并选择适合于自己的工作，只有这样，才能提高自己的适应能力。

三、胆汁质人适合干什么

相信实实在在的实业，不相信虚的东西，这是胆汁质人的特点。

胆汁质人最大的气质特征是外向性、行动性和直觉性。

他们冷静地注视一切现实。对自己身边发生的事情，也是以旁观者的态度来对待。因此，他们对作家、记者、图案设计师、实业家、护士等职业也有适应性。很了解自己气质的胆汁质人，都知道不管自己的适应性及能力如何，但十分缺乏做事必求成功的强烈愿望。他们任凭兴趣和感情行动，在行动过程中选择职业。

胆汁质人看起来与细致工作无缘，其实并不尽然。胆汁质人也有特别精细的。不拘于眼前的胜负，而专注于行动，热情地向自己的权限挑战，这也是他们的特征。

胆汁质人一旦就职，往往会对本职工作不那么专注。即使是深思熟虑后选择的工作，也没有一定为这个职业奉献全部身心的心情。不少胆汁质人经常更换工作，不断更换单位，甚至更换职业。也有不少胆汁质人凭着自己掌握的知识和技能，不要固定工作，而是成了自由职业者，自由自在地生活着、工作着。这样的人，如果找到自己满意的工作，有时也会飞黄腾达。

在政治家、外交家、商业家、作家、记者、设计师、实业家、护士等比较外向的职业领域里，胆汁质人有适应性。另外，在体育界，胆汁质人也比较活跃。

四、粘液质人适合干什么

有这样的例子：确认某人不适应某种职业，但他却去做了，并且获得了成功。这也许是因为他所选择的职业足以使他引以为豪，于是克服了它的不适应之处。对缺乏适应性的职业进行挑战，也是发现新的适应性的方法。

粘液质的出色之处是他们大多数都能很好地利用协调性、积极性、社会性及感情稳定性表现自己的才能，发挥出卓越的能力。而且不论地位高低，都能在各自的行业中占有重要位置。

粘液质人一般来说是能干的，他们的工作能力都较强。粘液质人处世精明，情报搜集能力也出类拔萃。如果他们对自己的才能抱有自信，与其在稳定的职业上平平庸庸地干，不如选择一个新的领域，进入有希望的行业试一下。

他们不仅能从事学术、教育、研究、医师等内向型职业，而且可以活跃在政治家、外交官、商人、律师等外向型职业领域。他们当中，以其独特才能驰聘在作家、漫画家、艺术家、服装设计、广告宣传、新闻报道领域的也不少。

与职业适应性一样，他们对工作岗位的适应性也很强。最适合于他们的工作岗位是策划及一般事务一类。策划部门的工作是根据市场调查的结果，为企业开发，创造能吸引消费者的商品、促进销售而提供广告宣传、计划设计及广告制作等。

五、另类气质与职业选择

国外一些研究根据气质特点及职业要求，划分出 12 种气质类型及相应的职业：

1. **变化型**。这些人在新的或意外的活动或工作环境中感到愉快。他们喜欢工作内容经常有些变化，在有压力的情况下他的工作往往很出色。追求多样化的工作，善于将注意力从一件事情转移到另一件事情上。典型的职业有记者、推销员、采购员、演员、公安司法人员等。

2. **重复型**。这类人适合反复做同样的工作。他们喜欢按照一个机械的、别人安排好的计划或进度办事，爱好重复的、有计划的、有标准的工作。典型职业有纺织工、印刷工、装配工、电影放映员、机床工等。

3. **服从型**。这些人喜欢按别人的指示办事，不愿自己独立作出决策，而喜欢让他人对自己的工作负起责任。典型职业有秘书、办公室职员、打字员、翻译人员等。

4. **独立型**。这些人喜欢计划自己的活动和指导别人的活动，他们在独立的负有职责的工作情况中感到愉快，喜欢对将来发生的事情作出决定。典型职业有厂长、经理、各种管理人员、律师、医生、电影制片人等。

5. **协作型**。这些人在与人协作工作时感到愉快，善于让别人按他们的意愿来办事，想得到同事的喜欢。典型职业有社会工作者、咨询人员等。

6. **劝说型**。这些人喜欢设法使别人同意他的观点，一般通过谈话或写作来达到。他们对别人的反应有较强的判断力，且善于影响他人的态度、观点和判断。典型职业有思想政治工作者、宣传工作者、作家、教师。

7. **机智型**。这些人在紧张危险的情境下能很好地执行任务。面对突发事件，能自我控制、镇定自如。典型职业有驾驶员、飞行员、消防员、救生员、潜水员等。

8. **经验决策型**。这些人喜欢根据自己的经验作出判断。当别人犹豫不决时，他们能当机立断作出决定。他们喜欢那些服从直接经验或直觉的事情。必要时，他们会用直接经验和直觉来解决问题。相应职业有采购员、股票经纪人、个体摊贩等。

9. **事实决策型**。这些人喜欢根据事实作出判断，喜欢根据充分的证据来下结论，喜欢用调查、测验、统计数据说明问题。典型职业有自然科学研究者、大学教师、化验员、检验员等。

10. **自我表现型**。这些人在能表现自己爱好和个性的工作环境中感到愉快。他们根据自己的感情作出选择，通过自己的工作表达自己的理想。典型职业有演员、诗人、音乐家、画家等艺术、文艺工作者。

11. **孤独型**。这些人喜欢单独工作，不愿与人接触。较适合的职业有杂志编辑、校对、排版、雕刻等。

12. **严谨型**。这些人喜欢注重细节的精确，他们按一套规则和步骤将工作尽可能做得完善。他们倾向于严格、认真地工作，以便保质保量地完成任务。典型职业有会计、记帐员、出纳员、统计员、档案管理员等。

气质和职业之间是有一定的适合性关系的，所以我们首先应根据心理测验和分析，了解自己的气质类型，尽可能好地确定适合的发展领域。而在现实中，我们的气质类型不一定能恰好符合职业要求，这时候该考虑的不是改变气质或改变职业，而是应当控制和指导人的气质。

自测：我是哪种气质

本测验 60 道题目，可帮助你确定自己的气质类型。回答这些题目时，应实事求是，怎样想的或怎样做的就怎样填写。看清题目后，请赋分。你认为最符合自己的情况的记 2 分；比较符合的记 1 分；介于符合与不符合之间的记 0 分；比较不符合的记 -1 分；完全不符合记 -2 分。

1. 做事力求稳妥，不做无把握的事。
2. 遇到可气的事就怒不可遏，想把心里话说出来才痛快。
3. 宁可一个人干事，不愿很多人在一起。
4. 到一个新环境很快就能适应。
5. 厌恶那些强烈的刺激，如尖叫、噪音、危险镜头等。
6. 和人争吵时，总是先发制人，喜欢挑衅。
7. 喜欢安静的环境。
8. 善于和人交往。
9. 羡慕那些善于克制自己感情的人。
10. 生活有规律，很少违反作息时间。
11. 在多数情况下情绪是乐观的。
12. 碰到陌生人觉得很拘束。

13. 遇到令人气愤的事，能很好地自我克制。

14. 做事总是有旺盛的精力。

15. 遇到问题常常举棋不定，优柔寡断。

16. 在人群中从不觉得过分拘束。

17. 情绪高昂时，觉得干什么都有趣；情绪低落时，又觉得干 什么都没意思。

18. 当注意力集中于一事物时，别的事物就难使我分心。

19. 理解问题总比别人快。

22. 能够长时间做枯燥、单调的工作。

23. 符合兴趣的事，干起来劲头十足，否则就不想干。

24. 一点小事就能引起情绪波动。

25. 讨厌做那种需要耐心、细致的工作。

26. 与人交往不卑不亢。

27. 喜欢参加热烈的活动。

28. 爱看感情细腻、描写人物内心活动的文学作品。

29. 工作学习时间长了，常感到厌倦。

30. 不喜欢长时间谈论一个话题，愿意实际动手干。

31. 宁愿侃侃而谈，不愿窃窃私语。

32. 别人说我总是闷闷不乐。

33. 理解问题时常比别人慢些。

34. 疲倦时只要短暂的休息就能精神抖擞，重新投入工作。

35. 心里有事，宁愿自己想，不愿说出来。

36. 认准一个目标就希望尽快实现，不达目的，誓不罢休。

37. 同样和别人学习、工作一段时间后，常比别人更疲倦。

38. 做事有些莽撞，常常不考虑后果。

39. 别人讲授新知识、技术时，总希望他讲慢些，多重复。

40. 能够很快忘记那些不愉快的事情。

41．做作业或完成一件工作总比别人花费的时间多。

42．喜欢运动量大的剧烈活动，或参加各种文体活动。

43．不能很快地把注意力从一件事转移到另一件事上去。

44．接受一个任务后，就希望把它迅速解决。

45．认为墨守成规比冒风险强些。

46．能够同时注意几件事物。

47．当我烦闷的时候，别人很难使我高兴起来。

48．爱看情节起伏跌宕、激动人心的小说。

49．对工作抱认真谨慎、始终如一的态度。

50．和周围人们的关系总是相处不好。

51．喜欢复习学过的知识，重复做已经掌握的工作。

52．希望做变化大、花样多的工作。

53．小时候会背的诗歌，我似乎比别人记得清楚。

54．别人说我“出语伤人”，可我并不觉得这样。

55．在学习生活中，常因反应慢而落后。

56．反应敏捷，大脑机智。

57．喜欢有条理而不甚麻烦的工作。

58．兴奋的事情常使我失眠。

59．别人讲新概念，我常常听不懂，但是弄懂以后就很难忘记。

60．假如工作枯燥无味，马上就会情绪低落。

确定气质类型的具体方法是：

1．将每题得分填入下表相应“得分”栏内。

2．计算每种气质类型的总分数。

胆汁质	题号	2	6	9	14	17	21	27	31	36	38	42	48	50	54	58	总分
	得分																
多血质	题号	4	8	11	16	19	23	25	29	34	40	44	46	52	56	60	总分
	得分																
粘液质	题号	1	7	10	13	18	22	26	30	33	39	43	45	49	55	57	总分
	得分																
抑郁质	题号	3	5	12	15	20	24	28	32	35	37	41	43	47	53	59	总分
	得分																

3．气质类型的确定：如果某气质类型的得分明显高于其他三种，均高出4分以上，则可定为该种气质类型。此外，如果该气质类型得分超过20分，则为典型型。如果该得分在10—20分之间，为一般型。若两种气质得分相近，差异小于3分，又明显高于其它两种达4分以上，可判定为两种类型的混合型；同样，如果三种气质得分均高于第四种，而且很接近，则为三种气质的混合型。

当然，在你是混合型的情形下，你的职业选择面应广一些，你的可塑造性会随之增大，你可以参考所混合的气质类型所适应的职业领域，然后作出职业选择。

坐标轴三：

职业与性格——性格决定命运

假如你并不“自知”适合干些什么，再美好的职业生涯设计终会成为南柯一梦。脚步匆匆的你可以无暇深思生命的意义，但你无法回避这样一个问题：你适合干什么？

常常听到有些人这样说：

“我秉性暴烈，跟人打交道的职业干不了。”

“我性格深沉，适合搞科研。”

“我性格温和，最适于当培养幼苗的园丁。”

什么叫性格呢？它是你对现实的一种稳固的态度以及与之相适应的习惯了的行为方式。它不仅表现在对人、对自己的态度上，同时也表现在对职业生涯的选择和态度上。开朗、活泼、热情、温和的性格，一般较适合从事演艺娱乐、新闻系统、服务行业以及其它同社会与人群交往较多的行业；多疑、好问、深沉、严谨的性格，比较适合于从事科研、教学方面的职业活动；做事马马虎虎的人，显然不适合做需要特别细心的外科医生；当一名职业军人，勇敢、沉着、果断与坚定则是必不可少的性格。

你的性格与你是否能适应某种职业生涯有着很大的关系。如果你从事的职业与你的性格相适应，你工作起来就会感到得心应手，心情舒畅，也就容易在工作中取得成就。如果你的性格特点与你所从事的职业不相适应，这种性格就会阻碍你工作任务的完成，使你感到被动、缺乏兴趣并难以胜任，即便能够完成工作任务，常常也会感到倦怠或力不从心，精神紧张。

一、汽车巨子之死

1993年3月9日，中国发生了一起举国震惊的事件，中国企业界巨子、“桑塔纳”总经理方宏坠楼自杀了！

方宏走得很平静，他的家人及秘书丝毫没有发现一点异样，他们很难将他生前的行为与他的自杀联系起来。方宏的死使许多人百思不得其解。

方宏在事业上应当说是很成功的。在出任总经理之前，方宏曾于1985年任大众董事会秘书长兼大项目协调部经理。桑塔纳从“丑小鸭”到“白天鹅”，方宏付出了巨大的心血，人称“中国的艾柯卡”。方宏在汽车制造方面的专业理论上达到了很高的造诣，被浙江大学聘为名誉教授。他创意建立“振兴中国足球基金会”，出资聘请洋教练，在中国足球史上留下了具有历史性意义的一笔。

随着事业的成功，地位的上升，方宏面临的压力也越来越大，心理负担也日益加重，他显得有些力不从心了，每晚都要靠安眠药帮助入睡。使他心力交瘁的是1993年桑塔纳的年产量要从1992年底的6．5万辆提高到10万辆；“振兴中国足球基金会”原宣布筹资1000万，却有240万没有到位；与他感情笃深的夫人姚沁薇偏偏又患了癌症、动了大手术……。

有人说“桑塔纳是方宏的命，足球是方宏的魂，夫人是方宏的根”，重压之下夫人的病给方宏带来了致命的打击，但他却克制着内心的痛苦和不安，冷静地安排着工作，细心地照顾着术后的夫人。终于有一天，他将文件交给秘书时说：“我想安静一会儿，请你们别来打扰。”16分钟之后，方宏从五楼总经理室的窗口跳下，轰然坠地。方宏之死，看起来是外在的压力过大所致，实际上是他性格中某些与他的工作性质不相适应的特性起着很重要的作用。

毫无疑问，方宏是一个出色的企业家，他才干出众，正直、勤勉、认真，这对他事业的成功起了极大的作用。但他内向、少言，过于追求完美，对自己近乎苛刻，使他背上了沉重的心理包袱。他平素做事极为认真，一丝不苟，这使得本来就很沉重的工作压力变得更加沉重起来。

姚沁薇住院的20多天里，方宏一天不落地来探望，他服侍姚沁薇的那份细心，别人想也想不到。这种细心使他对人对事对物往往有着更为深刻的情感体验，同时也加重了他的心理负担。

长期的内心冲突和矛盾、长期的自我压抑以及心理超负荷运转，终有到了极限的时候。终于，方宏选择了这样一种完全解脱的方式。

方宏内向、谦和、谨慎、认真、细致、守信，富有同情心，如果他仅仅做一个研究者或一个项目负责人，或许不致走到这一步。他缺少一个现代企业家所应当具备的另外一些品质，如外向、爱冒险、喜交际、自信乐观、开朗愉快等等。

二、性格的四大特征

观察一下日常生活中的人群，你就会发现千差万别的性格特征，有的人诚实、正直、谦逊；有的活泼、好动、善交际；有的人悲观、孤僻。

在人际交往过程中有内向的，也有外向的；在情绪特征上，有稳定型的，也有激动型的；在适应工作方向上，有的人积极进取，也有的人消极被动；在意志表现上有果断、勇敢和优柔寡断之分。

要想认识自己的性格，你就必须把握自己的性格的基本特征，这些特征一般可以从以下四个方面来考察：

1．性格的态度特征

性格的特征首先表现在你对社会、对别人以及对自己的态度上。如，对社会、对事业、对生活充满信心，目标明确；对集体、对他人关心；对劳动、对劳动产品热爱；对自己严格要求等等。上述这些态度是相互联系、相互影响的。

2．性格的意志特征

这是从你自觉地调节自己活动的方面来分析性格。按照调节行为的依据、水平和客观表现，性格的意志特征可分为下列四个方面：首先是意志的自觉性。主要表现在你对自己的行为的目的具有明确而深刻的认识，特别是能意识到自己行为的社会意义。其次是你的意志的自制性。主要表现是善于主动地自行控制自己的言行。再次是你的意志的果断性。果断性能促使你在紧急情况下及时采取坚决的决定。最后是你的意志的坚毅性。就是指在行动中坚持决定，百折不挠，顽强奋斗。

3．性格的情绪特征

你的情绪特征影响着你的全部活动。当情绪对你的活动的影响或你对情绪的控制有某种稳定的、经常表现的特点就构成性格的情绪特征。

性格的情绪特征可以分为情绪的强度、稳定性、持久性和主导心境等四个方面。

4．性格的理智特征

性格在认识方面的个体差异叫做性格的理智特征。这些差异表现在知觉的特点上，可以分为被动知觉型和主动观察型，或分为详细罗列型和概括型，或分为粗略型和精细型。在记忆方面可表现为直观形象性或抽象性。在思维方面则可表现为思想深刻或肤浅，思维的稳定或不稳定，善于独立思考或回避问题。在想象方面则可表现为有现实感或脱离实际，内容广阔或狭窄，等等。

三、性格决定职业

瑞士一位心理学家曾对人的性格类型进行了多年研究，并把人在生活中、与人交往中的性格特点分为四类。他发现相同类型性格的人更容易相互交往。了解自己的性格属于哪种类型，可以在生活和工作中扬长避短，有助于改善人际关系，使生活更加愉快。当然，你可能同时具有两种或两种以上性格类型特点，但你所具有的主要特征则代表其类型。

这四种性格类型及其特点是：

第一种：敏感型

这类人精神饱满，好动不好静，办事爱速战速决，但是行为常带有盲目性。与人交往中，往往会拿出全部热情，但受挫折时又容易消沉失望。这类人最多，约占 40%，在运动员、政府人员和各种职业的人中均有。

第二种：感情型

这类人感情丰富，喜怒哀乐溢于言表。别人很容易了解其经历和困难，不喜欢单调的生活，爱刺激，爱感情用事；讲话写信热情 洋溢。在生活中喜欢鲜明的色彩，对新事物很有兴趣。在与人交 往中，容易冲动，易反复无常，傲慢无礼，所以与其他类型人有时不易相处。这类人占 25%，在演员、活动家和护理人员中较多。

第三种：思考型

这类人善于思考，逻辑思维发达，有较成熟的观点，一切以事实为依据，一经作出决定，能够持之以恒。生活、工作有规律，爱整洁，时间观念强；重视调查研究和精确性。但这类人有时思想僵化、教条、纠缠细节、缺乏灵活性。这类人约占25%，在工程师、教师、财务人员和数据处理人员中较多。

第四种：想象型

这类人想象力丰富，憧憬未来，喜欢思考问题。在生活中不太注重小节，对那些不能立即了解其想法价值的人往往很不耐烦。有时行为刻板，不易合群，难以相处。这类人不多，大约只占10%，在科学家、发明家、研究人员和艺术家、作家中居多。

性格与职业的关系

适合内向性格的人的职业	适合外向性格的人的职业
自然科学家	管理人员
技术人员	监督人员
艺术家	律师
宗教家	政治家
会计师	教师
一般事务性工作的人员	推销员
速记员	警察
打字员	售货员
程序设计者	记者
	人事干部

不同性格类型的人，倾向也适合于不同的职业。外向的人适合去搞社交性和活动性的工作，而内向的人则更适合搞文字性和安稳性的工作。

不同的职业对人也有不同的性格要求，要适应这一职业，就必须具备或培养这一职业要求的性格特征。比如，作为医生，要有精益求精、一丝不苟的工作态度，有救死扶伤的人道主义品质，有高度的责任感并具有同情心；教师要热爱教育事业、富有爱心、为人师表、严于律己；工厂技术员要有创新精神、实干精神和刻苦耐劳、持之以恒的品质；管理干部要善于交往沟通、多角度思维、关心下属等。可以说，从事每一种职业都有一定的“职业性格”，好的职业性格有助于个体在相应职业中更好地完成工作。另一方面，在职业实践中，职业活动的要求也会让从业者巩固或改变职业性格；现代化生产要求培养人具有高度的组织性、计划性和毅力。所以，性格和职业是相互对应、相互作用的。

自测一：你对自己的看法如何

性格测试一，是从日常生活态度来了解人的性格倾向的。外向性的人性格特征是Ⅰ为活动性；Ⅱ为协调性；Ⅲ为开放性；Ⅳ为现实性；Ⅴ为柔软性为主轴而构成的。

	Ⅰ	Ⅱ	Ⅲ	Ⅳ	Ⅴ
1．性格开朗、喜欢聊天	□				
2．能够马上融入新的环境		□			
3．经常同朋友产生借贷关系			□		
4．与其率先考虑能否成功，倒不如先干着看				□	
5．工作上在要点上得到指示就足够了					□
6．发生事故不惊慌，能想办法摆脱困境				□	
7．不重视外表，更重视内在			□		
8．闲暇时，喜欢和大家一块嬉戏打闹		□			
9．和谁都能轻松交往	□				
10．与其制订计划，更喜欢付诸实干		□			
11．行动时先动身后动脑			□		
12．别人认为自己为他人服务的精神旺盛				□	

	I	II	III	IV	V
13. 房间的门一般敞开着					□
14. 认为处世要“先发制人”				□	
15. 能同时做两件事情			□		
16. 听别人说话，脑子里会不断涌出新主意		□			
17. 如果害怕失败便什么也不做	□				
18. 和朋友谈话时旁若无人		□			
19. 认为人生需要互相提携			□		
20. 认为“人生靠运气决定”是无稽之谈				□	
21. 有诸多事该做时，不知该从何处着手					□
22. 对别人的请求不予拒绝				□	
23. 心里存不住话，不吐不快			□		
24. 吃东西先从好吃的开始吃		□			
25. 能边说话边做总结归纳	□				
26. 马上可以领会新工作的要领		□			
27. 必需的东西大多能用钱买到			□		
28. 认为“朋友的朋友即是我的朋友”				□	
29. 经常帮人出主意					□
30. 喜欢忙				□	
31. 空闲时不知如何打发时间			□		
32. 别人认为自己会照料别人		□			
33. 写信不打草稿	□				
34. 学问如何对实际生活无补就毫无意义		□			
35. 比起旅行社集体导游，要想单独旅行			□		
36. 知道行不通时，马上改变方法				□	
37. 首先从十拿九稳的事情作起					□
38. 看到别人干错事马上提醒他				□	
39. 对社会上发生的事非常关心			□		

	Ⅰ	Ⅱ	Ⅲ	Ⅳ	Ⅴ
40. 喜欢冲锋在前，大刀阔斧地干事，但对处理善后事宜却不擅长		□			
41. 别人认为自己可爱	□				
42. 说话时视对方态度，随时调整自己的语气、态度等		□			
43. 看到电视中精彩的体育节目，会情不自地拍手叫好			□		
44. 过路口时，红灯亮却没车来时就穿过去				□	
45. 认真听取别人的劝告					□
46. 很有灵性				□	
47. 自杀者即使有理由也是傻瓜			□		
48. 很受孩子们欢迎		□			
49. 常常受到老人们的善意相待	□				
50. 人生充满惊险才有趣		□			
得分：					

①读完以上1—50各问后，认为“所言极是”者，画“○”，认为“全非如此”者，画“×”；“不置可否者”，画“△”。

②“○”为2分，“△”为1分，“×”为0分计算，分别纵向计算Ⅰ—Ⅴ的得分，记入得分栏内。再把Ⅰ—Ⅴ的得分合计起来，即得到总分。

③总分在70分以上为行动型，40分以下者为非行动型，41—69分者可视为倾向不明。

自测二：你是怎样看待自己的

性格测试二是以Ⅰ为伦理性，Ⅱ为计划性，Ⅲ为缜密性，Ⅳ

为规律性，Ⅴ为安定性5项做为主轴的。

	Ⅰ	Ⅱ	Ⅲ	Ⅳ	Ⅴ
1. 有些东西面对实际生活尽管不起直接作用，但有必要的，所以想学习	□				
2. 别人求助时如不方便就断然拒绝		□			
3. 认真考虑，然后才行动、说话			□		
4. 总是把表对得很准				□	
5. 生活态度是“三思而后行”					□
6. 性情总是“水波不惊地平稳”				□	
7. 收到信件、包裹马上就回函			□		
8. 做事时先确认不会失败后才开始行动		□			
9. 做事时先考虑先后缓急	□				
10. 对他人的事情尽量不插嘴		□			
11. 工作衔接安排好顺序，所以忙而不乱			□		
12. 综合自己的想法后再说话				□	
13. 几乎从不丢失携带的物品或失手打碎东西					□
14. 笔记中的字的大小形状始终不变				□	
15. 别人说你面无表情			□		
16. 不受一时的气氛所左右		□			
17. 一经决定便尽量遵守	□				
18. 写重要的信件或文件时必打草稿		□			
19. 从不因一时冲动而买东西			□		
20. 买食物首先注重营养平衡				□	
21. 没事不打电话					□
22. 将筒状牙膏从下向上工整地卷着用				□	
23. 尊重每个朋友的个性，决不勉强			□		
24. 虽然情绪有些不好，但仍把分配的工作做完		□			
25. 人生有许多东西不能用金钱买到	□				

	Ⅰ	Ⅱ	Ⅲ	Ⅳ	Ⅴ
26. 决不泄露朋友私密，背叛朋友的信任		□			
27. 借东西到期一定归还			□		
28. 怕出麻烦，门窗一般都关闭着				□	
29. 打电话之前先考虑好说话的先后顺序					□
30. 彻底寻找失败的原因				□	
31. 高效率地记笔记，有自己的一套方法			□		
32. 亲自充分调查考入学校和就业单位		□			
33. 得到详尽说明后，才开始工作	□				
34. 即使别人打破规律自己也不随波逐流		□			
35. 在人生中比起才能来，气质更重要			□		
36. 做事时很少冲动更善于善后处理				□	
37. 不管多么急也不加塞儿					□
38. 经常发现报上的校对错误				□	
39. 外出旅行时先准备好洗手毛巾			□		
40. 闲暇时喜欢猜迷、读书等活动		□			
41. 出了麻烦尽可能不去找人商量，而是独自一人思考	□				
42. 做事有条理，一切按计划行事		□			
43. 把书信重复看几遍才放下心来			□		
44. 不干完手头的事不接新的工作				□	
45. 做事时有人过来说话也不受干扰					□
46. 即使不拿手的事情也不退避三舍，总想试试看				□	
47. 身体健康是因为生活有规律			□		
48. 愿意细心地做同样的工作		□			
49. 晚上制定好第二天的计划才入睡	□				
50. 做不做暂且不谈，订计划是很惬意的		□			
得分：					

①读完1—50各问题，如果认为同你平时所感、所做一致，就画“○”，不一致画“×”；不置可否的画上“△”，将它们填入题目的方格内。

②“○”为2分，“△”为1分，“×”为0分计。Ⅰ为伦理性，Ⅱ为计划性，Ⅲ为缜密性，Ⅳ为规律性，Ⅴ为安定性。再按纵向计算Ⅰ—Ⅴ的得分，记入得分栏内。再把Ⅰ—Ⅴ的得分结合起来，即得到横栏总和。

70分以上者为思考型，40分以下者为非思考型，41—69分倾向不明。

坐标轴四：

职业与需要——追求多重满足

一、由低到高的职业需要层次

人为什么要工作？为什么选择这种工作而不是另一种？这些都涉及到人不同的职业需要和职业动机。心理学家莫尔斯和韦斯对美国全国各地的人进行抽样调查，询问他们如果继承一笔钱，不用工作就可过上舒适的生活，是否就愿意放弃工作，80％的人回答不愿意。当被问及为什么要继续工作时，一个颇为普遍的回答是：与人保持联系。钱、人的关系、工作条件等因素被称为“保健”因素，这些方面倘若不顺人意，会使人失望，但它们不是积极动机之源。赫茨伯格认为，作为动机之源，令人满意的因素是“工作的实质”，包括工作本身、进展、成绩、承认和责任。人们的工作目的是表达自己、运用自己的潜力。工作正是提供给人们一种满足他们充分实现自我的需要的机会。工作能使人们树立自我形象、发展自我、最充分地发挥自己的潜力。

人们的职业需要往往都不是单一的，而是多种需要的复合体。因此，人们在职业活动中总是追求多重满足。只是各种需要的强度在不同的人或同一个人的不同情况下，有所差异和偏向。

和人的其他需要一样，职业需要是一个多类型、多层次、多水平的复杂系统，是多种因素交织在一起，某些因素占主导的心理倾向。职业需要是推动人从事职业活动的内部动力，是工作积极性的内部源泉，它在人的职业活动中具有重大意义。

从人们对职业需要的由低到高的层次来看，一般有下面几种：

1. **维持生活的需要**。人们为生存和延续后代，为满足基本的衣、食、住、行等方面的需求而工作。

2. **发展自我的需要**。为学习和从事适合自己的职业、发挥特长、培养能力、充实信心、建树成就而工作。

3. **交往归属的需要**。职业为人的社会生活开辟了另一片天地，另一个渠道。人们在职业生活中总可以结交一定的人，归属一定的群体，这也是职业需要的一种。

4. **承担社会义务的需要**。社会要求有劳动能力的公民从事一定的职业，通过职业活动来为社会尽职尽责。社会也通过职业赋予人们一定的形象和地位，使他们得到认可、受到尊重，感到自己是有能力、有用处的。

广义的职业需要还包括职业动机，它是人们从事一切职业活动的更为直接的动力或动因。首先，它决定职业选择方向，指导我们择业时的思路；其次，在已进入职业领域后，它可以发动、维持、激励或制止某种职业活动。

二、无法满足的职业需要

在职业实践中，职业需要往往还存在几个方面的矛盾：

1. **职业需要与社会职业条件的矛盾**。人的职业需要与社会分工、社会生产力发展水平和各种职业所要求的工作者数量与质量经常处于不平衡状态。尽管国家经常调整就业需要与就业之间的矛盾，如开辟全民、集体、个体等多种就业渠道，但两者间的不平衡是不可能彻底消除的。

2. **职业需要与职业结构变化的矛盾**。为满足一定的职业需要。我们要掌握相应的知识、技能和能力结构。但随着现代社会科技的飞速发展，新形势下职业结构的相应变化，使得原来的需要和我们的已有准备也必须作一定调整才能适应。

3. **职业需要与职业心理品质要求的矛盾**。任何一种职业对其工作人员的心理品质都有一定的要求，某些特种职业要求更为严格。司机、运动员等都要感觉灵敏、动作协调、反应迅速、判断力强、注意力集中等等。不具备这些心理品质，即便有这种职业需要，也难以得到满足。当然，有些适合于职业要求的品质是可以通过一定的教育训练得到培养的，但有些则不可以。

三、新职位是否真的想要

要改变的是工作，还是你的工作方式呢？也许从意识里你需要拨一拨价值的指针。

如果是为增长新经验，发掘自身潜力去“辞职”，不失为一种愉快的工作经历。新环境、新内容会带给人新的体验，如果你悟性不错，这些新体验将成为人生的一笔财富，让自己去尝试扮演多个角色，你会发现你的经验很丰富，对于发生的许多困难你都有能力有经验去应付，这不仅会增加人的自信心，而且会使人不断迈向成功。

如果是因为现在的工作你不感兴趣或老板不能正确评价你的成绩，于是你想通过跳槽改变境遇，那么，你最好再问自己以下几个问题：

你是否真的了解自己的能力和需要？

新的职位是否真的能让你发挥才干，以保证你能做出突出的成绩获得上司赏识，进而被晋职或加薪？

你加薪或晋职后是否就觉得满意了？

原来若是因人际关系而“辞职”，那么在新单位，同样会面临人际关系问题，你是否确信会与之和谐相处？

如果你了解自己的能力，知道在现职位只会使你劣势无法克服，优势无法显现，“辞职”不失为一条好的出路；若只是因为在这里没得到想要的，那么还是暂缓为妙。

因为“辞职”会使你已经积累的人际网络、工作成绩、相关资历与经验等都不得不在某种程度上有所损失，而以现在的积累，你只需解决一两个棘手问题，何需“辞职”？贸然“辞职”，你将重新开始建立一切，而且原本已不再需要你费心的事你将不得不投入精力，两相比较，跳槽并不见得能使你更加游刃有余。

跳不跳槽还是先问自己，没有的是否真想要？想要的是否真的有？真有的是否一定能得到？

四、培养正确的职业观

正是这种种矛盾交织在一起，使人们的职业需要不断发展变化。为理顺这些矛盾，使人的职业需要得到健康发展和充分满足，并在此基础上实现个体与社会的统一，我们应该注意如下一些方面：

1. **寻求职业信息，调整职业需要**。我们可以通过观察、总结和咨询、指导等了解职业供求间的符合程度、距离以及一定的发展趋势，再据此调整自己的职业需要，寻求相应的教育和培训。

2. **掌握职业技能，强化职业需要**。人们的职业需要是靠不断地满足来强化的。而满足主要的手段是必备一定的专业知识和业务能力，这样才能加深人们对职业的认识，引起职业兴趣，增强职业适应性，从而形成和强化正确的职业需要。

3．**参加职业实践，满足职业需要**。参观、实习、社会性职业服务活动等，都为我们感受、认识某种职业的工作性质和社会意义提供了良好的条件，对于补充直接经验，激发职业兴趣具有重要意义。只有在社会职业实践中，人的职业需要才可得以满足。

4．**树立正确的职业观，调控职业需要**。职业观是人们对职业的总的看法。它一般包括认识职业本质，明确职业责任，形成职业理想等丰富内容。其中职业理想是职业需要的最高层次，是人们调控职业需要的中心环节。所以，无论在接受职业教育，还是自身职业准备中，正确的职业观是至为重要的培养内容。

自测：你是否符合社会需要

1．世界上怪人多的是，一概不予理睬。

2．别人交谈时忍不住想插言。

3．总是主动向人问好。

4．遭人指责时，首先想到的是“讨厌”。

5．难于确切表达自己的意思，容易遭人误解。

6．对于他人不可思议的举动能够理解。

7．不愿与自己不合的人交往。

8．在家里说话常常得不到父母重视。

9．好奇心强、兴趣广泛。

10．遇到困难便一筹莫展。

11．同性交往中应付自如，而对异性的想法则茫然无知。

12．走投无路也决不绝望。

13. 看到有不良嗜好的人就想加以制止。

14. 不知道别人在想什么。

15. 在听别人说话时，常会受到启发，不由得点头称是。

16. 听天由命胜于一切。

17. 以为有了好条件便能学习好。

18. 如因某种原因只剩下孤身一人，仍会充满信心生活下去。

19. 自认命运多舛，反抗是无用的。

20. 不论跟谁交谈都没有用，干脆闭口不言。

21. 善解应用题，长于智力游戏。

22. 听别人自我吹嘘，会觉得很无聊。

23. 对方动气，自己也会恼火。

24. 决定要干的事，不获成功，决不罢休。

25. 父母为子女操劳是天经地义的事，不必感恩。

26. 对于失败难以忘怀。

27. 十分清楚父母对自己寄予的期望是什么。

28. 因为没有自信，而听不进别人的话。

29. 对牛弹琴，不如不费口舌。

30. 对别人的服装、发型总是很留意。

31. 有时觉得活着没有意思。

32. 生气时便会揭人之短。

33. 对自己周围环境的变化很敏感。

34. 总觉得时间不够用。

35. 不管别人说什么，依然我行我素。

36. 在看电影和电视剧时，常会感动得流下泪来。

37. 渴望躲入荒无人烟的地方去。

38. 心安理得地让父母和教师代办一切。

39. 本想说什么的，但考虑到对方的情绪，欲言又止。

40. 对那些貌似幸福的人十分羡慕。

41. 每天都似乎是在别人的操纵下生活。

42. 再忙也不会乱了阵脚。

43. 自己的人生属于自己，不容他人指手划脚。

44. 对家里人的地漠不关心。

45. 人的言行都有目的的，不能简单地只做表面理解。

46. 不同代的人想法也不一样，因而寻求共同语言只能是徒劳。

47. 对“好”与“坏”如不严加区分，便一事无成。

48. 同一个人，立场不同，自然其所讲的千方百计也就不同。

49. 盲目行动，不计后果。

50. 即使想学习，也集中不起精力。

51. 对与自己的关系亲密的人的兴格和爱好十分熟悉。

52. 把不能充分发挥自己才能的原因归咎于环境。

53. 常常会有不愉快的想法。

54. 独自决定自己毕业后的去向问题。

55. 和朋友相比，似乎总有种吃亏的感觉。

56. 虽很有才能却得不到承认。

57. 必要时可以结交新朋友。

58. 常常会因话不投机而出现冷场。

59. 想干的事不能干，是因为父母不理解自己。

60. 人在幸福的时候对谁都充满好意。

自我诊断方法：

①上述 60 问，逐个审核，认为对的填 A，不对的填 B。

②计分方法是：在 3、6、9、12、15、18、21、24、27、30、33、36、39、42、45、48、51、54、57、60 各项前填 A，此外各项均填 B，对了得 1 分。

③最高得分 60 分，多多益善。不得分者需考虑改善日常生活态度。

坐标轴五：

职业与价值观——人生的自我实现

由于个人的身心条件、年龄阅历、教育状况、家庭影响、兴趣爱好等方面的不同，人们对各种职业有着不同的主观评价。从社会来讲，由于社会分工的发展和生产力水平的相对落后，各种职业在劳动性质和内容上，在劳动难度和强度上，在劳动条件和待遇上，在所有制形式和稳定性等诸多问题上，都存在差别。再加上传统的思想观念等的影响，各类职业在人们心目中的声望地位便也有好坏高低之见，这些评价都形成了人的职业价值观，并影响着人们对就业方向和具体职业岗位的选择。

价值观是一种内心尺度。它凌驾于整个人性当中，支配着人的行为、态度、观察、信念、理想等，支配着人认识世界、明白事物对自己的意义和自我了解、自我定向、自我设计等；也为人自认为正当的行为提供充足的理由。我们这里考察的职业价值观，不是看人们如何看待“职业价值”的本质，而是注重探讨人们在职业选择和职业生活中，在众多的价值取向里，优先考虑哪种价值。

一、人生价值取向与职业类型

在大多数人眼里，中意的职业应该是这样的：

1. 薪水高，福利好；

2. 工作环境（物质方面）舒适；

3. 人际关系良好；

4. 工作稳定有保障；

5. 能提供较好的受教育机会；

6. 有较高的社会地位；

7. 工作不太紧张、外部压力少；

8. 能充分发挥自己的能力特长；

9. 社会需要与社会贡献大。

职业咨询专家跟踪多年的客户，从几十万份个人职业档案中研究得出结论：影响人生职业选择的价值观可归纳为六种，各种价值观解释如下：

1. 自由型

也称非工资生活者型。这种类型的人不受别人指使，凭自己的能力拥有自己的小“城堡”，不愿受人干涉，想充分施展本领。

具有这种价值观的人未来的职业可能是：室内装饰专家、图书管理专家、摄影师、音乐教师、作家、演员、记者、诗人、作曲家、编剧、雕刻家、漫画家等。

2. 小康型

这种类型的人受尊敬欲望很强，追求虚荣，优越感也很强。他很渴望能有社会地位和名誉，希望常常受到众人尊敬。欲望得不到满足时，由于过于强烈的自我意识、有时反而很自卑。

具有这种价值观的人适合从事这样的职业：记帐员、会计、银行出纳、法庭速记员、成本估算员、税务员、核算员、打字员、办公室职员、统计员、计算机操作员、秘书等。

3. 支配型

也称独断专行型。这种类型的人想当上组织的一把手，飞扬跋扈，无视他人的想法，为所欲为，且视此为无比快乐。

具有这种价值观的人适合从事这样的职业：推销员、进货员、商品批发员、旅馆经理、饭店经理、广告宣传员、调度员、律师、政治家、零售商等。

4. 自我实现型

这种类型的人对诸如平常的幸福，一般的惯例等毫不关心，一心一意想发挥个性，追求真理。不考虑收入、地位及他人对自己的看法，尽力挖掘自己的潜力，施展自己的本领，并视此为有意义的生活。

具有这种价值观的人适合从事这样的职业：气象学者、生物学者、天文学家、药剂师、动物学者、化学家、科学报刊编辑、地质学者、植物学者、物理学者、数学家、实验员、科研人员、科技作者等。

5. 志愿型

这种类型的人富于同情心，他们把他人的痛苦视为自己的痛苦，不愿干表面上哗众取宠的事，把默默地帮助不幸的人视作无比快乐。

具有这种价值观的人一定是个公益事业的热心人：社会学者、导游、福利机构工作者、咨询人员、社会工作者、社会科学教师、护士等。

6. 技术型

这种类型的人认为立足社会的根本在于一技之长。因此，他们钻研一门技术，认为靠本事吃饭既可靠，又稳当。具有这种价值观的人都是生活中的技工：木匠、农民、操作 X 光的技师、工程师、飞机机械师、鱼类和野生动物专家、自动化技师、机械工（车工、钳工等）、电工、火车司机、长途公共汽车司机、机械制图等。

二、甜蜜的陷阱——七大误区

由于各种主客观条件的限制，人们的职业价值观常常也会出现许多误区，影响人们的择业行为。比如：

1. **赶时髦，随大流**。不少人择业时易受社会上一时舆论的支配，追求热门，盲目从众，而不考虑自身条件及职业特点，结果是在激烈的竞争中败北，或者在其位难尽其职，既影响工作，又压抑自己。

2. **求体面，过分强调职业的社会地位**。1996年对上海几所中学学生的调查显示，把脑力劳动作为理想职业的占被调查者总数的98. 3%，没有一个选择农业和个体经营的，选择工业的仅占0. 3%，选择服务业的也不过1. 3%。这显然是和社会实际需要相悖的，是难以实现的。

3. **图实惠，盲目寻求高薪高酬的职业**。在商品经济迅速发展的现时代，经济因素越来越成为人们价值判断中的一个突出的方面。所谓“下海潮”、“经商热”都是这一现象的反映。面对冲击，有的人便不能保持心理平衡，不顾是否能学以致用，也不管是否是自己兴趣能力等所及，而优先考虑那些高薪高酬的职业和单位，这会给某些人最终带来迷茫和失落感，带来“除了钱什么也没有了”的错位和空虚感。

4. **寻“热土”，片面强调地区观念**。前些年，不少人求职的理想地点是“天（天津）南（南京）海（上海）北（北京）”，就是不去“新（新疆）西（西藏）兰（兰州）”。但实际置身于其中，便会发现诸多矛盾和困惑。还有些人一味留恋家乡，择业以家近为上，这便局限了视野，也可能失去了发展自身的更好机遇。

5. **图轻松，缺乏事业心**。有的人在择业时“避重就轻”，不愿迎接挑战，不愿劳心伤神，不想承担责任，也不思求进取，只图轻闲自在，看似超然，实际上吊儿郎当，缺乏应有的事业心。

6. **求发展，一味追求个人兴趣满足**。职业是人们满足兴趣、发展自我的一个途径，但是，如果一味“率性而为”地择业，便会在实际面前遇到很多冲突和阻碍，反而屡屡受挫。而且，由于兴趣的转移，又可能引起工作的动荡，这也不利于个人的发展。

7. **要“专业对口”，狭隘地理解专业**。在职业选择中，专业对口与否，历来是学习过一定专业知识和接受过一定职业训练的人所关注的一个问题。本来，学以致用，这是天经地义、无可厚非的要求，因为这既利于工作的效益，又利于个人的发展。但由于现实的种种限制，个人所学与社会所需并不能一一对应，所以，若狭义地理解“专业对口”，就会使择业范围和发展空间大大缩小，易导致人的失意感和消极情绪。

从上面的一些简单分析中，我们可以看出职业价值观通过人们的行为、态度、信念、兴趣等对职业选择的影响。这就提醒我们要树立良好正确的职业价值观，引导自身走上成功和发展之路。首先，要解放思想，更新观念，摆脱传统束缚，消除慕虚荣、爱面子、自我封闭、消极怠惰等心理。

其次，要加强自身修养，保持头脑冷静，客观地认识社会转型时的诸多现实，心有定性而不追星逐热。

再者，要“知己知彼”，在现实的主客观限定范围内，寻找适合于自己的更好地得以发展自身的道路，而不见异思迁，不怨天尤人，不人云亦云。

三、判断你的职业价值观

在我国老、少、边区或农村的毕业生中，出人头地的思想占支配地位，而出身于富裕家庭的毕业生享乐型的思想价值观占主要地位。不同的价值观，决定着不同的求职择业行为与成功方式。下面即是一项职业价值观自我诊断表：

1.(A) 即使有所损失，以后再挣回来。
(B) 没有确实可靠的赢利就不着手做。

2.(A) 国家的繁荣是经济力量在发挥作用。
(B) 国家的繁荣是军事力量在发挥作用。

3.(A) 想当政治家。
(B) 想当法官。

4.(A) 凭衣着打扮或居住条件了解他人。
(B) 不想凭外表推测他人。

5.(A) 养精蓄锐，以便大刀阔斧地工作。
(B) 必要时愿意随时献血。

6.(A) 想领个孤儿抚养。
(B) 不愿让他们留在家中。

7.(A) 买汽车买能把家人装下的大型汽车。
(B) 买汽车买外型美观、颜色适宜的最新型汽车。

8.(A) 留意自己和他人服装。
(B) 无论是自己的事还是他人的事，全不放在心上。

9.(A) 结婚前首先确保自己有房间。
(B) 不考虑以后的事。

10.(A) 被认为是个照顾周到的人。
(B) 被认为是有判断力的人。

11. (A) 生活方式同他人不一样也行。
 (B) 其他人家里有的东西我也想有。
12. (A) 为能被授予勋章而奋斗。
 (B) 暗地帮助不幸的人。
13. (A) 自己的想法比别人的正确。
 (B) 必须尊重他人的价值观。
14. (A) 最好婚礼能上电视，而且有人赞助。
 (B) 把婚礼搞得比别人的更有气派。
15. (A) 被认为手腕高，能推断将来的人。
 (B) 被认为是处事果断的人。
16. (A) 店面虽小，也想自己经营。
 (B) 不干被人轻蔑的工作。
17. (A) 对法定的佣金、利息很关心。
 (B) 关心自己的能力和适应性。
18. (A) 在人生道路上不获胜就感到无意义。
 (B) 认为人生应该互相帮助。
19. (A) 社会地位比收入更有吸引力。
 (B) 与社会地位相比安定最实惠。
20. (A) 有重视社会的惯例。
 (B) 经常被邀请主持婚礼。
21. (A) 同独身生活的老人交谈。
 (B) 为别人做事嫌麻烦。
22. (A) 度过充实的每一天。
 (B) 在还有生活费时不想干活。
23. (A) 有空闲时间就想学习文化知识。
 (B) 考虑被他人喜欢的方法。
24. (A) 想一鸣惊人。

(B) 生活平平淡淡，同别人一样就行了。

25. (A) 用金钱能买到别人的好意。

(B) 在人生中必需的是爱而不是金钱。

26. (A) 一考虑到将来就紧张不安。

(B) 对将来能否成功置之度外。

27. (A) 伺机重新大干一番。

(B) 关心发展中国家人们的生活。

28. (A) 该尽量利用亲戚。

(B) 同亲戚友好地互相帮助。

29. (A) 如托生动物的话愿变为狮子。

(B) 如托生动物的话愿变为熊猫。

30. (A) 严格遵照作息表，生活有规律。

(B) 不想忙忙碌碌，愿轻松的生活。

31. (A) 有空的话读成功者的传记。

(B) 有空的话看电视和睡觉。

32. (A) 干不赚钱的事是没意思的。

(B) 时常请客送礼给他人。

33. (A) 擅长干决得出胜负的事情。

(B) 擅长于改变家室布局和修理东西。

34. (A) 对自己的行动有信心。

(B) 注意与对方合作。

35. (A) 有借于人，但不借物给别人。

(B) 忘记借进、借出的东西。

36. (A) 不认为人生由命运决定。

(B) 被命运摆布也很有趣。

职业价值观测试得分表

	Ⅰ	Ⅱ	Ⅲ	Ⅳ	Ⅴ	Ⅵ	Ⅶ	Ⅷ	Ⅸ		Ⅰ	Ⅱ	Ⅲ	Ⅳ	Ⅴ	Ⅵ	Ⅶ	Ⅷ	Ⅸ
1	A	B								19				A			B		
2		A	B							20					A			B	
3			A	B						21						A			B
4				A	B					22					A				B
5					A	B				23				A				B	
6						A	B			24			A				B		
7							A	B		25		A				B			
8								A	B	26	A				B				
9							A	B		27	A					B			
10						A		B		28		A					B		
11					A		B			29			A					B	
12				A		B				30				A					B
13			A		B					31			A						B
14		A		B						32		A						B	
15	A		B							33	A							B	
16	A		B							34	A							B	
17		A		B						35		A							B
18			A		B					36	A								B
										合计									

各种价值观解释如下所示：

Ⅰ. 独立经营型

也称非工资生活者型。这种类型的人不受别人指使，凭自己的能力拥有自己的小“城堡”，不愿受人干涉，想充分施展本领。

Ⅱ. 经济型

也称经理型。这种类型的人确信世界上的所有幸福都可以用金钱买到，他们断然认为人与人之间的关系是金钱关系，连父母与子女的爱也带有金钱的烙印。

Ⅲ. 支配型

也称独断专行型。这种类型的人想当上组织的一把手，飞扬跋扈，无视他人的想法，为所欲为，且视此为无比快乐。

Ⅳ. 自尊型

这种类型的人受尊敬欲望很强，追求虚荣、优越感也很强。他很渴望能有社会地位和名誉，希望常常受到众人尊敬。欲望得不到满足时，由于过于强烈的自我意识。有时反而很自卑。

Ⅴ．自我实现型

这种类型的人对诸如平常的幸福、一般的惯例等毫不关心，一心一意想发挥个性，追求真理。不考虑收入、地位及他人对自己的看法，尽力挖掘自己的潜力，施展自己的本领，并视此为有意义的生活。

Ⅵ．志愿型

这种类型的人富于同情心，他们把他人的痛苦视为自己的痛苦，不愿干表面上哗众取宠的事，把默默地帮助不幸的人视作无比快乐。

Ⅶ．计划型

这种类型的人性格沉稳，做事组织严密，井井有条，并且对未来充满平常心态。

Ⅷ．合作型

这种类型的人人际关系较好，认为朋友是最大的财富。

Ⅸ．享受型

这种类型的人好吃懒做，不愿从事任何挑战性的工作。

诊断方法：

①上述 1～36 题有 A、B 二种观点与态度。比较同一题中的 A 与 B，把同自己平时考虑的相接近的画“○”，两者都不符合的画“Δ”。

②画“○”者得 2 分，画“Δ”者得 1 分，把 I 一 IX 的得分，分别按纵向累积，记入“职业价值观测试得分表”。正确的话，合计为 72 分。

③判断：价值态度不明确的话，分数就会分散，得分超过 12 分的，就不妨把它看成是你的“职业价值观”。

四、职业态度引导职业行为

职业态度则是个人对职业的较持久的，肯定或否定的内在反向倾向。

职业态度的评价是一个认知体系，其核心是人们评判职业好坏的职业观。职业态度的行为倾向则主要表现在职业选择的倾向和职业劳动的积极性和忍耐力上。不论是职业评价还是职业行为倾向，都伴随着喜欢或厌恶、热情或消沉等情绪情感成分。人们对抱有积极态度的职业，评价较高，喜欢也愿意参与并为之克服困难，作出牺牲，并且往往会取得较高的效率和较好的成绩。

职业态度的形成和改变，是在家庭、职业教育、职业实践等环境中，在父母、老师、同伴同学同事等人的影响和引导下，由量到质逐渐发展的。

职业态度和职业行为、工作效率间的关系呈多种取向，其中，既有相辅相承的关系，也有相互脱节，甚至相互矛盾的方面。这只是说明，除了职业态度较为稳定的影响作用外，决定人们实际工作的积极性的，还有许多情绪性因素。如主观方面的动机强度、兴趣爱好、心境、情绪和身体健康等，客观方面的工作的丰富性、新异性、难度强度以及各种管理因素、环境因素等。但是，在上述诸多起作用的因素中，职业态度仍起着主要作用的。

1951年凯尔曼（H. C. Kelman）曾提出一种模式，即服从、认同和内化，实际上是态度形成和改变的三个不同层次。

1．**服从**。是在社会影响之下，个人态度在外显行为上表现得和别人一致。这种态度一般是受奖惩原则支配的，是在外因控制下的表面的、暂时的行为，易随情绪而变化。

2. **认同**。是自愿地接受他人的观点，使自己的态度与他人的相接近。这是受认同对象的吸引，而又主动愿意趋向于心中的榜样。其中包含着积极的情感成分。

3. **内化**。是真正从内心深处相信并接受他人的观点，并使之成为自己态度的一个有机组成部分。态度的内化，是使个人所认同的态度与自己原有态度、价值观等协调一致的过程，是认知的结果。

职业态度也是个体不断社会化的结果。在个体自己，一方面可以增加与态度对象的接触，在更深的理性认识中形成态度；再者要虚心听取意见，客观评判与己不同之观点，然后择其善者而从之；另外也要遵循社会规范及团体规定，这样利于形成积极有效的态度体系，引导职业行为。

案例：高薪人士缘何“跳槽”

1997年北京人才职业大市场第一天，参会求职者有2万多人，可谓盛况空前。蜂拥而至的人流中，23%的在职人员希望在人才市场中找到更适合自己的工作。从入网登记表格中看到，这部分在职人员中有3%的人是“三资”企业或公司任职的高级管理人员，收入不菲，如今也要“跳槽”，另谋他职。

30岁的李先生，身着名牌衬衫，系着领带，谈吐儒雅，在交流会上很是显眼。他是山西人，家居农村，在陕西上的大学，化工专业毕业后，经努力又获得了化学硕士学位。现在北京一私营集团任副总经理，月薪5000元，集团下属6个公司，李先生负责人事、财务、经营管理，一人身兼数职，出外有轿车，收入是不少，有时还有红包。

如此丰厚的收入，但他要辞职，要另谋职位，为什么？

李先生说，公司是私营企业，上下内外老板的亲朋好友当头者居多，关系错综复杂。老板高兴时发红包，一不如他意，扣你一两千还不知是何原因。但最主要的是，下海几年的体会是，人一辈子不能为钱活着。为了钱活着，人格没有了，而且荒废了过去学的专业知识，人就没有活着的意义了。

虽然到新的岗位还要试工，从零开始，但干的是专业，搞配方，开创一片新天地，李先生十分自信。

李先生经过市场洗礼，现要将所学知识奉献于人类，奉献于社会。不图眼前“实利”，着眼长远，心态从零开始，正是他的过人之处。

王女士，“文革”结束恢复高考后，考上大连财经学院，毕业后分到北京的一个部级机关工作。80年代中期，她和爱人一起“下海”，分别在国贸中心的两家外企工作，月收入相当可观，去年买了一辆轿车，最近又花了几十万元，在三环路边上买了一套三居室住房，仅装修就花了好几万元。

目前的她已经辞职，到人才交流会“找位子”。她的理由是：自己所学的专业知识太陈旧了，不能适应市场高新技术发展的需要，现在外企新大学生很多，而她已经37岁，早晚得让位于年轻人。

王女士目前打算找个工作时间较稳定的工作，能有更多时间去更新知识，学习新的专业、技能。今天的辞职，或许会失业，为的是以后更好地创业。

辞职，是为了学习高科技知识，做跨世纪人才，应该说王女士是富有远见卓识，你能说她离开外企这个高级职位不对吗？

张先生，毕业于北京的一所师范大学，凭着吃苦好学的精神，利用在机关工作时间 的优势，用两年时间通过高等自学考试又获得一张文凭。

张先生大学毕业后，先在某机关工作，由于业务能力较高，3年就提拔为副处级干部。爱人在一所中学当老师。两口子有了孩子后，上有老，下有子，就靠这点死工资，日子过得较为紧张。前几年，他从几个朋友那里凑足了1万元资金“下海”办了个广告咨询公司，当上了总经理。因为他社交不错，社会上有很多朋友，办事灵活，公司经济效益很好，收入到了6位数。

但钱赚到手了，家又顾不上了。晚上回到家，腰疼腿疼，想躺会儿，手机又响了起来，根本谈不上有星期天。结果闹得爱人有了意见，说钱再多，身体搞垮了，还有什么意思？孩子也埋怨整天见不到爸爸，就连个家长会都没有时间参加。

他琢磨了好久，再也不想东奔西跑了，只想找个稳定工作，与家人同享天伦之乐。

人才进入市场，需要投入、付出。没有投入、付出就没有回报。张先生“急煞车”，也正反映了还是要靠自己去选择。

自测：个性价值与工作类型

最适合你做的职业是……

本测验是英国职业顾问处的心理学家们经过三年的研究编制出的，是衡量个性特点以求科学地选择每个人所能适应的工作。这种测试基于将现代职业界分为三大类（即人、程序与系统、交际与艺术）。每一大类又可进一步分为若干项。

每一类中有若干道是非题，请你仔细阅读后，根据自己的实际选择“是”或“否”，在对应的字母上打√。每类中的题目作完后，小计一下选A和选B的个数分别是多少以及选A和B的总数（C不计在内）是多少，得出该类中A得分、B得分和A、B总分。0～4分表明对某一类工作兴趣不大；5～12分居中；13

分以上表明兴趣很浓。在上述三类中总分最高的，说明这一类型工作最适合你，能满足你个性要求。

第一类　　人	是否
1．我在做出决定前常考虑别人的意见。	AC
2．我愿意处理统计数据。	CA
3．我总是毫不犹豫地帮助别人解决家庭问题。	AB
4．我常常忘记东西放在哪儿。	BC
5．我很少能通过讨论说服别人。	CB
6．大多数人认为我能够忍辱负重。	CA
7．在陌生人中我常感到不安。	CB
8．我很少吹嘘自己的成就。	AC
9．我对世事感到厌倦。	BC
10．我参加一项活动的主要目的是取胜。	CA
11．我容易被大多数人所动摇。	CB
12．我做出选择后就会按照我的办法去做。	CA
13．我的工作成功对我很重要。	BC
14．我喜欢既需要大量体力又需要脑力的工作。	BC
15．我常问自己真正的感受如何。	AC
16．我相信那些使我心烦意乱的人自己心里是清楚的。	CB

得分（不计答案C）

A 得分————　　　　□照料人

B 得分————　　　　□影响于人

A、B 总分———　　　□人

第二类　　程序与系统	是否
1．我喜欢整洁。	AC

2. 我对大多数事情都能迅速做出结论。 CA

3. 受过检验和运用过的决议最值得遵循。 AC

4. 我对别人的问题不感兴趣。 BC

5. 我很少对别人的话题提出疑问。 CB

6. 我并不总是能遵守时间。 CA

7. 我在各种社交场合下都感到坦然。 CB

8. 我做事总愿意先考虑后果。 AC

9. 在限定的时间内迅速地完成一件事很有趣。 BC

10. 我喜欢接受紧张的新任务。 CA

11. 我的论点通常可信。 CB

12. 我不善于核对细节。 CA

13. 明确、独到的见解对我是很重要的。 BC

14. 在人多的场合会约束我的自我表达。 BC

15. 我总是努力完成开始的事情。 AC

16. 大自然的美使我震惊。 CB

得分（不计算答案C）

A得分———— □言语

B得分———— □财金/数据处理

A、B总分———— □ 程序与系统

第三类　　交际与艺术　　是否

1. 我喜欢在电视节目中扮演角色。 AC

2. 我有时难于表达自己的意思。 CA

3. 我觉得我能写短篇故事。 AC

4. 我能为新的设计提供蓝图。 BC

5. 关于艺术我所知甚少。 CB

6. 我愿意做实际的事情，而不愿读书或写作。 CA
7. 我很少留意服装设计。 CB
8. 我喜欢和别人谈他们的见解。 AC
9. 我满脑子独创思想。 BC
10. 我发现大多数小说很无聊。 CA
11. 我特别不具备创造力。 CB
12. 我是个实实在在的人。 CA
13. 我愿意将我的照片、图画给别人看。 BC
14. 我能设计有直观效果的东西。 BC
15. 我喜欢翻译外文。 AC
16. 不落俗套的人使我感到很不舒服。 CB

得分（不计算答案 C）

A 得分———— □文学、语言、传导
B 得分———— □可见艺术与设计
A、B 总分——— □交际与艺术

坐标轴六：

职业与能力——发挥自己特长

能力是直接影响人们工作的效率，保证人们顺利地完成某种活动所必须的个性心理特征。职业活动中所必需的能力称为职业能力。职业能力有一般和特殊之分。一般职业能力，是人们在各种职业活动中都须具备的基本能力，它们广泛地作用于各种职业活动，并保证人们顺利地、有效地掌握职业知识与职业技能。特殊职业能力则是为某种职业活动所必需的，并在某种职业活动中表现出来的能力的综合。如教师的语言表达能力、财会人员的计算能力、驾驶员的操作能力等。要保证成功有效地完成某项工作，既要有一般能力为基础，又要有特殊能力的参加。

一、能力的个体差异

人们的职业能力存在着个体差异，这表现在质和量两个方面。在质上，首先，每个人有自己的特殊能力。比如，有的人擅长绘画，有的人擅长音乐，有的人长于分析，有的人长于综合。另外，就同种能力，个体间也表现出不同的的差异。如言语能力，不同的人就在其形象性、生动性或是逻辑性等方面各有所长，这都适合于不同的职业活动的要求。

下表显示了七种类型的职业能力及其对应的适宜性职业类型。

职业能力类型及其职业适宜性对应表

职业能力类型	特　点	适宜的职业类型
操作型职工能力	以操作能力为主 是运用专业知识或经验，掌握特定技术或工艺，并形成相应的职业技能与技巧的能力	打字、驾驶汽车、种植、操纵机床、控制仪表
艺术型职业能力	以想象能力为核心 是运用艺术手段再现社会生活和塑造某种艺术形象的能力	写作、绘画、演艺、美工
教育型职业能力	是运用各种教育手段传授知识与思想或组织受教育者进行知识与态度学习的能力	教育、宣传、思想政治工作
科研型职业能力	以人的创造性思维为核心 是通过实验研究、社会调查和资料检索等手段进行新的综合、发明与发现的能力	研究、技术革新与发明、理论
服务型职业能力	以敏税的社会知觉能力和人际关系协调能力为主，是借助人际交往或直接沟通使顾客获得心理满足的能力	商业、旅游业、服务业等
经营型或管理型职业能力	以决策能力为核心 是能够广泛获得信息，并以此独立地做出应变、决策或形成谋略的能力	经理、厂长、主任等管理领域及各行各业负责人
社交型职业能力	以人际关系协调能力为核心 是指深谙人情世故，能够掌握人际吸引规律，善于周旋，协调，且能使对方通力合作的能力	职络、洽谈、调解、采购

在量上，职业能力的个体差异主要表现在能力的发展水平和发展速度上。人们的能力总有大小高低之分，这种差别集中表现在人们的工作效率和成就水平上。如美国福特公司在本世纪40年代，由于老福特缺乏管理方面的才能，公司每况愈下，1945年竟每月亏损900多万美元，整个公司濒临破产。同年，老福特退休后，他让受过高等教育颇有管理才能的孙子亨利·福特第二

上台，结果当年就扭亏为盈，赚了2000万美元。经过几年努力，福特公司又重振雄风，资本总额竟高达116亿美元，使福特家族成为美国最富有的家族之一。亏盈之别，在于老、小福特管理才能高低之不同。

能力在发展速度上的差异，主要表现在人们职业适应性的大小或强弱、职业技能转换的快慢和成就表现的早晚上。如有人职业角色转换快速，干啥像啥；有人则定性较强，不适应变动。有人少年得志，有人则大器晚成。这种差异不光表现在不同的个体间，而且不同类型的能力在发展、衰退的时间和程度上，也有所区别。有研究显示，创造力发展的最佳阶段，化学家是26～36岁；数学家是30～39岁；心理学家是30～39岁；声乐工作者是30～34岁；诗歌创作者是25～29岁；绘画者是32～36岁；医学工作者是30～39岁。

二、天生我才必有用

父母是我们的第一任老师。我们从父母那里接受了最初的职业意识，并掌握了最初的基本能力，如所谓的“子承父业”，就是家庭教育对能力发展的影响。

一些良好的品质对能力的形成和发展具有重要的意义。如谦虚能使人保持旺盛的求知欲和进取精神，这样就不光会激发人发挥自己的能力，还可以激发自己的潜能，从而促进能力的发展。再如毅力，不仅能帮助人战胜阻碍，成为成功的外部条件；而且能使人战胜身体上的某些缺陷（如口齿不清、失明、耳聋等）使能力得到发展。如古希腊政治家德摩思梯尼幼时有严重口吃，后来他坚持口含石子对大海高声演讲，终于成为一名大演说家和政治家。勤能补拙，说明了个人的勤奋努力对能力发展有着积极的作用。

个人要获得知识能力，主要是来自间接经验的传递。有目的、有计划、有组织的学校教育正可以充当这一媒介。尤其是在普通教育基础上的职业教育，是发展职业能力的有效途径。

我国古代思想家王充，早在他的《论衡·成才篇》中就指出“施用累能”、“科用累能”。就是说能力是在使用中积累的，从事不同职业活动的人积累不同的能力。前苏联著名戏剧家斯坦尼斯拉夫斯基也说：“没有顽强的细心的劳动。即使是有才华的人也会变成绣花枕头似的无用的玩物。”这都突出了实践活动在能力形成和发展中的作用。职业能力和职业实践互为因果，从事一定的职业活动需有一定的能力前提，但在实践过程中不断涌现出来的新问题、新要求则会促使相应能力水平的持续提高。

三、职业能力要求与锻炼

加拿大《职业分类词典》把职业能力分为 11 个方面，包括智力和 10 个基本的特殊能力，从前 9 种职业能力的划分可以看出很明显地受美国 GATB 的影响，其中每种特殊能力都有与之相适应的职业或职业类型。

1. **一般学习能力**（Q）　又称为智力，它是指人认识、理解客观事物并运用知识、经验等解决问题的能力。它包括记忆能力、观察能力、注意能力、思维能力。一般学习能力是人在学习、工作，日常生活中必须具备、广泛使用的能力。职业或专业的水平越高，对人的一般学习能力的要求亦越高。

2. **语言表达能力**（V）　是指对词及其含义的理解和使用能力，对词、句子、段落、篇章的理解能力，以及善于清楚而正确地表达自己的观点和向别人介绍信息的能力。简单来说，它包括语言文字的理解能力和口头表达能力。不同的职业对人的语言能力要求亦不同。例如，教师、营业员、服务员、护士等等职业，必须具备较强的语言表达能力。

3. **算术能力**（N） 是指迅速而准确地运算能力。大部分职业都要求工作者有一定的算术能力，但不同的职业对人的算术能力要求的程度不同。例如，对于会计、出纳、统计、建筑师、工业药剂师等职业来说，工作者必须具有很强的计算能力；对于法官、律师、历史学研究者、护士、X光技师等等职业来说，要求工作者具备中等水平的计算能力；对于演员、话务员、招待员、厨师、理发员、导游、矿工等职业来说，对算术能力要求则较低。

4. **空间判断能力**（S） 是指能看懂几何图形、识别物体在空间运动中的联系、解决几何问题的能力。如果一个人爱好平面几何及立体几何并且学得较好，这个人的空间判断能力就比较强。与图纸、工程、建筑等打交道的工作，以及牙科医生、内外科医生等职业，对空间判断能力要求很高。对于裁缝、电工、木工、无线电修理工、机床工来说，也要具备一定的空间判断能力才能胜任。

5. **形态知觉能力**（P） 是指对物体或图象的有关细节的知觉能 力。如对于图形的阴暗、线的宽度和长度作出视觉的区别和比较，能看出其细微的差异。对于生物学家、建筑师、测量员、制图员、农业技术员、动植物技术员、医生、兽医、药剂师、画家、无线电修理工 来说，需要较强的形态知觉；而对于历史学家、政治学家、社会服务 工作人员、招待员、售货员、办公室职员来说，形态知觉就显得不很重要。

对于在进行职业选择的人或已在就职的人，我们应从以下几个方面培养自己的一些比较基础的而且非常必要的职业能力，他们分别为以下几个方面：

1. **观察能力**。观察能力是对事物进行全面细致地分析的能力。人们通过观察，了解世界，获得知识。一切科学实验、科学发现和发明，都是建立在周密、精确、系统观察的基础上。巴甫洛夫的“观察、观察、再观察”对我们来说是一个很好的指导。

在培养观察力时，要避免“只见树木，不见森林”的单纯分析型，也要克服“只见森林，不见树木”的单纯综合型。前者只重对事物细节的观察，忽视整体。而后者忽视对细节的观察。最好能够既注意对事物整体的观察，又善于把握事物的细节。

2. **思维能力**。思维能力是对事物进行分析、综合、抽象、概括的能力。在学习中需要积极思考，在职业活动中更是不可缺少。任何一种职业，都需要从业者能揭示其内在本质联系，发现其运行规律，也只有这样，才能取得职业成功。不愿思考问题或人云亦云，往往会限制了自身的发展。

3. **表达能力**。表达能力是通过语言或文字来阐明自己的思路、意念的能力。它通常包括语言表达能力和文字表达能力两种。从求职之初的自荐书，到实际工作中常要提交的工作计划总结、实验设计报告，都需要清晰准确的文字表达能力；而作为职业生活的重要内容之一的人际交往（特别是对于经营管理或销售人员来说），就要求有较强的语言表达能力。所以，应该多说多写，提高自己的表达能力。

4. **实际操作能力**。在校学生由于和书本接触时间多，一般会表现出理论知识强，而应用实践能力差的特点。这也引起用人单位的不满和学生自己的窘迫。“只说不做”、“纸上谈兵”是不会带来任何收益的。学应该致用，因此，在校的学生应该利用假期社会调查或平时教学实习的机会，培养自己的调查能力，整理资料和文书写作能力，或者实验操作等能力。刚进单位的青年，也应利用好基层锻炼的时间，“实践出真知”，把自己掌握的理论与实践结合起来，增进自己切实的本领。

另外，随着社会的进一步发展和开放，公共关系走俏，公关能力也成为一种特别重要的职业能力，有时甚至关系到一个企业的胜败兴衰。因此，许多单位在招聘人员时，都希望应聘者有一定的公关、社交能力。培养自己具有较强的公关意识及掌握一定的公关技巧，对个人求职或职业发展来说都有帮助。公关能力是一种比较综合性的能力，它要求具有比较全面的知识，如管理学、社会心理学、广告学、法学、伦理学等，同时要有敏捷的思维、卓越的胆识、机智而幽默的谈吐等等。

在职业选择时，我们要认清自己的能力特性，可以通过一些特定的的心理测验加以界定，知道自己的适合性倾向。另外，也要发挥自己的主观能动性，针对自己的缺陷，去培养自己的能力。因为能力的形成和自身的意识去培养也是有关系的，我们可以通过努力的培养，有意识的锻炼来增进自己的相关能力。

对职业选择和职业指导而言，都主要考虑一个人的最佳能力或能力群，选择最能运用其优势能力的职业。同样，在人事安排中，如能注重一个人的优势能力并分配相应的工作，会更能发挥一个人的作用。

案例：新闻人才“有本事就有饭吃”

新闻业是令人羡慕的行业，许多人为能进入这一富有挑战性的行业而激动不已。他们千方百计地培养自己的能力，增加自己的知识，为的就是进入新闻界。更有的人，为能享受这一行业的“新鲜劲儿”，而宁可放弃高薪、高职位。但一将进入这一行业，往往都“耐不住寂寞”。他们在新制度下往往是需要一种新的适应力的。但往往有些人在进入之前不加以了解，一味地往新闻界里边挤，结果往往是落得了个“头破血流”。

新闻可以赚钱，这个事实在出现之前，人们想都没敢想过。尤其党的十四大以后，新闻业迅猛发展，“自收自支”、“自负盈亏”型的新闻单位越来越多。而这样的单位被传统的新闻戏称为“野鸡”，正是这群所谓的“野鸡”，把新闻界闹得“天翻地覆”，人员流动“汹涌澎湃”。

“自收自支”、“自负盈亏”是不养人的，不养人，自然就要用高薪增加吸引力，否则谁去呢？因此，在“高薪”的魅力之下，一些原在传统体制下的新闻从业人员就开始“心旌摇曳”了，他们纷纷跳槽“下海”，到新体制的新闻单位里“捞虾捕鱼”，好不热闹。这些人，有的“满载而归”，有的“若有所失”，酸甜苦辣尽在不言中。

1993 年 7 月份，北京电视台在北京几家大的新闻单位中率先实行了新的用人制度——人员聘用制。对新来人员的档案一律不调入而统一存放在市人才服务中心，一旦此人不适应工作要求，则按规定解除聘用合同。这些人员在聘用期间享有正式职工一样的医疗养老及其他福利待遇。

聘用制不仅真正解决了人员能进能出的问题，而且拓宽了用人渠道。近几年各新闻单位又针对各自的不同特点进一步深化了改革，细节虽不尽相同，但有一点是相同的，即聘用制激发了单位人员的工作热情和创造活力。

电视台一位聘用人员说：“铁饭碗没有了，泥饭碗不小心掉到地上就会打碎，所以我们都是全力以赴地去工作，没有人混日子。干得好，自己有成就感，收入上也有体现。”

北京电视台人事部的刘军说：“有些人本来想进电视台，但一听实行了新的用人制度就犹豫了，因为有一种无形的压力”。

的确，敢捧泥饭碗的都是自信能胜任工作，不会被轻易淘汰的人。

某电视台已经搞了“人事代理”，但它的一位从业人员这样形容他们那里的人事制度：四种体制并存。第一种人是在旧体制下吃“皇粮”，干不干活儿，也是“台里的人”；第二种人是档案在“人才库”里，即指在“人事代理”机构里；第三种人是“聘”来的，档案自理；第四种人是“临时”的，也许做这个“选题”时在这儿，做完这个选题就不见了这个人。如此这般“复杂”好吗？这位从业人员说：不能说不好，竞争挺激烈的，挺催人上进的；但总觉着“悬”，适合年纪小的人干，可年纪小的人又出不来“思想”，经验不足，所以，很难一言以蔽之。

事实上，人事制度的“混乱”并非这一家新闻单位，甚至有人声称自己没档案，到处溜达。也有人说：“有本事就有档案。”

由于这一管理模式，也给正式人员带来了一种危机感。中央电视台一位高校毕业生说：“现在是谁的节目做得好，就选谁，没什么好商量，正式人员要是总上不去节目，就拿不到奖金。这样也好，人有一点压儿，再加上努力，离出成果就不远了。”

新闻界的从业人员有一群活跃分子，他们在新闻圈子里“跳来跳去”，其至是跨“行当”的跳，比如从报刊跳到电视台，或从杂志社跳到报刊或电视台，或反过来，从电视台跳到报刊或杂志社。

有“差别”才会有流动，这是人才流动的一般规律。改革开放以后，广告业在新闻单位中“方兴未艾”，这为新闻单位的资金来源奠定了基础，国家的“包袱”相对减轻了许多。

据北京某报社的记者部主任介绍，报社成立五六年来一直没有职称评定，许多人就是因为这个原因而离去。类似这样的情况绝不是少数。例如一家党校负责的报纸，开张三四年来，也一直没开展这方面的工作。原因是“编制”问题一直没有解决。同样因为这个问题而造成了人员流失，尤其是优秀人才的流失。因为越是优秀人才、能独挡一面的人才越看中职称。它甚至比医疗保险、养老保险更重要，因为保险是可以花钱买的，而职称是花多少钱也弄不来“真的”。

自测：职业能力倾向

本测验把人的职业能力倾向分为九种，每种能力由一组五道题目反映。测验时，请您仔细阅读每一题，采用“五等评分法”对自己进行评定。然后分别计算出自评等级。

（一）一般学习能力倾向（G）	强	较强	一般	较弱	弱
	1	2	3	4	5
1. 快而容易地学习新内容	—	—	—	—	—
2. 快而正确地解数学题目	—	—	—	—	—
3. 你的学习成绩处于	—	—	—	—	—
4. 对课文的字、词、段落篇章的理解、分析和综合能力	—	—	—	—	—
5. 对学习过的材料的记忆能力	—	—	—	—	—

（二）言语能力倾向（V）	强	较强	一般	较弱	弱
	1	2	3	4	5
1. 善于表达自己的观点	—	—	—	—	—
2. 阅读速度和理解能力	—	—	—	—	—
3. 掌握词汇量的程度	—	—	—	—	—
4. 你的语文成绩	—	—	—	—	—
5. 你的文学创作能力	—	—	—	—	—

（三）算术能力倾向（N）	强	较强	一般	较弱	弱
	1	2	3	4	5

1. 作出精确的测量	—	—	—	—	—
2. 笔算能力	—	—	—	—	—
3. 口算能力	—	—	—	—	—
4. 打算盘	—	—	—	—	—
5. 你的数学成绩	—	—	—	—	—

(四) 空间判断能力倾向 (S)	强 1	较强 2	一般 3	较弱 4	弱 5
1. 解决立体几何方面的习题	—	—	—	—	—
2. 画三维度的立体图形	—	—	—	—	—
3. 看几何图形的立体感	—	—	—	—	—
4. 想象盒子展开后的平面图	—	—	—	—	—
5. 想象三维度的物体	—	—	—	—	—

(五) 形态知觉能力倾向 (P)	强 1	较强 2	一般 3	较弱 4	弱 5
1. 发现相似图形中的细微差别	—	—	—	—	—
2. 识别物体的形状差异	—	—	—	—	—
3. 注意物体的细节部分	—	—	—	—	—
4. 观察物体的图案是否正确	—	—	—	—	—
5. 对物体的细微描述上	—	—	—	—	—

(六) 书写知觉 (Q)	强 1	较强 2	一般 3	较弱 4	弱 5
1. 快而准地抄写资料(如姓名、日期、电话号码)	—	—	—	—	—
2. 发现错别字	—	—	—	—	—
3. 发现计算错误	—	—	—	—	—
4. 能很快查找编码卡片	—	—	—	—	—
5. 自我控制能力(如较长时间抄写资料)	—	—	—	—	—

（七）眼手运动协调能力倾向（K）

	强	较强	一般	较弱	弱
	1	2	3	4	5
1. 玩电子游戏	—	—	—	—	—
2. 打篮球、排球、足球一类活动	—	—	—	—	—
3. 打乒乓球、羽毛球运动	—	—	—	—	—
4. 打算盘能力	—	—	—	—	—
5. 打字能力	—	—	—	—	—

（八）手指灵巧度（F）

	强	较强	一般	较弱	弱
	1	2	3	4	5
1. 灵巧地使用很小的工具	—	—	—	—	—
2. 穿针眼、编织等使用手指的活动	—	—	—	—	—
3. 用手指做一件小工艺品	—	—	—	—	—
4. 使用计算器的灵巧程度	—	—	—	—	—
5. 弹琴	—	—	—	—	—

（九）手腕灵巧度（M）

	强	较强	一般	较弱	弱
	1	2	3	4	5
1. 用手把东西分类	—	—	—	—	—
2. 在推拉东西时手的灵活度	—	—	—	—	—
3. 很快地削水果	—	—	—	—	—
4. 灵活地使用手工工具	—	—	—	—	—
5. 在绘画、雕刻等手工活动中的灵活性	—	—	—	—	—

统计分数的方法：

1. 对每一类能力倾向计算总计次数：

对每一道题目，我们采取“强”、“较强”、“一般”、“较弱”和“弱”五等级，供您自评。每组5道题完成后，分别统计各等级被选择的次数总和，然后用下面公式计算出该类的总计次数（把“强”定为第一项，依次类推，“弱”定为第五项；第一项之和就是选“强”的次数和）。

总计次数＝（第一项之和×1）＋（第二项之和×2）＋（第三项之和 × 3）＋（第四项之和 × 4）＋（第五项之和 × 5）

2．计算每一类能力倾向的自评等级

自评等级＝总计次数÷5

3．将自评等级填入下表：

职业能力倾向	自评等级	职业能力倾向	自评等级
G		Q	
V		K	
N		F	
S		M	
P			

另类人生：

自己创业打天下

你要成功，就必须用自己的头脑，自己的手写下自己的历史，主宰自己的命运。需要为自己的成功全力以赴的是你，需要对自己的人生负责的也只能是你。如果让别人为你的事情操劳，负责任，即使成功了，也是别人的成功，而不是你的成功。当机遇来临的时候，决不能迟疑犹豫，应该果断地抛开一切顾虑，义无反顾地开拓另一方天地。只有抓住机会才能取得成功。

一、创业者：和平年代的新英雄

创办于1976年的“苹果电脑公司”是美国电脑界的后起之秀。当年两个尚未大学毕业的青年学生乔布斯和史蒂芬·奥斯尼雅克，以敢于创新的拼搏精神，在一间简陋的汽车车库里精心研究出了一种类似单板机的微型电脑。由于它操作简便，功能良好，售价低廉，小作坊大量生产苹果Ⅰ型和Ⅱ型微型电脑。这家小作坊7年以后，发展成为驰名全球的大公司，跨进了美国最大500家公司的行列，1983年的营业额达10亿美元。目前这家年轻的电脑公司已发展到拥有6000多雇员的大公司，创办人都成了百万富翁。又如“休立特·帕卡德电脑公司”，当今是一家拥有6万多员工，能生产5000多种高级电子产品的大公司，在美国电子工业界可谓“超级明星”，声誉极高。可1958年时它还是一个名不见经传的“无名小卒”。当年，休立特和帕卡德两位富有创新意识的有为青年，设计出了一种频率振荡器，在汽车车库里开业时，资金总共只有1500美元，其中1000美元从银行贷款得来，500美元是依靠他们的老师特曼教资助的。由于他们新产品开发对路，这家小作坊飞快发展，没过多少年就成了“暴发户”。

利维·施特劳斯，原籍德国，17岁那年，他对自己家族世代相袭的文职工作已感到厌倦，意欲到商场上显显身手。这位未及弱冠之年的年轻人，一气之下便只身远渡重洋，到美国投靠哥哥，另谋出路。

利维的哥哥在纽约市经营布匹生意。利维初到此地，语言不通，就专拣做买卖的词汇先学，一星期后已能独立接待顾客。每天，起早摸黑，推着小车到纽约的近郊推销布匹沿街叫卖。日复一日，度过三个春秋，渐渐地他对这种工作腻烦了。有一天，他告诉哥哥：“我想到外面另谋出路，等发了财后再见吧！”然后，他长途跋涉，来到淘金者必经之地——旧金山。

他在旧金山开了家商店，专门销售日用品，包括露营帐篷和用作马车顶篷的帆布。但失望的是，商店生意冷冷清清，很不景气。一天，有个淘金者光顾利维的商店。原来他用来装金砂的裤袋破得不可收拾，不得不将相当新的裤子扔掉，另置新裤。这对他来说，已经不止一次了。他对利维说：“我用你的帆布做短裤挺好。矿工们现在穿的短裤都是用棉布做的，很快就磨破了。如果用帆布来做，既结实又耐磨，一定会大受欢迎。”仅仅几句话，提醒了正苦于惨淡经营的利维，利维用帆布加工了一批裤子投放市场。用这种布做的裤子结实耐穿，深受淘金者的欢迎。消息不径而走，淘金者纷纷前来抢购，原来冷冷清清的门面一下子变得热闹起来。

不久，利维在旧金山开了一家服装厂，专门生产矿工欢迎的帆布工作服。随着业务的发展，单靠他一个人已经忙不过来。他写信给纽约的哥哥，请他前来合伙经营。一天，他们兄弟收到一名叫雅克·诺伯的人写来的信，信中自称他能使他们做的裤子锦上添花。他的点子是：在裤子的腰部和臀部的口袋上装上几个铜钉和铁扣，这样不但使裤袋更为牢固，而且别具一格，区别了于普通的工装裤。利维兄弟俩觉得这个点子不错，便采纳了这项建议，花钱买下了这个小发明专利。这种裤子果真新颖独特，不仅深受淘金者的青睐，也受到年轻人的欢迎。从此，利维更注意不断改进裤的样式，扣子改用铜与锌的合金，裤子的重要部分用皮革镶边，布料改用法国尼姆生产的哔叽布，裤子设计比较紧身，从而形成了牛仔裤独有的样式。随着时间的推移，牛仔裤在美国社会慢慢传播开了。

二、天将降大任于斯人也

幸福来源于为事业的奋斗和成功，而事业的首要前提是立志，远大的志向，是人成功的精神动力。

志向是一种指向未来的价值目标。志向作为一种价值目标，它能激励人们以积极、主动、顽强的精神投身于生活，对人生抱有积极向上的进取精神和乐观态度。志向是人生前进的目标和导航的灯塔，是鼓舞人们去努力拼搏的动力。立志是踏入事业大门的开始，勤于工作是登堂入室的旅程，这旅程的尽头就有成功在等待着你，因此，立志是事业成功的首要前提和第一关键。

完善的自我意识

个人有自主的人格，有自己的特性，有自我意识。有了健全人格，有了自我意识，个人就不再自然地发展和被动地接受教育，而是能自己主动地提出要求，规划自己的未来与发展。一个有了人格的人是能够进行自我设计和实现自我目标的，人也唯有通过自我实现，才能完全地、真正地实现自己的人格，当然这必须是在实践中，特别是在社会的、群众的实践活动中进行。

自我设计就是根据社会条件、自我特定的诸多因素设计能发挥出自我潜能实现的理想方式，以便使自我得到最充分的、最理想的、最自由的、最好的发展。也就是说自我实现就是根据自我设计的道路，经过努力奋斗，把潜能完全发挥出来，实现自己的理想和设计，使自己成为最理想的人。

自我设计与自我实现的根本取向，在于在更大领域和更高层次的发展。具有主体自觉意识的人，获得了社会和人类文明的教养、熏陶的人，具有生命力和有精神、有文化、有知识、有理性的人，是不能也不应该停留在任何一种狭小的、有限的状态之中，而总是要不断地开拓、进取、求真、求善、求美，和天地宇宙相交融，干出一番伟大的事业。

强烈的竞争意识

冒险与创业者的创新是分不开的。当他们要变革某种环境、某种东西时，他们已站在风险的边缘。

创业者成功的关键是在有压力的情况下能够作出正确的决策。因为企业的成长不可能是一帆风顺的，往往会遇到意想不到的困难，会遇到强大的竞争对手，甚至遭受挫折和失败。

这个时代，人们的模仿力是相当惊人的。创业者在成功地实现创新活动后，必须面临和竞争者竞争的情况。事实上，竞争是创业者走向企业家的摇篮和阶梯。而在创业者创立了企业以后，他的竞争意识不仅要在自己身上长期保留下去，更重要的是通过各种各样的沟通，把它传之于企业中的每个员工，从而使整个组织崇尚竞争，生机勃勃。

创业者是敢于冒险的人。然而，他们决不是一群赌徒，赌徒不考虑成功的可能性，不考虑冒险的所得与冒险的代价是否相当，他们只是一味强调冒险，是靠碰运气发财的纯粹的机会主义者。为使自己的愿望获得成功，创业者必须去冒风险。但他们在冒险之前，却是经过深思熟虑的，并且在可预知的情况下他们的技能足以克服预料的困难。

创业者创业都经历一个从无到有的过程。如果以钱的多少来代表他们的成功，无疑，他们是靠一点一滴积累起来的。创业之初的利润是来之不易的，企业远远没有稳定下来，资本的积累又是何等重要。俗语说：冰冻三尺，非一日之寒。

一般来说，创业开始后的 2 到 12 个月是艰难期。这段时间中投入一直在增加，产出却极为可怜。创业者将面临各方面的打击，如筹资的、销售的、生产的等等。资金的原始积累进程缓慢，疲乏的精神和体力得不到恢复。无论是发达国家，还是发展中国家，企业的倒闭一般都是在这个时候。必须有顽强的毅力和决心才能使创业者突破这个难关。坚韧不拔和一定程度的独断专行是创业者的基本素质。

创业之路会遇到刀山火海，只有性格坚强的人才能闯过难关。创业者的目标必须明确，为了实现目标，其他无关紧要的东西都应舍去。

选择篇

XUANZEPIAN

谁让我心动

——21世纪27种热门职业

职业选择：三思而后行

重复不是积累，重复是在浪费生命，个人应不断地寻找新的挑战，把自己投入到新的环境中去，挑战自己的极限，挑战自己的勇气，寻找职业生涯中的新机遇，克服人性中虚弱的心理，不图安逸的生活一辈子，而立志要成为21世纪的职业成功者。

一、为什么要找新工作

许多正在职场工作的人士，同时在找工作，这些人把他们目前的工作环境，当做一个比较基础，以找出目前自己的定位，以便使投入劳动的报酬得到最大。寻找工作的最佳位置，是从工作中开始，不必等到失去工作后，再开始找下一个工作，这是没有必要，也非我们所建议的。以第一印象而言，如果你现在已有工作，你会比较吸引老板的眼光。因为这等于让未来的老板——甚至未来老板乐于知道竞争对手公司的内部秘密——认可你的能力。

工作压力会越来越大，组织架构会趋于平坦，年薪会因公司表现而变动的比例会越来越高，而职员必须为自己的职业生涯多做规划。

白领人员或技术人员更换职业，加盟新公司，其目的大略是提高薪酬，获得人生的更大发展。如果你目前已在工作，那么得到一大笔奖金或是大幅加薪的机会是很小的。重大的加薪大部分是从转换工作而来，靠着年复一年的调薪似乎是神话。人们对公司的忠诚度是越来越低了，他们所考虑的前提大部分是落在薪资福利上，而较少想到关系深浅或和债务的问题上。

有的职业者说：的确，目前我们从事的这份工作并不合我的理想，上司是个不懂领导的“领导者”，而员工们死气沉沉，我所作的工作枯燥无味，活得一点归属感也没有，的确有“万马齐喑久可哀”之感觉，于是我要毅然决定离去，去寻找自己职业生涯的乐土。

而有的职业者却说：给我加薪50%我也不跳槽，我虽然不是很聪明，但我很扎实，我能忍住一切现状，我会在现状中订立目标，然后一步一步地实现，在这个职业上，我干这种的工作，到另一个职业上，不也同样干这一样的工作吗？故此，我不会轻言离开。

如果你是以无业游民的身份找工作，你必须先克服你失业带来的困难与障碍。如果你是刚开始职业生涯的话（例如刚从大学或研究所毕业），你就必须克服是“鸡生蛋”还是“蛋生鸡”的问题：没有工作经验的我，如何找到一个好工作，以及没有一个好工作的我，如何累积经验？

二、四位成功人士的现身说法

35岁，你还会换工作吗？

吴女士，今年35岁。两年前，她主动放弃某集团副总的职位和月薪5000多元的收入，参加MBA考试并重回校园深造。近期，完成学业的吴女士在找工作时却犯了难。据了解，吴女士已投出上百份简历，但有回音者寥寥无几。吴女士说，自己并不要求高起点的薪金，而只要求一个管理类的工作职位。然而她发现，“社会上已经人满为患了”。

于是吴女士诉说自己的烦恼。她提到曾读过一篇题为《35岁，你还会换工作吗》的文章，文中有专家说：“社会对35岁以上的求职者提出了较高的要求，必须通过不断学习和更新知识，提高自身竞争力。”对此吴女士发问：我正是为了完善自己才去学习，为什么反而让社会把自己挤了出去呢？

其实像吴女士这种工作一些年后又重返课堂的现象现在比较普遍，有人称之为“充电”。充电后找工作重新迎接社会的挑选，也不仅仅是35岁的人才会面临的竞争。有人甚至感叹：“不充电是等死，怎么充了电变成找死啦？”因而我们不得不思考这样一些问题：采取什么样的方式去充电？充了电又如何重返社会找寻适合自己的位置？

如果年轻，就可以抛开现有的工作重新开始

周女士，现年30岁，原在国内某合资企业任公关部经理，4年前赴美国读MBA，后任美国某管理学院中国项目经理。周女士在美求学期间，学费每年1.5万美金，每月生活费800－1000美金。

对于充电，我认为要根据个人情况而定。如果年轻，可以抛开现有的工作重新开始：如果35岁左右，就要慎重考虑。要比较学习前的职位和学习后有可能找到的职位，如果两者相差比较大，就值得一试。如果你已经是经理级，薪水不低，那就要看你的决断力了。充电是件好事，但要量力而行，我认为冒很大风险是不值得的。

至于出国充电好还是不好，那要看个人经济能力、所学专业和对未来前途的选择。出国并不一定是件好事。

如果单位有完善的培训机制，个人的风险会小些

杨小姐，现年27岁，原为北京某报社编辑，两年前进入北京广播学院学习，现任职于某新闻单位。两年学习期间，学费及生活费共计约4万元。

我原来单位的工作环境和收入都挺不错。当初辞职去学习，一心抱着提高自己的想法。学完后出来，第一个突出感受就是"这世界变化快"！方知人往高处走是多么不容易。不要说在新的岗位上学以致用，就是找到一份合适的工作、维持两年前3000－4000元的月收入也很不容易。前一段在电视台工作时我常感叹：怎么现在北京的新闻圈里有这么多有能力、又不计报酬的年轻人？以后，我可能还会找机会再充电，但不能再轻易辞职。如果单位能有比较完善的培训机制，个人的风险就会小些。

如果你现在处于中国人的前20%，那你最好别动了

潘先生，现年39岁，原在国内某心理研究所任主要负责人，5年前赴美国攻读MBA，现转到加拿大读博士，学成后打算回国发展。潘先生在美期间学费每年1.5万美金，生活费每年6000－10000美金。

中国人有个普遍的思维定式叫做"出去闯闯"，但你必须搞清楚出去闯是为了什么。外面的世界并不一定很精彩，如果你认为你现在的综合状态处于中国人的前20%，那你最好就别动了。如果你认为自己在国内找不到什么出路，而且年龄在30岁以下，那就可以考虑。因为出国等着你的并不一定是鲜花美酒，国外有的是别人不住的烂房子等着你住，别人不愿干的苦力等着你去干(而且没准儿还是非法的)，别人不买的烂车等着你去买。要想熬出头，平均需要大约4－8年的时间（对硕士或博士）。人们总觉得在国内人际关系复杂，其实美国也一样。只要哪里有人，哪里就有复杂的人际关系。35岁以上充电，我觉得只适合选择在职培训或自修，尤其是对女人。最关键的一点是：人生的经历是累积的，你以前的经历是你的宝贵财富，你千万不要指望有什么彻底改变，或换一种全新的活法。

三、另谋职业的五大理由

如果你注意以下五种迹象，你将会知道什么时候应该停止挣扎而去找一份你真正喜欢的工作。

怀疑自己不合格

工作感到痛苦，实际上这可能是自己工作表现不佳而又不愿正视这个问题。因此应该自问：自己到底干得如何？即使没有得到公开的负反应，仍然可以发觉一些蛛丝马迹，表明你的工作没有达到一定标准。你可以请老板对你的表现作一个评定以确定是否仍符合他的要求，或者是请教一位精明且诚信的同事（最好他的级别比你高）为你作一个非正式的评估。

如果你从哪一方面都得不到建设性的意见，不知为何感到自己的工作表现欠佳，这可能确实到了该找一个能给你更多支持的工作环境的时候了。

与上司不合拍

你如果表现上符合上级的期望，但仍感觉不快，这可能是你与上司个人风格不同的缘故。一种较好测试方法是：你在上司身边时感觉如何——是自在放松还是紧张不安？他提供的“帮助”是否更象是批评？是否他希望迅速答复而你总需要时间来反应？他对任务有明确的指示还是希望你能自己领会？或者你的上司总是难以相处。如果你发现他确实有这种名声，最好向人事部门征求一些意见，然后再直接找你的上司，比较得体地表达你的意见。有许多经理意识不到他们可以有效地与人交流。当然，如果普遍的看法是"没什么希望"，那么你就可以考虑着手准备自己的求职简历了。

与同事不合群

你的同事不都是你最要好的朋友，如果你属于直截了当、性格开朗的，而你的同事却是阴郁不坦率的，可能对你的心境有不良的影响。如果想了解你是否与企业文化相适应，可以问问自己：当你与公司的人交往时是否觉得格格不入？你是否对引起他们兴趣的话题感到乏味和无聊？你在工作中是否感到有些不自在？如果是这样的话，那你可能已陷入一个无法展现自己的环境。在找到适合你的工作环境之前你是难以快乐起来的。

闭着眼睛都能工作

这可能你能力已远远超越你的职位而自己却不知道。你可以问自己几个问题：你仍然能够从工作中学习别的东西吗？想进一步发展你正在使用的技能吗？有无长远发展的机会？对你的产品或服务是否关心，还是仅仅领工资回家？多数人当不能从工作中学到东西时，他们会疲惫无聊的。

你奇怪自己为什么会干这一行

许多人选择职业多少有些偶然性，结果可能胜任这项工作，但并未发现自己真正的兴趣所在。几个小问题可以帮助你发现是否在干自己想干的工作：如果你可重新选择，你还会选择同一职业吗？你是迫不及待地阅读你这一行的报刊，还是将它们扔到一边？你阅读这一领域有名人物的自传吗？如果不是，你该考虑去见职业咨询顾问或参加求职测试或讲座了。

四、跳槽——并非现代人的时尚

如果辞职跳槽是为了进行自己选择职业的优胜劣汰，那是应该加以肯定的。但是，为了躲避用人一方对于员工使用和待遇上的不合法行为，或者是自己的自我“劣汰”，以此争得面子，平衡心理的自行辞职跳槽，是不该肯定的。前者是把该“公了”的事变成了“私了”，既伤害了从业者的利益，也涣散了法则；后者往往是自己由精神上的自我欣赏而冲淡了对于自己的职业素质缺陷应有的反思。哪怕很顺利地又找到了职业，恐怕面临的还会是又一次自我“劣汰”。这种情况最终受到损害的还是自己。

30岁不到的郑小姐，已是人才招聘市场的常客了。郑小姐最初在一家丝织厂做纺织工，深感又苦又累钱又少，自动离职后通过招聘来到一家大商场当营业员。不到两年，郑小姐又跳槽进了某化妆品公司，担任公关小姐兼推销员。可仅仅过了3个月，郑小姐的身影再次出现在招聘市场。当一位招聘人员问她为何如此时，郑小姐振振有词道：“水往低处流，人往高处走，哪儿钱多就往哪儿跳，这样才能证明自身的价值。”对方反唇相讥：“如此跳下去，何日是个头?”郑小姐一时语塞。悻悻离去前，迸出一句话：“你们不要我，我还不稀罕呢。”

一位在3年中4次跳槽的陈小姐为自己的“潇洒”得意：“等他炒我吗？不等他炒我，我先炒他，本小姐不愿意伺候你了，拜拜吧!”而在她先后打工的4家大酒店，老板和员工们一致反映，该小姐极其缺乏敬业精神，工作中拈轻怕重，顶撞客人，而且在同事之间搬弄是非。当她感觉到要被辞退时，就提前炒老板，甚至给同事打个电话就不辞而别。

我国人才市场呈现四大趋势，一是招聘范围日益扩大。目前已出现跨省招聘人才，到世界各地招聘留学人员的趋向；二是招聘质量日益高精。由过去招聘管理、公关、技术人员为主，发展到以招聘高级经济师、会计师、工程师为主；三是招聘政策更加优惠。从过去企业提供高工资、高奖金的优惠政策，发展到由当地政府出面提供包括高薪与重奖汽车、电话、住宅在内的优惠政策；四是招聘形式更加多样。许多地方除召开新闻发布会，刊登招聘广告等形式外，还结合本地游览活动和民俗传统，召开引进人才，洽谈项目交流大会，从中吸引招聘人才。

从某高等学府毕业，堪称电子软件专家的 32 岁的陈先生在不到 10 年已经做了 8 家公司。每次都是他炒了老板，他说他在追求自我价值的最高体现，他说他在寻找最能使他施展才华的公司。

在许多人的观念中，是把随意炒老板的鱿鱼当成一种表现自我的潇洒，当成现代人应具备的气度。他们的内心中是看不起那些恪守职位的同事。

然而，这种对待职业的潇洒却犹如五彩缤纷的肥皂泡，掩盖的是不正常的劳动就业状态，掩盖的是跳槽者不正常的就业心态，这种随意的跳槽，最终损害的是“自身”的权益。

在目前的劳动就业中，为数甚多的老板，为了节省经营成本，他们在用工方面大玩“兼职”以及不等“试用”期满就提前辞退再招收新的“试用工”的魔方。他们从中省下了应该给员工的待遇等开支。他们愿意员工任意跳槽，甚至到了一定的时间会故意给他们准备放弃的员工制造出不顺心的条件，刺激员工情绪化地拂袖而去。因为，员工炒老板鱿鱼比老板炒员工鱿鱼少了好多麻烦，不致引起劳资纠纷。

其实，国家已经立法对此进行规范，在国家以法律认可的劳动关系中，对“试工期”、正式录用以后的待遇、双方发生炒鱿鱼的问题，都做了明确规定。譬如老板炒员工的鱿鱼，必须征求工会组织的意见，员工对辞退不服，有权向劳动仲裁部门申诉，并依法要求赔偿；而员工炒老板鱿鱼，必须提前 1 个月递交辞职申请，并依法得到应该得到的有关补贴和有关社会福利保险，员工也有义务在这 1 个月里完成自己这个职位的工作和有关工作交接。

任意频繁跳槽并非现代人的时尚——这应该是一种有益的提醒。

五、谋划职业：该出手时就出手

对照你的职业生涯规划，目前的职业是否难以实现你的目标，你是否难以忍受目前的工作，准备不顾一切地跳槽？在采取行动之前，不妨先静下来，听听别人的建议和经验。

很难说清现代女性对男人的怨和对工作的不满哪个更多些。外面的人想进来，里面的人想出去——“围城”现象不但存在于我们的婚姻生活，而且也存在于职业中，正所谓“做一行，怨一行”。工作的琐碎、压力、机械、没有成就感、缺少升职加薪的机会、环境不佳、人际关系复杂、上司苛刻等都有可能成为我们不满和想离职的原因。从某种角度看，辞职是一件好事，它能证明我们在职场上有选择的信心和能力，许多事业成功的人士，现在所从事的都是与他的第一份工作毫不相干的职业。但跳槽也是风险很大的下注，它可以帮你跳上成功的台阶，也可以使你陷进下滑的坡道。所以，换工作应该像换恋人一样慎重，而不应像换衣服一样经常，一定要“谋定而动，三思而行”。

如果你准备跳槽，请你一定认真考虑以下几个问题：

自己有没有跳槽的本钱？

对转换职业而言，年龄是很重要的因素。25岁以前你尽可以多“折腾”几回，因为年龄轻、没有负担，即使失败，也不会有多惨重，失去的不多，自然也容易复原，东山再起比较容易；25岁以后，就应该逐渐找到自己在社会上的角色和位置了。如果此时你依旧是职场上的流浪者，从积累经验和资历的角度看，你将处于非常不利的下风。没有任何一种成功是一蹴而就的，它需要你耐心向下扎根，只有根基扎得深扎得稳，才有向上生长的可能。此时的你，即使要跳槽，也应该是带着“资本”跳。跳槽并不单纯是改变工作，而是一次自我的提升与突破，每一段职场生涯，都是下一段的一个台阶，一步步要走得稳，才能接近目标。如果背着空空的成就行囊跳槽，跌的次数越多，你的职业身价也就越贬值，因为每跳一次，你都要被归零，一切从头干起。也许与你同时走进社会的同学都当上部门经理了，你还不过是一个“新人”，而且还要让上司滴咕：“他两年换了3次工作，肯定是一个不安定分子。”

决定“跳槽”是工作本身的原因，还是你内在的原因？

世上没有一件工作能令人百分之百满意，任何一个工作，也不会糟糕到一无可取的地步，而你换的工作越多，也许就越容易发出“天下乌鸦一般黑”的感叹。有选择，就会有无奈，所以对待工作有时也正如对待恋人，要想让自己快乐一点，就应该抱着“选择你所爱的，不如爱你选择的”的态度。

如果你仍然无法改变换工作的愿望，不妨先问问自己：“对现状不满是来自工作本身还是其他原因？”很多时候我们不得不承认，其实工作本身很适合自己，让人受不了的是工作环境和人际关系，这种情况下，需要检讨的不是你的工作而是你的心态。因为，换了单位，同样的问题依然会发生；即使换工作的愿望再强烈，你仍然应该正视你现有的工作。你不妨自问：“当初促使你选择这份工作的理由是什么，现在它还存在吗?”假如当初你选择这份工作的考虑是它能给你带来成就感，而入行后却发现你不得不做很多琐事，那就需要你眼光放得长远些，如果你能忍受一时的不如意，也许便能学到一些受用的专业技术。最后，你要问自己的是：“一定要走吗？如果不走，还有哪些可能?”客观冷静思考迫使你想跳槽的哪些是你自己的心理因素，哪些是外在因素，哪些是可以克服的或假以时日就有可能转变的，多给自己一点时间，有时候一件事就足以令你改变主意。列一张表，写出你目前工作的优缺点，确定自己到底要的是什么，然后再作决定。将得失衡量清楚，无论去留就都不会后悔。

放弃现有的，是否有更好的工作等着你?

除了客观原因造成的迫不得已外，往往是因为低估了找工作的难度，或过高地估计了自己。面对现实，你就不得不一步步降低标准，这样，不论对自己的事业还是自信心，都会有极大的杀伤力。职业这件事上，骑驴找马才是最聪明的做法。

转职成功的人，没有一个是冲动地去换工作的，他们都有一个明确的目标，这个目标绝不是一个可以接收你的单位那么简单。你必须明确它的优点和缺点，深入挖掘那一行业的资深工作者对那份工作的感觉，在充分了解方方面面的基础上才能投入其中。换工作，不能抓到一个是一个，因为并非所有的机会都是好机会。

专家指点：算算你的机会成本。

一个是关于职位搜索的成本问题。由于多种原因，现在我们的求职往往很不畅通和发达。而我在国外时发现，一般的大学的网站主页上，都有职业服务的栏目，其中给毕业生提供了大量的为求职服务的网址。大学里设立的职业服务中心和社会上的公立图书馆，还免费为求职者提供一些直接的求职服务，包括如何为赢得一次面试的机会而写求职信和简历等。这样就大大方便了毕业生的求职，也极大地降低了求职者的搜寻成本。当然，对求职者个人来说，也有一个对自身的认识和估价以及由此所决定的搜寻渠道选择问题。就像吴女士的情况，如果她有清楚的工作目标(如她认为她在市场或财务或人力资源管理哪一方面更擅长些)，那么，她就可以通过一些职业服务机构，如委托猎头公司替她寻找合适的单位。这会提高她求职的效率，大大降低她工作的搜寻成本。尽管 MBA 现在国内已有一定规模的发展，但就总体而言还是刚起步不久。我个人认为，目前还没有发展到我们所培养的有限的合格的管理人才已达到人满为患的地步。

还有另外一方面的问题更不容易忽视。我们目前的用人机制如何？吴女士所面临的问题，10 年前我就遇到过。因为那时候读学位的基本上都要脱产，因此在职来学习的一些学生都反映脱产读书的机会成本很高。脱产后，回去的位子就没了。我们现在缺乏职位的晋升和进出的机制，如果没有流动机制，特别是没有出口，如何有进口？这也就是我们在实际中看到的一种现象，一方面是大学的毕业生分配难，另外一方面是有的单位在拼命喊没有人才。

职业规划意味着你希望改变与成长，它驱使你不断往前探索和努力，不要害怕放手一博，但只有到该出手时才能出手，因为我们没有更多的青春可供浪费，没有第二种人生可以重新安排。

搭上新经济的快车

一、电脑工程师

在人才市场上提到电脑工程师，多数人会投以羡慕的眼光。由于电脑工程师是热门产业的抢手人才，随便投个履历，不愁工作不来，如果有二三年经验，那更是“好销”，即使已有工作在身，仍时常会被“挖”。

目前，电脑工程师名称五花八门，诸如IC设计工程师、STM工程师、电子工程师、系统分析师、制程工程师、品管工程师、机构工程师……，几乎不胜枚举。

如今，才市中招聘的电脑工程师主要分软件和硬件两类。软件工程师，只需具有理工科背景就可担任，多数电脑公司和大型企业电脑部门招聘时，一般选择本科以上学历且研修过相关课程或接受过相关训练的应聘者；而应聘硬件工程师，则需具有电子、电机、物理或化工、材料等相关科系专业背景。上述各种电脑工程师名称中，BIOSI工程师、驱动软件工程师、作业系统工程师、应用软件工程师等属于软件工程师；产品开发工程师、测试工程师、产品工程师、机构工程师等则属于硬件工程师。应聘者在求职时，应选择适合自己长处岗位。

相对于硬件工程师而言，软件及研发工程师的未来行情更被看好。随着电脑硬件发展到一定水准，软件业已逐渐成为主流。据业内人士估计，从国内发展趋势看，软件与研发类工程师行情肯定看涨，将是未来高科技产业最热门的人才，但若以产业划分，由于半导体产业发展势头正热，人才需求迫切，因而凡与IC产业有关的工程师，其职业前景也相当看好。

电脑工程师容易转任其他行业或公司，也可转至其相关领域，比如，软件工程师可转任系统分析师，制程工程师可转任至诸如技术服务、行销策略规则等生产部门，从事设计图施工、配置线路的电脑工程师则可转任采购、设计或系统维护工程师。

对于欲应聘电脑工程师者，业内人士建议，必须在学校里打好基础，毕业后根据自己专长、兴趣，慎选有发展潜力或获利较佳的企业。假如暂时未找到合适的岗位，也要注意积累经验，因为有技术的人才在当今人才市场中永远是最受欢迎的人才。

实务经验胜过一切。事实上，信息科技职位一向出现供小于求的情况，尤其是中级的管理员工最难找。不少公司表示：“在行内，最重要的是实务经验，学历只是升职的踏脚石，只具有辅助性质而已。”

Eonline网站香港区负责人陈逸纯坦言：“信息科技行业发展太快，大多数公司期望请回来的职员，可以尽快投入工作，根本没有时间慢慢给予培训，宁愿支付较高的薪酬，吸引在职者转工，也不愿意招聘新人。”

二、网页制作者

美国Mellilran银行纽约分行去年打算设计一个新网站。一名该银行员工的17岁儿子David最后以5000美元代价拿下这个网站设计案。而如果请专业设计人士的话需花费2万5千美元。而年轻的David也并不因报酬低而抱怨，他所看中的是以此为契机小试身手，以求以后发展个人的业务。事实上不少年轻的业余网页设计者都是从较低的要价开始，走上了专业设计道路。另一个17岁的少年Philip由于曾参加网页设计比赛得奖而名声大噪。现在的网页设计制作业务多得做不完，甚至专门聘请一位成人顾问做经纪人，该顾问则可从中获得15%的酬劳。

因特网的发展使越来越多的商家在网上安家，网页的设计和制作成为一个专门的行业。许多具有网页设计制作特长的人找到了自己的用武之地。一些精明的商家也从聘用业余网页设计师中节省了大量的开支，两厢情愿，各得其所。

许多精明的老板现在都逐渐转向青少年市场寻求网页设计师、电脑程序员。中关村一带的许多电脑公司，常常在学校贴出广告，吸引学生参加软件编程、系统集成或硬件组配工作。据报载，北京一名20岁出头的在校大学生，从与一名博士生合作开发软件开始，发展到独立为一家从事期货信息的公司开发软件，挣了20万元报酬并获得一台价值近3万元的笔记本电脑的奖励。

一些富于冒险精神的业余网页设计者们不甘心为别人当打工仔，开始了为自己打工的生涯。小有名气的“蓝河网眼工作室”就是其中的代表。令人想不到的是，“蓝河”的3名成员来自河北省的3个地方，是网络将他们紧紧地连在了一起。创办伊始，为企业制作网页是他们的主要业务。由于他们所做的网页在当地的企业网页中特色鲜明，加上低成本的运作方式，使工作室有了很强的竞争力。国内一家比较有名的网络服务商看中了他们的实力，邀请他们合作，为ICP制作娱乐休闲栏目，从而使他们的工作室有了更广阔的生存空间，业务也从保定做到了北京。不久前，一家属于一个国际公司亚洲总部的中文网站又看上了他们，工作室又为这个网站担负起客户服务的工作。

对于许多充满创造精神的年青人来说，这确是一个不错的选择，但这也需要一定的专业特长，如网络技术、美工设计、三维动画设计等。

三、网络媒体开发者

网络媒体是财富的摇篮。IT业新秀戴尔的成功是一个纯粹美国式的传奇。戴尔一开始就以直销起家，但随企业不断做大患上了难以避免的“青春期综合症”。互联网的兴起让戴尔抓住了一条大鱼。1996年戴尔公司的在线销售开通，客户可以通过互联网直接订购产品，成为“IT直销鼻祖”。这一模式迅速改变了PC公司的格局，使得戴尔几年后跃居全球五大PC公司第二位！从1990年以来，戴尔的股票价格上升了2690%，它在股东收益方面超过了可口可乐、英特尔和微软，它是500家公司中惟一一家连续三年销售额和利润增长均超过40%的公司。为什么？当然是网络媒体的功劳！

网络媒体就是用网络替代报纸、杂志、电视等传播介质的一种媒体。它的生命力令传统媒体难望其背。这是因为21世纪信息时代电脑的普及势必推动网络的普及，而且目前国际上各先进国家媒体的网络化已初见规模。1998年斯塔尔将克林顿的绯闻以长达445页的报告倾于网络，一时洛阳“址”贵。所以有人说，克林顿炒热了因特网，因特网整苦了克林顿。而在这一系列事件中，大赚特赚的却是网络媒体！这不仅因为报道的是克林顿，更重要的是网络媒体时效快、容量大、读者层次多、数量大，传统媒体却无法将这么长的报告转载！即使它带来的丰厚的物质利益令无数报纸、杂志眼红！而能做到这一点的只有网络！媒体的成功取决于其内容和速度，而网络集两大优点于一身。因此，它的成功乃大势所趋！因此，《纽约时报》、《华盛顿邮报》的老板们甚至惊呼：他们很可能在不久的将来被网络媒体淘汰出局！

尽管现在我国的因特网因其未普及，难以实现规模效益，大部分网站不赚钱甚至有些赔本赚吆喝。但必须看到，越是刚起步，机会越多，这只是一个过渡，其后无限商机将滚滚而来。未来学家尼葛洛·庞帝预测：1 美元的电脑将于 5 年内出现！电脑的普及乃至网络的普及指日可待。网络媒体的前景必会随网络的普及而掀到最辉煌的一页！我们看一看与戴尔并称“绝代双骄”的美国华人首富杨致远，他的成功可谓现代神话。杨致远设计了一个名叫 yahoo! 的网站，将全球网址分成 14 个门类，然后下面再细分，使上网者由原来茫茫然不得其门而入的上网变成了容易事。商机显现！因为这不仅仅是一个提供分类目录的网站，更是一种新媒体！1990 年 4 月 12 日 yahoo! 股票上市，当天股价由 13 美元升高至 43 美元，杨致远与他的身价立刻起过了 1 亿美金！网络媒体的明天缤纷多彩，抓住时机，抓住商机，每天因网络被送入百万富翁行列的几十个人中可能就有你！

网络媒体开发者倍受瞩目。但却不是每个人都有能力去开发网络媒体，因为它需要你对电脑这个玩意儿玩得溜溜转，这就不是一天两天的功夫了！如果你不是专业搞电脑的，不妨先降一降对网络媒体开发的热乎劲儿，看一看网络管理员。网络管理员不像网络媒体开发者那样要求精通电脑软硬件，它只要求你会简单使用，会一些常规的操作即可，然而作网络管理员带给你的却毫不逊色于网络媒体开发者。在我们这个时代，信息就是财富，而网络管理员则是网络信息的中转站，信息从各方汇入到网站，又由同站发送到各个区域，网络管理员坐镇网站，大收渔翁之利！网络管理员就是网络里无处不在的眼睛，这一职业得天独厚。只要你鼠标一点，信息就会滚滚而来，商机也随后滚滚而来，财富也会滚滚而来！

在互联网的事业中，没有最好，只有最新，每天都有新的机遇，每天都产生新的富翁，你必须瞪大眼睛，开动脑筋，机会将向你走来。

四、多媒体产品策划人才

“一个多媒体产品策划人员，不仅要会策划，而且还要有商业、专利知识及技术基础，如此才能构想出好的思路，并能让美术及程式设计人员顺利进入产品的开发阶段。”利多多媒体产品开发部经理方先生描述该公司所需的多媒体产品策划人员时，露出非常失望的表情：这类人才太难找了。

据了解，现在的人才市场中，希望应聘者具备复合能力的用人单位越来越多，而这种人才十分稀缺。以多媒体产品策划而言，国外称为“玩科学”，其涉及的专业知识面包括工程、美术、教学、音乐、心理学等诸多领域。因此，才市中的应聘者唯有具备较全面的知识背景，才有可能觅到“高薪”职位。

人才市场中，目前多媒体产品策划人才的招聘成功率非常低。据业内人士介绍，这是因为招聘多媒体产品策划人员的公司大多要求特高，不但要求应聘者具有一般策划人员的素质——善于沟通，善于介绍自己构想好的产品并保证其可行性；而且还要适应多媒体产品策划的特点——具有商业基础、专利背景知识及技术底子。换句话说，多媒体产品策划人才必须兼具策划、美术、程序设计等多种才能。

某专业制作多媒体产品的企业招聘者说，创作一项产品，首先要由策划人员、美术人员和程序设计人员举行“创意会议”，共同构想产品的定位、消费群、价格、游戏互动方式等；初步轮廓出来后，策划人员编写教案、制定产品规格；然后是设计人员把构想制作成产品；最后是行销人员用各种方法把产品销售出去。因此，策划人员不但要头脑灵活，而且要“集成”诸多领域的专业知识。但现在人才市场上的策划人才大多只具大众传播知识背景，缺乏工业设计或美术设计方面的背景。

21世纪，在人才市场激烈的角逐中，能叩开成功大门的人才通常需要精通两门以上专业技术。比如说，面对竞争残酷的买方市场，决定市场命运的将不再是生产，而是商品销售。那些仅仅懂得生产却不懂市场营销的人才在21世纪将有可能遭到“下岗”的“待遇”。在多媒体电脑行业中，即精通程序设计，又懂得美术图案设计的人才将成为各媒体公司的抢手人才。那些希望谋求项目主管的人一定得是多面手，即了解技术设计，同时还必须精通管理，具有与顾客保持良好关系的社会能力。

随着各种学科的融汇贯通，岗位设置的复杂多面，只有一方面特长的人才将越来越不适应社会的需求。所谓外语和计算机，只是人们为评判复合型人才而设立的标准，而许多人只是拿到了等级证书，却不能深入学习，当然不能成为合格的复合型人才了。

一证在手，走遍天下

五、商务策划师

如果你有着丰富的商务经历，比如主持过一个综合性商务策划案的制订和实施，或参与过多个综合性商务策划案的制订及实施，你将有资格参加“WBSA商务策划师”的认证。这项认证是由世界商务策划师联合会（WBSA）推出的，认证资格分三个层次：商务策划师、助理策划师和企划员。

“21世纪，商务策划将成为发展前景最好、收入最高、就业最稳定的热门职业之一。”世界商务策划师联合会轮值主席史宪文教授如是说。

在“99北京WBSA商务策划师发展报告会”上，史宪文教授说，当前中国企业最缺乏的人才就是能提供商务策划的企业军师。这些军师必须是具备丰富的商务经验且善言谈或笔谈的人；善独立思考且洞察力和创新意识较强，能产生好点子或新建议的人；熟悉行业的运行机制区有行业发展战略眼光、能帮助本企业克服转型危机的人。这些人总是能够在各自领域不断提供新创意、新设想，能够发现更有战略价值的新领域、新课题、新产品，不断形成人无我有的优势，也因此成为最受欢迎的人，这些人往往可获得商务策划师认证（WBSA）。

WBSA认证是由世界商务策划师联合会对具有相当策划水平人士的实际工作水平的评定，经WBSA认证的商务策划师国际公认。目前世界商务策划师联合会是世界唯一全球性权威企划组织，该组织已在加拿大、英国、美国等国家设立了发展机构，培育出一批世界级商务策划大师。在中国则刚刚起步，目前在北京的独家代表机构，已向北京企划界推出首批认证，已有两人获得北京首批 WBSA 认证，目前中国已有 40 人获得认证。

据不完全统计，从事咨询、策划行业的公司仅北京就超过 3000 家，从业人员不下 3 万人。据一些策划人自己讲，中国非常需要智力产业，但这个行业目前还处在原始形态，什么叫“策划”，根本没有科学的定义，各色人等的操作手法也大相径庭，他们认为这是一个急需规范的市场。因此，商务策划师的资格认证一经引入，便引起策划业界的关注。尽管国内首批获得认证的有近 40 人，但申请者已达到数百人。

也许你的策划能力不俗，但在企业中你可能被淹没在众多职业经理之中，难以脱颖而出。和众多资格认证一样，拥有 WBSA 证书，是你的策划水平与身份的标志，使你能快速地被认知，被重视。在北美和欧洲，WBSA 证书的拥有者被视为知识经济的开拓者，主要从事项目投资策划、投资基金管理和营销方案制订等关键性工作。他们在企业中的角色通常是总经理、总经济师、总监等高级职务，或担任企划部、营销部、公关部的部门经理。

国内对此认证不同的是，商务策划师认证不需要考试，而侧重对申请人实际操作的案例审核。负责北京地区认证咨询的北京策联商务顾问行负责人冯先生说：“世界策联对各种认证申请人资格的欢迎顺序是；案例申报优先，经验申报次之，理论申报再次，培训应试最后。申请人最好提交其主持或参与过的案例，其次是其‘独到的商务经验’。有时，一些‘不起眼’的小事情却恰恰表明了你的创新之处，所以，即使在商界工作时间不长的职员，可能更胜过那些理论型的人士，更能被 WBSA 所看重。”

六、保险精算师

知识经济时代已经来临，21世纪精算师的身价会抬得更高。因为历史上从来没有哪个时代像今天这样让知识这么快速的转化成财富！

精算师是个新崛起的行业，发展时间短，而且由于国内培训力度不大，师资不强，导致了这一行业的人才紧缺。但另一方面中国的保险市场迅速扩大，业务不断拓展，对精算师的需求越来越多。因此，精算师更是炙手可热，成为各大公司抢夺的重要人力资源。目前，我国真正称得上精算师的寥寥无几。我国培训精算师的方式也大多是与国外保险公司合作培训，国产精算师目前还没有，而能将精算师所有科目通过的更是少之又少。精算师大多是在国外考试通过的，但一经通过，立刻身价百倍，国内公司抢也抢不到。因为国外的需求比国内更大。华人的优秀才智早已在国外有目共睹，所以英国、美国的保险公司都抢着要中国的精算师，这无疑又给中国的精算行业造成了一大损失。现在国内的精算师职业仍在增大，而供应却难以跟上。所以通过精算师考试的人才也往往很被公司重视。这个行业迫切需要更多优秀人才的加入。

精算师们以概率论、数理统计、金融、保险知识作为自己的工具，通过建立数学模型和精确计算，把市场经济下不稳定因素和风险数量化。比如说，一位购买了一辆本田汽车的车主向保险公司投保，保费究竟要交多少呢？这就要由精算师通过以往的经验数据进行评价估量做出判断。这正是工作最重要的一环，只有在保险精算师的精确指导下，公司才能万无一失，保收利润。因此精算师的位置和作用是不可替代的。这无疑给了精算师较高的身价。国外大公司的精算师年收入都在百万与千万美元之间，因为他们给公司带来的利润不只几亿，几十亿！我国的精算师目前也是国内收入最高的行业之一。尽管我国的商品化程度不高，但精算师们的年收入早已越过几十万。

精算师从事的就是风险事件的量化，所以只要有风险，精算师就永远有市场。如今，精算师已不单单为保险公司服务，它不仅为咨询机构提供服务，还为政府服务，在政府的医疗保障、失业保障、福利保障等多方面发挥着作用。有些精算师已进入了企业、政府的决策层，影响着社会的方方面面，更为重要的是精算已由一种定量分析的工具发展成了一种管理科学，精算师摇身一变成为高级管理师。信息社会中管理的方式发生了深刻的变化，由原先的不精确管理逐向精确管理过渡，在这个过程中，精算师当然首当其冲，当仁不让。精算师这一行业就像一轮初升的太阳前景无限，光芒万丈！

七、注册会计师

当西方出现了诸如毕马威、安达信等国际性会计师事务所时，中国的注册会计师事业还没有建立。到 1991 年，中国才恢复了注册会计师统一考试制度。在远景规划中我国又明确提出：2010 年底中国注册会计师个人会员达到 20 万人，从业人员 30 万人，培养出国际一流水准的注册会计师 2000 名，国内一流水准的注册会计师 1 万名，事务所骨干达到 5 万名。而到 1998 年底，取得这一行业资格的仅 2 万人。所以这块沃田目前开发者还很少，急需优秀人才的加入。

注册会计师业务主要是审核企业、事业单位的会计报表，帮助公司建立会计制度，进行资产评估、项目评估以及验资等。我国的会计师事务所多属民间组织，随着市场经济体制的完善，它将进一步独立，会计师的业务范围将不断拓展。注册会计师不仅从事上述事务而且还将担任公司的会计顾问，提供会计、财务、税务和经济管理咨询；而且还为公司企业培训财务会计人员，并且代为公司申请登记，协助公司拟订合同、章程等。这些业务的拓展使得注册会计师在经济领域变得越来越重要。总之，小至家庭，大至国家每一主体都有收入与支出，而这些都是注册会计师管理从事的对象。这一行业的业务永远不会枯竭且会越来越多。

注册会计师永远不愁没有事做，只会愁工作太多。市场经济下的注册会计师要求独立、公正、可信，一旦违法，处罚不轻，因此高报酬背后也有相当大的压力。

作为自由职业者的注册会计师不仅社会地位高而且经济收入高，且专、兼职都可。这一切都加重了这个行业在人们心目中的份量。我国国内会计师事务从业人员的工资已相当高，部门经理的年薪都在数十万元以上。而在我国设点的安达信、毕马威、普华这些国际性事务所里的注册会计师年薪更高的惊人，倘若生意好，一年可成百万富翁。这只是因为经济的繁荣和发展使得会计变得更加重要了。没有会计的监督和管理，市场经济行为就会产生混乱，政府就难以调控企业，市场行为也会因此而无序。会计的重要性使得注册会计师的社会地位、声望都很高。不仅如此，成为一名注册会计师后，择业面将会变广，不仅可以从事会计工作，还可从事审计、税务以及管理工作，这些选择没有一项不诱人。因此，年轻人纷纷报考注册会计师，以期早日踏进这一行业。

如果你想成为一名注册会计师，这并不难，只要你努力学习相关科目，在5年之内能通过全国注册会计师考试的五门科目：会计、财务成本管理、审计、经济法、税法，再加上一年的工作经验就可以成为一名注册会计师了！

八、律师

今天的社会，没有法律不行，没有律师更不行。尽管有法庭，但同样需要律师，因为好多法官本身就是律师。律师不仅维护个人权益，更维护着这个社会的秩序和正义。

未来的律师们不仅要处理诉讼案件，还要提供法律咨询，协助公司、企业制订计划，甚至充当政府的“智囊团”，为政府提供法律依据。因为律师不仅懂法律，还懂会计、税务、金融、保险、投资等知识，可以说未来的律师几乎是一个全面型人才，适合从事各方面的工作。如今经济一体化的浪潮一浪高过一浪，21世纪的经济发展不仅要靠资本、技术，还要靠法律，而这一任务必将由律师来完成。1996年我国颁布了第一部《律师法》，该法诞生后，律师业火爆。市场经济是法制经济，所以我们需要律师。在西方，律师业向来被认为是永远有魅力和价值的职业。美国总统林肯是律师出身，克林顿也是法学博士毕业。而目前我国从业律师的人员不仅质量不高且人数极少，远远满足不了市场发展的需要。所以这一行业的快速发展势不可挡，尤其是房地产律师。别的行业可能会衰落，会被新兴行业所代替，而律师则不会。

普通律师年收入大约在20万左右，情况好的时候大约能达50万。而那些有点名气的律师大约一年能挣上千万，因为他们接下的业务是有关几亿、几十亿的资产案、合同案，而律师的报酬是按标的物的一定百分比去计算的。不仅公司有自己的律师，甚至个人也有律师，如明星、私企老板等都有自己的私人律师。所以商业巨贾们都愿让自己的子女们学法律，这不仅因为律师本身的价值，更因为他们懂得它的附加值。所以如今社会上很多年轻人都参加律考以求为自己带来好的机会。律师业在国内已成为一个惹人瞩目的行业。

选择律师业，不仅因为从事这一行业能带来财富，还因为律师代表着正义，更重要的是因为律师生活多彩而又刺激。在法庭上，律师需要沉着、冷静、机智，但结果令人难测，或箭拨弩张、你死我活，或握手言欢、化干戈为玉帛。律师这个颇具挑战性的职业让你的生活永远有新鲜感。但律师光有法律知识是不够的，律师还要懂得财经知识、心理知识等等，既要晓之以理，还要动之以情，所以律师生活新既鲜又有点沉重。然而这沉重里暗藏的喜悦和每一次成功后的轻松则只有律师自己知道："我钟情于这个行业，只因为它带给了我无上的光荣和快乐。"

九、专利代理人

据悉，我国现有专利代理机构上百家，从业人员4500多人。由于是同发明人打交道，要求专利代理人必须懂得许多专业技术。专利事务所一般就根据业务的不同领域而分成机械、电子、化工等部门。专利代理人的收入方式基本采取计件式，收入水平与接收代理案件的多少直接相关。目前，国家颁布的《专利代理条例》中规定，专利代理机构承办事务包括：提供专利事务方面的咨询；代写专利申请，请求实质审查或复审；提出异议，请求宣告专利权无效；办理专利申请权、专利权的转让及专利许可的有关事务；接受聘请，指派专利代理人担任专利顾问；办理其他有关事务。

我国对专利代理人实行资格认证制度。自1992年起，国家已组织了数次全国专利资格代理人考试，共有上千人通过了此项考试。报考全国专利资格考试的人员必须符合如下条件：已满18周岁，具有完全的民事行为能力的中国公民；高等院校理工科专业毕业（或具有同等学历），掌握一门外语；熟悉专利法和有关法律知识；从事过两年以上的科学技术工作或法律工作。

据统计，我国有4万件涉外专利申请，约占今年专利申请数量的1/3。此外，随着知识产权纠纷的不断上升，对专利代理人的需求也会越来越大。专利代理人已成为一个前景诱人的新兴职业。

创造就是生命

十、广告人

在美国，广告创意大师不是普通的高薪阶层，他们的年平均收入在30万美元左右，与电影导演不相上下，比首席法官、外科医生、国会议员以及大学教授等地位显赫之辈要高得多。他们的最高收入一年可拿到50万美金，最低也在15万美金以上。国际上，广告业实行的是按小时收费方式，我们刚刚成长起来的企业，还不大敢尝试聘用那种坐一个钟头就拿上千美元的国际大师。在巴黎，广告被奉为继电影之后的“第八艺术”。成功者往往有一批狂热的崇拜者，他们大出畅销书，在热点传媒中频频露面，有的还是总统的挚友和红人。总之他们给整个社会带来的轰动效应与影视明星们相比毫不逊色。学校的学子们无不以跨入广告业为荣，更因为广告界是一个充满青春活力，孕育创造性才华的既神秘又浪漫的世界。

国内的广告人虽不如此大红大紫，但创意天才们举手投足也不无领导潮流的潇洒。也许在财大气粗的企业主看来，广告人不过是替他们服务的“卒子”；但对影视明星们来说，活跃于广告业的一批“高人”，才是能呼风唤雨，真正主宰演艺圈的主儿。

广告业是一个以人为工作材料的行业，广告人工作都非常紧张，无时不以广告业务为念。在办公室里，精力固然要高度集中，时刻要应付种种挑战；就是在进餐时间，在上下班车里，都要为追求新的创意，为力求工作完美无缺而沉思默想，绞尽脑汁。

广告人对资讯的敏感和饥渴远远超过一般人。他们的资讯接受器 24 小时开放，求知的触角伸向生活的每个角落，惟恐错失社会上的任何一丝脉动。其实，压力就是挑战，挑战意味着机会，机会隐含着成功。有付出就会有收获，广告业的艰难自然有它巨大回报。广告要做出境界，必然会很辛苦，一旦好的效果出现，无论经历多少艰难，都会化为开心的一笑。

广告业无限广阔的新空间，实际上因特网上的广告业已出现。相信用不了多久，聪明的广告人就会掌握占领这一新领域的有效手段。这对有志入行的朋友，无疑又是一次良机。

十一、自由撰搞人

有“无冕之王”之称的编辑也不得不放下架子，虚怀若谷网罗人才，广纳贤稿。请求编辑“高抬贵手，指正拙作”的现象一去不复返，真正的拙作编辑不会高抬贵手，因为这关系到刊物的发行量。而优质稿件也不需要编辑高抬贵手，作者们自知自己作品的份量。现在有些作者，在其稿件的尾部，赫然标明了“若稿酬低于若干元，请勿刊发”的字样。越来越多的撰稿人，正在逐渐认识到知识的价值，只要是好的稿子，不愁得不到高稿酬。

为避免“稿荒”，各报纸、期刊及各出版社的稿酬也由千字 30 一 60 元涨到 80 - 100 元，甚至 200 - 500 元，北方一家生活类杂志更是对杂志几大栏目的重点文稿实行每篇 5000 元的高稿酬……这种大环境造就了一批以文为业，以文致富的自由撰稿人。

现行稿酬制度是以字数论酬，不管优劣，而实际上不同稿件其作者付出的劳动是不同的，质量更有优劣之分。作者投稿时明码标价，报刊采用以质论价，这也体现了一种双向选择，符合市场经济下的价值规律。今后这种方式必将会越来越受到撰稿者与稿件使用者双方的欢迎。真正有价值的好稿，必然得到更高的报酬；而作为自由撰稿人将会得到更多的发展机遇。

目前，全国有上千家新闻出版单位，图书报刊年销售额近千亿元；有近 2300 家报纸和近 9000 家期刊，报纸期刊的日销售额也相当可观。图书报刊赖以生存的重要资源就是要有量多质优的稿件，而目前，为各家出版社和报社撰写稿件的专业记者不足 30 万人，远远不能满足迅速发展的图书报刊业的需要。面对如此巨大的文稿需求市场，你可以拿起笔来，走进自由撰稿人的行列。

十二、旅游从业者

随着对外开放的深入，外资旅游企业先进的管理手段和营销经验将促使国内旅游界发生积极深刻的变化。整个旅行社在行业功能分工上将更趋国际化，最终会出现一批与国际惯例接轨的规模效益型的、功能分工明确的批发社、组团社和营业社，旅行社扮演的角色也将向个性化、特色化方向发展。

据世界旅游组织最近公布的一份报告预测，由于中国多元文化以及丰富的自然环境对外国游客的巨大吸引力，到 2020 年，中国将成为世界第一大入境旅游接待国。国家旅游局的统计数字表明，海外来华旅游者正呈稳步上升之势，今年 10 月份入境旅游人数比去年同期增长 13.85%，其中外国人增长 27%，为今年第二个增长高峰。

入世对旅游业的影响体现在旅行社和饭店业上。从旅行社角度看，外资在管理、资金各方面均有明显优势，国内一些实力偏弱、机制落后、经营分散、没有特色的旅行社将面临淘汰。此外，外资旅行社对海外客源可以实施一条龙接待体系，以图独占全部利润。国内旅行社在海外组团的难度加大。从饭店行业看，冲击也是明显的：一是结构冲击，外资的涌入，能导致我国现有饭店结构调整。二是客源冲击，国际跨国集团利用自身品牌和网络优势，广占客源，在自身品牌内形成客源流动。三是人才冲击，外资饭店凭借其高薪机制，广揽人才，使整体优势更加突出。

代人理财，皆大欢喜

面对方兴未艾的个人理财热，人们才感到自己理财知识的匮乏。年轻人期望对自己有限的钱财作好规划，老年人寻摸着怎样使自己的积蓄能有长期的效益，但理财技巧的学习不能一蹴而就。尽管时不时地有各种专家在媒体上介绍投资知识，推荐投资方法，但具体到每个人身上，财务状况又是千差万别，而理财大事，又容不得半点闪失。

十三、个人投资顾问业

不久前零点调查公司对北京、上海等城市数十万居民的调查显示，选择购买股票、国债、房地产、保险、个人藏品的比例与以前相比大大提高，其中拥有国债和股票的家庭占20%左右，选择购买保险和各类收藏品的家庭接近10%。

百姓到底如何进行投资？这意味着一个新行业——个人投资顾问业将大有可为。

从彩电、冰箱到轿车，再到轿车另加10万元、50万元，各类福利彩票的奖品越来越丰厚，发行越来越频繁，而参与摸彩的百姓也越来越多。

“以前是逢年过节没什么娱乐活动，才偶尔去买彩票碰碰运气，那会儿是玩儿。但现在我买彩票，是拿它作为一种平常的理财方式，投入多少自己心中有数，要是摸着大奖当然求之不得，即使没得奖，也对福利事业有贡献，所以心理很平衡。”看来，多数购买者都把这彩票当成了个人的理财方式之一。

买彩票算不算一种很好的理财方式，姑且不论，但我们不可回避的一个事实是，老百姓兜里如今有很多闲钱，这些闲钱正在寻找着各种流向。

有关专家指出，当前国内大众投资尚处于起步阶段，存在着诸如投资途径过于狭窄单一、热衷于短线操作、急功近利的投机色彩较浓以及自己投资等问题，这不但增加了民间投资的风险因素，也为不法机构非法操纵投资造成了机会。

从事这一行业，不仅需要较多的金融、证券、投资方面的专业知识，还要掌握各种政策的走向以及经济变动的大趋势，更重要的是还要理解老百姓的心理，多与他们沟通，才能取得他们的信任，争取到更多的客户。

十四、基金经理

1981年诺贝尔经济学奖获得者詹姆士·托宾曾告诫投资者们：不要把“鸡蛋”放在同一个篮子里面，这样做太危险。

但是，对于许许多多的中小投资者来说，把有限的资金进行分散投资，实际上是一件根本不可能的事情。为了解决这个矛盾，投资基金应运而生。

投资基金，就是以发行股份或收益凭证的方式，把大量散户手中的资金集中起来交给专家运作，通过选择时机和组合投资等手段进行投资。可见，投资基金具有专家理财、费用低廉、分散风险等独特优点，这正好适应和满足了千百万中小投资者的心理要求，因而它广受青睐也是理所当然的了。

我国目前投资基金业的发展层次还很低，在基金组建、资本构成、基金内部组织结构、信息披露等方面显得十分滞后，法规也有待于进一步健全。我国目前的居民储蓄存款已达6万亿元人民币，今后老百姓金融投资意识的增强和理性投资要求的提高，必将产生对投资基金的强劲需求。

在形势令人鼓舞的情况下，如果你下决心要成为一个优秀的基金管理人，应该首先从以下几个方面着手准备：

首先，投资方面的知识必须要具备。这将是你走上“战场”的“看家武器”。现代投资学早已突破了以往主要以产业分析、宏观经济的基本分析为投资依据的传统方法，而发展出一套比较完备的投资分析理论体系，如现代“证券组合”理论中的资本财产定价模型（CPAM）、套利定价模型（APT），以及技术分析中的“道氏”理论、波浪理论等等。这些都是作为投资基金管理者所应具备和掌握的基本分析手段。

其次，应熟悉投资基金内部组织机构及运作机制。投资基金虽然在本质上只是中介性的投资机构，但随着现代基金业的发展、基金管理的数额日益增大、基金可选择的范围和品种的多样化和复杂化，一个规范运作的投资基金内部本身就形成了复杂的、相互制衡的组织机构。了解基金在内部运作方面的特点，是十分必要和重要的。

再次，一个合格的基金管理人，必须熟悉和掌握国家的有关部门法规和政策。对于目前正处于法规制定高峰期的我国，这一点尤其具有现实意义。

第四，作为现代基金管理人，必须掌握现代化的通讯及投资分析手段。例如通过发达的网络收集各类有用信息、熟练运用高科技财务及投资软件提供决策依据等等。若无法做到这一点，就将难以避免落后、受制于人的结局。

最后，当今社会是一个多变、动态、复杂的社会，同时也是一个处处充满着竞争的社会。在这样的背景之下，作为投资基金管理人，必须具备在各种不确定性环境因素下，当机立断、果敢决策的性格。

十五、证券经纪人

在个人投资渠道仍很匮乏的今天，证券市场传奇般的致富神话吸引着全国4000万股民的参与。这一庞大的投资群体正为另一个新兴的群体——证券经纪人的崛起和兴旺提供着巨大的市场需求。各类投资顾问公司、理财咨询俱乐部、名人工作室，乃至形形色色的机构炒手、个人大户等等，纷纷担纲做起了股市咨询、专家理财、代客炒作的业务。

证券经纪人主要是两类人：一类隶属于证券公司、投资公司名下，他们一般学历较高，既有丰富的实战经验和专业知识，又有良好的客户基础；另一类是一批个人投资者中的佼佼者，他们在股市中“摸爬滚打、出生入死”，依靠几年来较高的投资回报赢得了人们的信任。他们虽无经纪人之名，但已行经纪人之实，其客户更多的是朋友、同事、亲属。

目前，客户将资金委托给经纪人管理，双方的利润分配一般有三种方式：一种是保底法，即客户要求一个利润额，超过的部分全归经纪人。二是保底加分成，即超过保底数的部分按比例分成。三是分成法，即如有利润，双方按约定的比例分成。

一个精明能干、信息灵通的经纪人，一年既可以给客户挣出远高于银行定期存款的收益，也可以为自己赚下不菲的收入。这当中除了明面上与客户的分成外，另有一块人们看不见的券商返还佣金。为吸引资金开户，刺激高额交易量，券商暗中都有奖励政策，超过一定交易量，佣金返还给客户一部分。所以经纪人选择开户券商时，会事先将佣金返还比例谈好，确保自己这一块利益。

曾有一个贸易公司将走私汽车的利润5000万转入股市，委托给一位具有华尔街股市操盘经历的高手运作。适逢行情火爆，半年下来，已见到近千万的利润，这时，公安机关寻踪至此，股票和资金被冻结，眼看到手的利润付之东流，高手痛不欲生。

受利益驱动，经纪人在代理操作中，也存在种种“技巧”：许多经纪人为图私利，为客户设计一套频繁买卖的操作策略，以便自己获取更多的佣金返还；有的经纪人将手中众多客户资金集中起来，爆炒某只股票，在可能获取暴利的同时，也蕴含着极大的投资风险；有经纪人自己买入某只股票后，向客户们推荐，让他们给自己抬轿子，以利自己出货……

随着我国证券市场的规范和发展，对专业化的要求越来越高，客观上呼唤着一支高素质经纪人队伍的建立和壮大，这是证券市场走向发展成熟的必然产物。

我们给广大读者的忠告是，进入这一行，千万不要被一时的利益所诱惑，做出违规违法的事，否则一失足成千古恨！从长远的眼光看，在这样一个充满机遇与活力的行业中，只要勤奋肯干、多学多想，财富是不会绕过你的门而不入的！

听我一席话，胜读十年书

十六、职业咨询师

“越来越多的人试图帮助你找准位置。”三联生活周刊的记者王珲如此定义职业咨询师这一行业。有过4年心理本科教育、8年高级心理教学经验的白玲说：“职业咨询是心理咨询的一个分支，它专指对职业问题的咨询指导。现在职业问题的压力对人们的影响越来越大，职业生涯规划、指导服务就是帮助人们提高自我认知，调节心理，增加竞争能力。”应该说，它是一种新的精神产品的消费需求。

“台上一分钟，台下十年功。”具有什么样素质的人才能在几个小时的时间内帮助别人把握一生职业的选择呢？世纪人才的咨询师白玲说：首先，做为一名职业咨询师要有心理学、教育学、管理学的相关经验，而且还需有心理沟通技巧，能够让对方信任你。大千世界行业万千，指导别人的职业取向应该阅人无数，当然经验丰富最好，但不可能面面俱到。所以最重要的是获取信息的能力，触类旁通，这样就可以应付各种的人和事了。在素质方面还要求做为指导职业前途的咨询师，首先也是职场中人，积极的生活态度，旺盛的生命力必不可少。上海和湖南就曾报道过两例心理咨询师因心理承受不住而崩溃的事例。对消极、失落、悲观的人和事要能感染他，并且自己一定要有免疫力，不能让别人反把自己影响了。如此高素质的从业人员，大量、复杂的脑力劳动，那么他们所做出的结论能否让人信服，令人满意呢？

目前在世纪人才做一次咨询大约需要6小时，包括与咨询师半小时的面谈，3小时的问卷调查以及咨询师对你的问卷进行分析、总结，这需等待一个星期，最后是2个半小时的面对面的咨询。通过对问卷的分析再加上进一步的交谈，依据咨询者的经历与学历、爱好等，给出一个可操作的、在现实中易行的职业指导方案，并且半个月后还有一次追加服务。以上是专门针对中高层管理人员的。而在各职介中心也都设有职业指导师，他们的工作是面对下岗职工的问卷加面试的职业指导，计时半小时。这短短的6小时、半小时是不是真像说起来那么简单呢？

面对世间百态，芸芸众生，做一个咨询师有一种居高临下俯瞰世界的感觉。这种感觉是否与丰厚的经济收入一样吸引着你呢？

十七、心理医生

在众多压力的袭击下，人们常束手无策。没关系，你可以去找心理医生。心理医生可以通过一对一面谈，就来询者所面临的困惑和苦恼经过分析、解释，帮助来询者排忧解难，改善其心理健康状况。因为在很多的时候，自己的配偶或朋友即使能清楚你的难点，却不能为你找到根除的好办法。

学校在小考、中考、高考的竞争压力下，拼命地挤兑原本属于孩子们玩耍的时间。北京某中学初一的一位学生说，他们学校课前课后都加一节自习，家庭作业要搞到晚上十点半，周六周日学校还有强化班，根本没自己的时间！可是大家都这样，自己不这样就会被甩下很远。医学家们也不只一次说，孩子从小长期处在高压下，对身心健康极其不利。而成年人的压力更大，个人财务问题、职业压力、各种无穷无尽的责任、健康问题、孩子们的麻烦、亲戚朋友们带来的应酬问题等等四面八方的压力都拥挤过来。于是，现代人在追求身体健康的同时又努力使自己心理健康，希望在节奏快、事务繁忙的生活中保持一份轻松的心情，拥有充沛的精力。所以，心理医生成了现代人生活中爱的使者。

心理医生是一个充满着阳光和爱的职业。这里，没有无情的竞争，没有升职的压力，没有报酬的不公。心理医生从事的是一份人与人之间沟通，人与人之间互助的崇高职业，这一职业必会使你精神升华并获得不尽的精神财富！

十八、信息咨询师

我国的信息咨询产业刚刚起步，却已显示出不凡的生命力与发展前景。稍留意便可发现，我们周围的各类信息中介（如上面提及的房屋中介、人才中介等）正如雨后春笋般悄然兴起，各种以“点子公司”、“咨询机构”等冠名的决策咨询机构也日益增多。这是社会进步的必然产物，有着其内在的发展规律。

信息时代一个最基本的特征便是人们接触到的信息量急剧膨胀，信息在人们日常决策中也日益发挥越来越重要的作用。每个人都会对此有切身的体会。在现代社会中，不仅电视、报纸、广播等传统媒体的种类、数量以前所未有的扩张规模出现在人们的视野之中，特别是近年来国际互联网络的广泛普及，更使人们仿佛置身于浩瀚的信息海洋之中。

为适应这一现实矛盾的解决，日益重要的信息咨询便从传统产业中分化出来，成为一个独立的社会分工部门。信息、咨询业有着广阔的发展前景。它以投资少、灵活性大、适应性强等特点而容易赢得人们的青睐。更为重要的是，这一“朝阳产业”有着巨大的潜在社会需求。可以预言，在社会发展的推动下并伴随人们对信息重要性认识的不断增强，这些巨大的潜在需求将会得到逐步的释放，从而会形成信息咨询业活跃与发展的强大无比的动力。

前景的美好使未来信息咨询师必将成为年轻人追求的一种理想职业。如果你想在这一领域有所发展，以下建议或许会对你有所帮助。

首先，在进入信息咨询业领域时，要放在头等位置考虑的是树立自己的信用。信息咨询业的一个特征便是，它是“软”的和“无形”的，其重要性及产品（信息）价值不易为人们充分认识到。因此，当你开发一个新的信息咨询领域后，首先要做到的便是通过各种方式（广告宣传、与客户建立长远联系、为客户提供优质服务等）树立自己的形象。

其次，你必须保证自己的信息渠道畅通及多元化。尤为重要的一点是，只有你拥有别人所不具备的信息来源、渠道的优势时，才会有比别人更大的发展前景。在这一方面你要“舍得”投资，包括订阅一些报刊、杂志，让自己进入国际互联网络，与有关政府部门建立良好的合作关系等。

最后，建立完善、高效率的信息加工、处理系统。包括引进先进的计算机辅助决策软件系统，吸引高素质的信息分析人员等。从长远来看，这是保证你取得成功的最关键的因素。

作为一个适应现代社会发展潮流的新兴产业，信息咨询业的发展迟早会跨越一个大台阶。而这一天，也为期不会太远。

十九、培训师

在美国，有那么一批人，开着破车，早出晚归，看似辛劳的工薪阶层实则是默默无闻的百万富翁，美国人习惯称这种人为

“隔壁富翁”。中国的培训业很像“隔壁富翁”，看似简单，实则很赚钱。找个场所，找几个教授或有一技之长的人，贴几张广告，便可开班讲学，就这么容易。在这方面北京办的比较成功的，如新东方学校、文登考研辅导班等。新东方学校主要以培训英语见长，为那些考托福打算出国留学或想提高英语能力的人提供培训，一名学生一个月收费千元以上，而且上午、下午、晚上三班连开。文登考研辅导班是为考研究生的在校或在职大学生们提供的培训，每门功课收费均在 300 至 500 元不等，也是上午、下午、晚上三班连开，学生们报名还需排大队。担任辅导的教授们用知识赚钱，有车有房，倒也天经地义。而社会上各行业的培训价格更是高的惊人。一个月学会驾驶要交 3000 元左右，学个理发、美容也得交千余元。办培训班的在赚钱，担任培训的老师们也报酬不菲，因为知识无价。而人们为获得一技之长又不在乎区区千元，所以小小培训业里却也挖得出金子。

科技革命的浪潮再一次席卷全球，人们对知识的渴望从来没有像今天这么强烈。而知识更新的速度也在加快，抱着一个铁饭碗吃一辈子的想法已经不能适应社会的发展。对大多数人而言，我们需要不停的学、不停的干。顺应这一潮流，培训业应运而生。它可以使人们在短期获得一项技能或掌握一门学问，使人能迅速弥补自己的不足而取得成绩。如果你觉得生存本领有限，可以参加培训，学理发、厨师、修理，还可以学习电脑打字、复印、排版、软件操作，参加各种各样的辅导班，以提高自己的能力。培训业就是这么一个服务于大众的行业，不起眼但社会却少不了它，因为知识的更新比其他什么都快。

培训业的培训范围在将来也会有很大的拓展，小到家政服务，大至计算机系统开发。而人们在生存竞争更加激烈的 21 世纪无疑会选择接受培训这条路，以便于根据自己的时间、精力和需求去选择培训。两方面结合势必使培训业走向一个更诱人的前景。

因为21世纪人们不掌握电脑是不行的。其实从事培训业并不需要我们本身拥有多么高的技能，我们完全可以聘一些名教授、名学者来讲课，而这笔资金当期培训结束即可收回。不仅周转得快，而且无风险，我们何乐而不为？培训业的一大优点是无论培训的人还是接受培训的人都是利用业余时间来进行的。所以，这又使得我们从事培训多了几分选择，完全可以在正常工作的情况下开一个培训班或担任培训人员，这也是这个行业蒸蒸日上的原因。

培训业具有周期短、资金回收快、无风险等特点，所以更适合于普通人从事。但最关键的一点是要选择好的培训项目。社会上目前什么职业紧缺，什么知识急需就培训什么，这是一条原则，否则参加人员不会很多。未来的计算机培训将是一个方向。信息时代，知识将再度爆炸，这对有志于从事培训业的人来说无疑又是一个大显身手的好时机。

给别人美丽，给自己前途

二十、美容师

传统观念中，美容师和理发师一样是服务业，是不入流的行业。随着社会的发展，这一切已悄悄的起了变化。在西方，美容师同摄影师、导演一样已经济身于上流社会。爱美之心，人皆有之，尤其是女人！女人对美的追求是无限的。随着人们生活水平的提高，人们越来越注重自己的形象。美容师能根据我们的特点让我们通过化妆打扮，掩饰缺点，展现优点，同时表现出我们自己的文化品味和职业特征，美容师甚至能改变我们的整体形象。

在美容师看来化妆是门艺术，穿戴是一门学问。什么时间上妆最好，什么样的化妆品对皮肤没副作用，什么样的人穿什么样的服装等等，这些看似简单但却不易把握，因为这不仅需要美学知识，更需要广泛的社会知识。因此，人们不再看轻美容师。美容师的地位不仅飚升不止，其收入也让人眼红。做一次美容价格至少也在百元至千元之间。但顾客们掏得愿意，美容师们也赚得轻松，两厢情愿。所以这个行业虽然已经走红，且收入不错，却要胆大心细，并且要有创新。专业美容师不但替顾客选择服装，还为顾客做形象设计。所以美容师在美容的同时也履行形象设计和服装设计的职能，部分替代了服装设计师的位置。有些美容师还经营化妆品，而这一行业的利润同烟草业一样高的惊人。随着时代的发展，美容师更是身兼手术师的职能。如今，美国少女隆胸已蔚然成风，隆鼻、割双眼皮儿已不再是外科医生的专利。美容师不仅照样去做，而且会做得更好！他们被称为医疗美容师。这些无疑都拓宽了美容师的业务范围，使得美容事业更加蒸蒸日上。如今男子美容也不足为奇，男模、男星美容，甚至普通男人也悄悄加入了这一行列，更有许多男子成了著名的美容师，美容师已不再是女人的专职工作。

在中国，随着越来越多的人们爱美之心的“觉醒”，美容师这一职业前景必将看好。

二十一、摄影师

21世纪摄影师必将再次成为人们向往的职业，社会对它的需求也将激增。因为真正的摄影师不多，而摄影的魅力，不仅源自它多方面的需求，更重要的是它本身所有的内涵——追求完美。

对一般人而言，摄影仅仅是一种娱乐，而专业的摄影师要把他们当成一种工作来作，从光的柔和度、角度、范围等各方面考虑。摄影师在电影、唱片制作、模特儿等行业具有不可替代性。张艺谋不仅是一名导演，更是一名出众的摄影师。香港名导吴宇森之所以很出名，跟他在作品中常用长镜头的切换紧密相关。一个成功的模特儿背后必定有一位著名的摄影师，而在其他领域，如广告设计、唱片制作等领域更是离不开摄影师。

商品社会，一切有价。虽说艺术无价，但具体到某个现实，也该有一个衡量标准和尺度。摄影这个职业要求摄影师有丰富的生活积累和人生体验。摄影师要走入山川、大河和森林，要去世界屋脊西藏，要去内蒙古大草原，更要去美丽的西双版纳……要到世界的每一个角落里去追寻那动人的生命力。有发现才有创造，而这一切都极大丰富了摄影师的生活阅历，是任何其它工作所不能提供的。有人说摄影师就是一本关于传奇人生的书。正因如此，摄影师在西方社会才被看作是上流的职业，被人看重，被人尊敬。尽管要想拥有这一切需要付出辛劳和跋涉，但付出总会有回报！

二十二、时装设计师

现在巴黎是世界时装之都，未来的世界，焉知中国不是世界时装之国？现在的中国，21 世纪的中国，都在呼唤有才华的时装设计师！

中国是纺织业的大国，中国的出口服装在国际市场上缺乏竞争力，其中一大原因是没有叫得响的名牌，而一个名牌的创立，关键一环在于推出有才华的设计师。

服装设计师的成长分孕育期、成长期和成熟期三阶段。孕育期：不追求太多的标新立异，主要是跟上潮流，保证质地和做工的精致。

成长期：在结合流行趋势的同时，逐步形成自己的风格，在市场上有一定的占有率。

成熟期：风格进一步明显，他们发布什么，什么就是趋势。到了这一步的设计师寥若晨星，也才是世界级大师。

一个成功的时装设计师必须具备丰富的想象力、敏锐的洞察力以及绘画、面料、工艺相关知识。他还要善于研究市场，研究历史，密切注意不同文化背景地区的服饰动态以获得灵感。他还要广泛地阅览书刊，观看表演，留心面料、价格等的行情……归根结蒂是要结合自己的风格，对应相应的市场，选择正确的设计方向。

二十三、高级园林绿化工程师

当良好的、优美的环境，成为楼市新卖点时，“绿色白领”人在形形色色的房地产业人才招聘广告中闪亮登场，高级园林绿化人才开始走俏人才市场。

房地产公司希望招聘的往往是年轻、有大专以上学历，或有中级职称，综合素质较高的园林绿化人才。然而，目前我国这方面的高级人才基本上是空白，既精通建筑又懂得园林设计的“复合型”人才更是奇缺，所以招聘结果往往令招聘单位失望。业内人士认为，抓紧培养高素质的园林绿化人才以适应人才市场需求已成为当务之急。

因此，看准市场的需要，在这些方面加强和充实自己，提高自己的能力，就必将在市场中实现自己的价值。

绿化成为房地产业的一个全新的竞争领域，高级园林绿化人才开始成为房地产业新的紧缺人才，其招聘广告在媒体频频亮相。一家中外合资的房地产公司在人才市场贴出了招聘“绿化部经理”的广告。主持招聘的公司负责人说：“我公司为充分体现所建小区的形象，绿化率要求达到45%。我们需要的绿化人才，不仅要懂得绿化工程、花苗养护，更要懂理绿化经营管理，能够预算和规划，我们有个苗圃，需要有才能的人来经营，希望不仅能靠这个苗圃满足自己小区的绿化，还能靠销售来赢利。”

另一家房地产公司以前在楼盘开发中忽视绿化，在激烈的楼市竞争中吃亏不少，现在他们也想以优良的绿化环境吸引客户。前不久，他们通过报纸诚招高级园林工程师。“我们需要懂得园林设计，有自己的创意和构思，同时又精通建筑设计，能将二者融会贯通，进行整体规划的高级园林工程师。”这是该公司人事部经理对每一个应聘者的解释。

二十四、室内设计师

据了解，人们之所以在地板上花费很多，更多的考虑是将地板当作了自家的脸面。林英二先生具有20多年室内设计经验，台湾的很多重要场所有他设计的作品，上海很多品位不低的商业空间中，也留有林先生的思想痕迹。林先生认为，在地板上装修投入太多，无异于花钱买罪受。用高档的地板装修住房，日常的保养也就需要投入更多的关注。为了怕磨损地板，拖动桌椅板凳是万万不可的。确实，此时的地板已不是供人享受的物件，而凌驾于人本身之上，需要时时刻刻的小心侍候。

业主在将设计交给设计师做的同时，往往还会将房间内的家具等一应用品，也交由设计师来办理。到市场上去购买，往往并不能完整地体现设计思想，需要到家具厂定做。给用户定做，当然可以名正言顺地收取一些手续费。

在具有了初步的设计思想后，无形的结构和式样，仍就会使业主有云里雾里的感觉，用样板房将设计思想体现出来，肯定会受到业主的热忱欢迎。根据业主对样板房的想法和意见，对设计思想进行修改，再进一步地配上业主所需要的装置和构件。设计思想要真正地在装修之后体现出来，并不是件容易的事。因此，对装修工程队的要求较高，和资质较高的工程队建立长期的业务合作关系，是两全其美的好事。

根据初步的调查，人们愿意接受的设计费约占装修费用的5%。假设每个月接受10笔设计业务，每户业主的装修费用平均在6万元，则设计费用为3万元。再加上业主定购的家具、饰品等物件，设计师的收益非常可观。

随着我国经济的发展，人民生活水平的提高，人们花在住宅装饰上的钱也会越来越多，而设计在其中所占的比例也必然随着文化品味意识的增强而水涨船高，这一职业也将更加炙手可热。

白领中的白领

二十五、公共关系优化与管理

作为一项职业，公关长期没有得到国家有关部门的界定和认可，广大公关从业人员缺少真正的职业归属，这也是影响公关人才队伍培养的一个因素。今年，劳动和社会保障部已正式批文，成立了国家职业资格工作委员会公关专业委员会，并正式制定颁布了公关人员的国家职业标准，填补了国内职业公关标准的空白。

京城一家从事网络业务的公司欲以上万元的优厚月薪聘任公关经理，应聘者甚众，但一一面试下来，真正够条件者寥寥。近几年，随着国外先进公关理念的日益渗入和实践，公关事业日益专业化、规范化，原来那些低层次的“公关人”在规范的公关运作之中渐渐力不从心，直至淘汰出局。

中资公关公司壮大，外资公关公司抢滩，对本土人才的争夺十分激烈。据不完全统计，我国遍布全国的公关实体已达上千家之多。同时，从1985年以来，陆续进驻中国的外资公关公司已在10家以上，这些公司不约而同加强本土化，本地员工占公司职员的比例高达80%以上。相对于外国职员，本土公关人员具备许多不可替代的优势，如熟悉中国国情、政策法规等。一些已有几年经验的成熟公关人才成为外资公司“挖掘”的对象。日益激烈的人才争夺，使公关界人才流动显得过于频繁。

公关专业服务趋向细分，公关人才更须专业背景。以公关公司为例，以往不少公司开展的业务大致雷同，现在，中资、外资公关公司的管理咨询业务比例都明显加大，专攻某一领域的专业公关公司也应运而生。

据估计，从公关事业的发展势头来看，公关人才的紧俏局面将会持续下去。中国国际公关协会的最新调查显示，北京、上海、广州等大城市的中资公关公司发展迅猛，多家公司年营业额达2000万元人民币，年平均增长率超过30%，有的甚至高达60%之多，外资公关公司同样业绩不凡。不少公关界人士认为，如果中国顺利入世，不仅来华投资的外资企业会增加，也会有更多的国内企业到国际市场上竞争。届时，公关将更加重要，公关职业将更热门，通晓外语、有某方面专业背景、同时又熟悉中西文化的高素质公关人才会倍受青睐。

二十六、人力资源经理

目前许多美国硅谷的大公司已直接到北京、上海等地挖人才，有人认为这对中国科技人才流动将是一大冲击，中国又将面临人才流失。

现在是竞争激烈的社会，谁争得到，谁就是赢家。人类的财富是全球的，中国要想与国际接轨，就得参与国际竞争，人才竞争也不例外。

对于国内的企业来说，即使不能吸引到那些高层次的人才，也应该尽量使自己的员工提高工作热情和工作效率，留住优秀员工。并且通过不断培训和优化组合提高 员工的水平。这一切都需要人力资源经理的经验和技能，因此，在今后的企业管理中，人力资源经理的地位将会得到进一步的加强。

二十七、保险代理人

保险代理人，英文为 agent，在中国人才市场上极为走俏。人民银行上海分行的一位官员风趣地说，你们要申办保险公司吗？先去人民保险公司挖几个像样的人来。可见保险代理人市场争夺的白热化程度。

保险代理人是一个收入颇丰的职业。在国外，保险代理人的佣金可达保费的 30% - 40%；在我国，保险代理人的佣金将会达到 10% - 25%，年收入有的高达几十万元。

中国是世界上最大的潜在保险市场。本世纪末及未来 15 年，中国大陆保险收入将达 3000 亿元人民币以上。据权威部门统计，我国目前尚需保险代理人约 120 万人。

谋事在人，成事也在人。保险市场的竞争，归根到底落在了保险人的竞争上。事在人为，哪家欲取得长久的市场优势，首先要看是否有一支高素质的员工队伍。

美国的友邦保险公司在上海开业以后，上海的楼街群巷，出现了这样一个群落：他们身穿白色短袖衬衫，系一条深色领带，西式长裤棱角分明；塞满单据的公文包又大又沉；她们服饰精致而典雅，前不袒胸，后不露背，裙长过膝，黝黑的面容总是保持着亲切的微笑。上海人早已熟悉了他们的身影。他们便是友邦保险公司的 agent，流大汗，赚大钱的保险代理人。

炎热的夏季，他们奔波在烤得发烫的马路上，挥汗成雨，颈后捂出了痱子、红斑；寒冷的冬天，他们顶着寒风走街串巷，手上的冻疮又红又肿；面对人们的冷漠、讥讽，甚至有人将保单扔在他们脸上，他们仍然坚强地微笑，一张张地捡起散落在地上的文件，还要谦卑地说："耽误了您的宝贵时间，不过您要了解我使您的利益受到保障的话，您不会发这么大的火。”

保险推销人还须直面挫折，永不灰心。日本保险推销之王齐藤竹之助曾制订计划，准备向五十铃汽车公司开展企业保险推销，而该公司总务部长总也不肯与他会面。经过齐藤竹之助两个多月的努力，对方才同意接见他，但听完竹之助介绍完“销售方案”后，却根本对此方案不感兴趣，并说：“这样的方案，无论你制定多少带来也没用，因为本公司有不缴纳保险的原则。”面对这样的打击，齐藤竹之助不轻言放弃，而开始了长期艰苦的推销访问，前后大约跑了三百回，持续了3年之久。从竹之助的家到那家公司来回一趟需6个小时，一天又一天，他抱着厚厚的资料，怀着“今天肯定会成功”的信念，不停地奔跑，就这样过了3年，终于成功地完成了盼望已久的一笔特大销售。可以有挫折但不可能被挫败，能够在“跌倒了再爬起来”的信念中顽强奋进的保险推销人，才会有机会最终走向成功。

这确实是又费力又费心的工作，那么收获又是怎样呢？俗话说，种瓜得瓜，种豆得豆，一份辛勤一份收获。保险代理人的收入是保险公司给付的佣金，佣金的多少以业绩计算。“我们的月收入大都不低于2000元，如果你抵于2000元的话，这只能说明你是一个不称职的agent，高佣金者年收入可达几十万元。”一位保险代理人如是说。

许多保险代理人梦寐以求的是第一次与客户见面时客户就喜欢自己，信任自己，感受到自己的专业与热诚，从而达到营销的目的。另一方面，根据调查的数据显示，超过半数的保户认为，保险推销人的形象及第一印象是促成其购买保单的主因。由此可见，塑造一个完美的专业推销员形象是保险推销人走向成功的第一步。

凡是销售成绩优异的推销员都有一个共同的气质就是给人以

温暖的感觉。不管是热情奔放的，抒发着强烈韵味，还是温文尔雅，散发着淡淡温馨，推销员总要以一颗温暖热诚的心来对待顾客，从而获得顾客的信赖。而如果你取得了顾客的信赖时，你的商品当然也得到顾客的信赖，即使是高级商品，顾客会把高额的订金交给你。

实务篇

WUSHIIPIAN

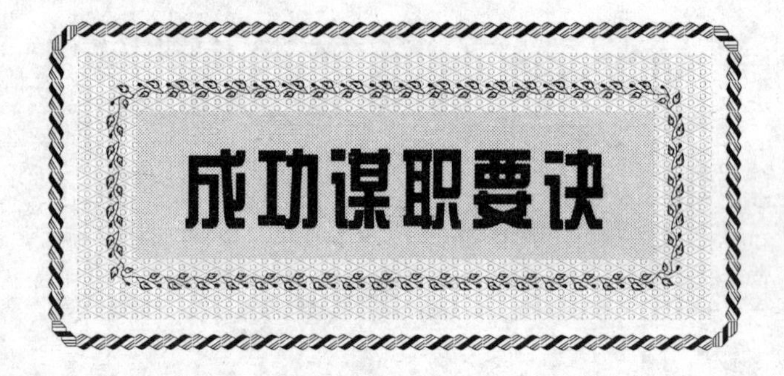

要诀一：

选择成功的职业模式

下面这些职业模式各具特色，各具风采，而且可以说，这些职业者都在人生中实现了成功的突变。

一、刘学钦式：挑战新环境，尝试新人生

刘学钦：1954 年 11 月 19 日生于台湾新竹，台湾交通大学管理科学系毕业。

1979 年 7 月至 1981 年 8 月在台湾 SONY 公司做企划。

1981 年 9 月跳槽至宏碁，在宏碁科技做销售工程师、组长、副课长、课长，并于 1994 年 9 月至目前，任宏碁电脑中国总部、宏碁讯息总经理。

1994 年，当宏碁征求刘学钦是否愿意到北京任宏碁中国总部总经理的时候，刘学钦很爽快地答应下来。他说："我根本不需要去了解北京是怎样的，国内市场怎样，北京的厕所干净不干净，吃的东西习惯不习惯？这些对我来说都不重要，最重要的是，我需要一个新的环境。"

当年，刘学钦在 SONY 公司办事时，是在百里挑一的竞争中进入该公司的，刘学钦进入 SONY 做企划人员。SONY 公司是一家很有名气的公司，但在 SONY 的两年是刘学钦感到失望的两年。"我觉得这个公司没有前途，因为家电行业已经比较趋

向没落，公司的成长性也已经没有了。”刘学钦无法忍受中等的待遇，而且要当上一个基层的主管至少要排队等上七八年的境况。

刘学钦曾说：“如果有机会尝试不同的环境，迎接不同的挑战，对个人而讲，是一件好事。成或败，不是重要，但那是另外一回事情。我们在讲的是，你有过这样一段历程，你曾经为之奋斗过，在这段历程和这段奋斗中，你用过心，你努力过，你投入过，就于心无愧了。”

刘学钦把“喜新”和“厌旧”的判别归结为“一思一差。”刘学钦在交大的一个学长在宏碁公司，正巧在这时招人，“那时候，只是四五十人的公司，我对计算机也不懂。我只是直觉地感到，电脑应有前途，至少比家电有前途。”

虽然刘学钦从SONY到宏碁的结果是失去了女友。他的女友包括女友的家人都持这样态度：SONY是很大的公司，很知名的公司。能够到这种公司很不容易，为什么不呆下去，却跑到一家听都没听说过的公司？如果真要结婚的话，不是要饿肚子吗？不晓得今后能不能养活家？但刘学钦认为，我的人生要多彩多姿一点。这便是一种人生选择，谁能知道这样一种选择，会带来什么后果，但这便是一种追求，一种超越。

二、王文京式：重新定位，走向创业

王文京：1964年12月15日出生于江西上饶市。

1979年9月～1983年7月在江西财经大学读书。

1983年～1988年在国务院机关事务管理局财务司工作。

1988年从机关辞职，创办用友公司，现为用友总裁。

王文京10年所取得的成就，连他自己当初也没想到。但在

10 年前，王文京已经想到并决定一定要从国家机关的高墙里走出来。

王文京以辞职的方式离开了国务院机关事务管理局。王文京在机关干了 5 年，而且干得很不错，很受领导赏识，是单位的“红人”，被选为先进工作者，在全局干部大会上作过先进事迹报告，如果在机关发展可能会有很好的前途。但王文京时值 24 岁，正值年盛力强之时，于是，决定到实业界去发展，到经济生活的第一线去。在 1985 年，王文京就意识到办企业才是他个人的长远计划。他已经意识到：计划经济中机关会是最好的单位，但在市场经济中，则企业是主体，年轻人的去向选择应是企业。

王文京回忆说：“辞职创办企业是自觉的选择，不是别人把我推到办企业这条路上来的。我当时离开机关并没有觉得什么可惜的，也没有感觉到创业有多大的风险。”王文京的动机应是其判断到财务软件的美好前景，而且自己认为市场经济中企业更能实现其个人价值追求。于是，他毅然决定离开机关，走向市场。

王文京也认为，公司只是一个载体，辞职最主要的是要换一种发展的方式，而且他认为办企业是一个创造的过程，个人可发挥的余地很大。而且，办企业可以团结一大批人，共同干事，感觉较好。

从王文京的人生模式中，我们可以发现，个人的条件在变化。同时，社会的条件也在变化。个人的追求也会受到时代精神的影响，王文京的选择，反映了当时社会的普遍价值追求，下海去创办企业，走向市场。当然，同时也反映了王文京的善于把握机遇和超乎一般人的勇气，更有一种不图安逸生活的决心。而当王文京把用友办成一个极为优秀的民营企业时，也正证明了王文京的职业生涯的抉择是正确的，该跳的时候就得跳。

三、求伯君式：发觉希望，激发潜能

求伯君：1964年11月26日出生于浙江新昌县。

1984年，毕业于中国人民解放军国防科技大学，后分配到河北省徐水县石油部物探局的一个仪器厂；

1986年，从仪器厂辞职，加盟北京四通公司；1987年，调深圳四通公司；于1988年加入香港金山公司，在深圳从事软件开发；

1989年转向珠海，成功开发国内第一套文字处理软件WPS；

1994年，在珠海独立成立珠海金山电脑公司，自任董事长兼总经理。

11年前，促使求伯君走出河北省徐水县的是一个人生的际遇，而这一偶然的事件却促使了求伯君走向深圳。当时，求伯君和一位来自于深圳大学的女实习生谈上恋爱，并于1986年10月去了一趟深圳。求伯君把此次深圳之行称为此生遇上的第二次不可错过的机遇。

求伯君是这样说的："我突然发现深圳的世界真漂亮，什么都新鲜。在深圳，我第一次听到'时间就是金钱，效率就是生命'，我喜欢这种快节奏。"热火朝天的求伯君决定立刻从原单位辞职。"单位不让辞职，我也管不上许多，为了尽快出去，户口、档案全抛在脑后，不要这些又怎么样！管他三七二十一，先出去再说。"

而且，这一次的远走，在求伯君人生划上了另一个新的时代的到来。随后自己创办金山电脑公司，自任董事长兼总经理，这些成就与求伯君呆在徐水县再发展10年应该是不可同日而语的。

我们也可以看到，在人生的道路上，也许我们的一些决定并非是一种稳定的追求，往往是一种偶然的际遇，当你发现了，当你把握住，往往生命的火花便会不断地被激发出来。而且，思想的转变也会随之而至，并一步一步地促进你去走向成熟，走向成功。

四、铃木式：就业创业两手抓

1950年11月，铃木出生于东京都府中市，是家中三个小孩中的老大。

从小铃木就对于不感兴趣的事物完全不闻不问，是别人心目中的问题儿童。而且，铃木对于读书更是完全提不起兴趣，不过，铃木却非常热衷于自己的兴趣，上中学的时候，为了买观察天体星座的望远镜，铃木还不辞辛苦地送报赚钱。

一直到了高中联考，他才临时抱佛脚用功念书，考上一所高级中学。然而，铃木一点也不想念大学，因此升上高三时，他就开始思考毕业之后要找什么样的工作。“轮船的维修员的工作应该很有趣！”但是，想要当一名轮船维修员必须先上维修方面的专门学校才行，不用功的铃木硬着头皮去考，果然落榜。就这样，铃木在未有任何工作的情况下从高中毕业。

但是无论如何，铃木还是得找工作。有一天，铃木从报纸上的求职栏看到一份英语磁带业务推销员的工作，于是，做为自己的第一份职业，铃木投入全新的动力和兴趣去工作，但是进去之后，才发现这家公司是采用提成制而不实行底薪制。完全得靠自己的实力，卖多少算多少，卖不出去就只好喝西北风。而铃木向来便是害臊开口而口才不佳，卖了一个月的英语会话磁带，只卖出一套，而且还是卖给朋友的。他苦干了3个月得到不足于自己生活的报酬，离开那家公司之后，铃木感到自己的无能，完全对自己失去了信心。

“我可能是一个不懂得赚钱的人。”没事干的铃木，每天都泡在无望的日子里，渡过了3个月流浪的生活。

就在10月份，一个转机终于降临到空虚无聊的铃木身上。铃木从报纸上看到专门办滑雪旅游的旅行社征人启事。

“可以四处旅行又能赚钱，这正是我梦寐以求的工作!”

铃木兴冲冲地参加了面试，当旅行社决定录用铃木之后，铃木高兴了好一阵子。然而好景不长，从进公司的第二年开始，铃木身边便发生了许多“令人无法理解”的事情。

首先是学历的重要性。铃木有一次和有专科文凭的社员对看薪资明细表，结果发现那个比自己晚一年进来的“师弟”竟然比自己多拿100元的薪水。“岂有此理!”铃木实在是受不了。再怎么说，自己对公司的付出绝对比那个师弟多，而且在业务方面的业绩也比他好。但公司竟然以学历高低作为待遇的发给标准。还有公司的人际关系更是令不善交际的铃木感到失望，于是，铃木对上班族的生活失去了信心，于是开始思考自己的未来。

“干脆去做生意!”这么一想，他马上展开了行动。铃木先去买了300多本教人如何做生意的书，开始为自己的创业做准备。铃木开始学会存钱，凑足资金之后，铃木一边上班，一边开始做生意。铃木的最先投资是代顾客制作“大头照印章”的生意。但顾客的反应并不如预期的那么强烈，铃木虽然投入了大量资金，结果却只做了一二个月便收场了。这时的积蓄已花完了，该怎么办？铃木又陷入了困境之中，幸运此时铃木遇上了高中的老友，从而改变了铃木的一生命运。在经历了多次失败之后，铃木的投资变得成熟和慎重了。在同学会上，铃木遇到了一位上过大学的同学，互相寒暄之后，铃木得知这个同学开了一家补习班，一个月便可赚40万左右！铃木从这个同学创办补习班的过程中终于明白了市场供需法则的重要性。铃木也开始对这个同学感到兴趣，两个人聊得很愉快，也很投机，双方都萌生一起做生意的念头。几天后，他们相约在一起谈生意。该做什么生意好呢？他们顺手翻看手边的杂志讨论着。那天刚好翻到一篇介绍新兴行业的报道，即电脑软件出租。的确，这个当时还是较为新鲜的事情，于是铃木和朋友开始了市场调查，得出结论，市场潜力极大，竞争对手几乎没有，于是开始建立一家电脑软件出租公司。发传单，贴海报，铃木张罗着自己的新事业，开始了自己的成功历程。后来，铃木的生意越做越兴旺，成为了一家拥有 100 多间连琐店的大公司。

铃木的创业史充满着探索和周折，在失败中寻找成功，在不断地跳跃中得到升级。作为一位白手起家的职业者而言，最重要是一种创业的精神和一种坚忍不拔的毅力，以至于不断去创造，不断地挖潜自己的潜能，一旦机会出现，自己抓住了机遇，便会是一位出色的创业者。

附录：职业失败模式

汤姆式：未经三思，冒然行动

汤姆在某家出版社任执行编辑，该出版社的客户还算乐观，经营业绩也算可以，而且其上司也还算是一个很不错的老板，对待员工还是很重视的，但是就是在薪酬上差一点。汤姆所处的职位还算是可以的，他本人所不满的是薪酬问题，恰逢此时有一家新成立的出版机构正在高薪聘请职员。汤姆此时未经思考，匆忙地递交了个人简历，把心一横地准备跳槽。而这家新公司刚刚成立，也的确需要这样一个有工作经验的人去担任执行编辑，于是便将汤姆抢走了。

新公司本来要在月内出版一本杂志，汤姆雄心壮志地想一展所长，但结果是该公司因为在资金上出现了一些问题。于是，出版杂志的计划被无限期的搁置了。汤姆此时才意识到自己的跳槽是如此的冲动。在未经充分决策下便作出跳槽决定，结果一到新公司便被浇了一盆冷水，现在才发觉有点后悔当初为何不留在原来的岗位上。而且，在后来，由于该新公司的领导缺乏战略眼光，没有抓住市场需求，使得新公司业绩空空，而汤姆的执行编辑也变成一个空闲的职位。最后，不得不另求新发展，辞掉新公司的职位。

从汤姆式的职业生涯中我们不难发现，不可凭冲动行事，不可急功近利，认为自己的追求就一定可以实现。殊不知，一朝判断失误，在职业生涯中会造成许多不良的影响。自己原单位的关系和熟悉的环境会丧失，自己在原单位的影响力会消逝，一切都须从头开始，丧失的将是时间的成本和关系的成本。

郑虹式：做一行，厌一行

郑虹是一位聪明有为的职业者，而且天赋很高，对不同的行业都有很好的发展潜力，但郑虹的发展轨迹，并不与其聪明才智和勤奋努力成正比。原来，郑虹是一位“跳槽专家”。在短短的10年时间连续跨越了四个行业，而且每个行业都有一定的发展程度，但最终都不能在每一个行业中充分发挥其天赋潜能。

毕业于名牌大学的郑虹学的是机械设计，做为一位优秀的理科生，郑虹开始了机械设计的研究，在一家大型国有企业中从事机械自动化设计。郑虹的设计能力是十分优秀的，一到单位，便提出了一个改良方案，并付诸实施，使得该单位的产品的性能得到了改善，产品竞争力大大提高。由此，郑虹在短短一个月内便被该单位的员工称为“设计大师之种子”。本来，象这样的专业知识和天赋，再加上自己的努力，郑虹应会在该领域内大有前途，而且可以发展至职业生涯之顶峰的。但郑虹却觉得理科生死气沉沉，自己的设计成果也只是属于职务发明创造，而且，这一领域自己并不会赚到许多钱。于是，便开始参加起律师资格考试，时值律考热潮，郑虹的确是一位学习高手，转向法律的学习在半年内完成了律考，并取得了律师资格，于是加入了一家律师事务所，成为一位实习律师，并在二年之后成为一个执业律师。郑虹在律师业上表现也是较为优秀的，他的推理能力和口头表达能力得以充分发挥，在办理案件时的严谨作风也使之大有特色，经过一年的执业，他被评定为优秀律师。

但这时，郑虹都又陷入了“沉思”，律师界的无序是一种现实，自己虽然收入丰厚，但是当成为优秀律师后，在律师界还有什么可图的呢？于是决定放弃律师这一诱人的职业，考取了某所名牌大学的MBA学位，走向职业经理的生涯。这时，按理应是一种安定的开始，但郑虹的转变能力是如此的强，在读完MBA之后，担任了一家家电行业的开发研究总经理职位，着手于绿色家电的研究。在其下属，有二十几位高级优秀的科技人才，但凭借着自己的经历和丰富的知识结构，郑虹的领导地位开始凸现出来。在一年的经历中，郑虹领导二十几位高级科技开发人才成功的完成了一项新产品的开发，并投向市场，最终使该公司的业绩大大提高。而郑虹此时却又意识到，自己只不过是在打工，并不能成为真正的老板，于是决定自己注册成立一家产品公司，在职业生涯上开始了再一次升华，自己开始创办公司，自己担任产品开发人，也当董事，也当经理人。当公司成立之后，郑虹才发现，产业的竞争是如此激烈、而且变化的速度非其所能追赶上的，但公司已经成立，没有新产品如何去竞争呢，如何去发展呢？郑虹没有办法，只好将公司卖掉，另寻生路了。

本来，象郑虹这样才能十足的人，只要在自己从事领域里不断努力，最终都会有辉煌的成就的，但郑虹却是一味变换，致使自己的精力和时间都在更替不同的知识和不同的领域上，结果只会是平平淡淡，一事未成。

要诀二：

兵马未动，探子先行

——获取职业信息及准确估价

你已经决定谋个职位，要寻找新的工作，通过什么方式得到你所需要的职业信息呢？去翻阅报纸吗？去跑职业介绍所、人才市场吗？许许多多的人都在这么做，千军万马走独木桥的现象到处可见。因此我们的头脑不能一成不变，思路也要开阔一点。我们并不反对翻阅报纸、联系介绍所、跑人才市场。这些都是谋职好途径，都很值得加以研究，但是现在问题在于不少人并没有将这些信息源加以充分利用。除了这些以外，还有大量的信息源却被闲置着无人问津，如果充分加以开发利用，无疑会改变许多人的职业生涯。

一、研究就业信息

所谓直接研究是指谋职者广泛收集自己专业范围内用人单位的信息资料并加以研究利用的过程。也就是说，你一定要收集每个令你感兴趣的单位，不用在意那儿是不是有空缺的位置。要多试几家不同的单位，别仅限于一两家。

直接研究能给你什么？

1. **直接研究是最重要的信息源。**

不进行直接研究，工作搜索就不可能是真正全面的。

2. 直接研究还是面试中最为有力的致胜武器。

不管你通过直接联系，还是通过报纸的招聘广告，或者其他途径找工作，直接研究可以帮助你在面试中脱颖而出。美国IBM公司在一次招聘活动时，主试者询问一位求职者："IBM的信条是什么?"这位应试者答不上来，主试者当场就作出不拟录用的决定。由此可见直接研究是面试应试的基础和出发点。

3. 直接研究是一种不通过任何媒介的直接的求职方法。

美国的一项研究表明，漫无目的地随便把个人简历邮寄给用人单位，这种方法成功率最低。但是，直接上门，叩响每个令你感兴趣的单位办公室的门，无论他们是否有空缺职位，询问他们是否想要聘用一名象你这样的职员，问他们是否有你完全能胜任的职位，这种方法的成功率将成倍地提高。因此直接研究不仅是信息源，而且也是一种有效的求职方法。

4. 直接研究有利于录用后搞好工作。

直接研究的成果不仅帮助你找到工作，而且在你被录用后有助于开展工作，搞好工作。所以你将来的晋级和提升也与此有关。所以直接研究对专业人员的整个职业生涯都是至关重要的，必不可少的。

怎样进行直接研究?

直接研究的方法不拘一格，无一定程式，其要求也以我们自己的赞同或感觉为准。每个人应根据自己个人需要想方设法地多收集信息。

1. 查阅电话号码簿的黄页，找出令你感兴趣的工作领域条目，然后抄录企业全称、地址、邮编、电话、负责人姓名等。

2. 通过图书馆阅览或计算机网上查找企业资料。尽量详细地收集诸如总经理和董事长姓名，公司全部服务项目和产品说明，公司规模，各分支机构的位置和业务范围，公司的历史沿革和管理分布等。查阅检索时不要拘泥于一种途径，要采用多种途径、多种方法查找。

3. 如果你对某单位感兴趣，就找到这个单位工作或上班的亲友，向他们直接了解该企业的详细情况，这种方法信息来源是最直接的，也较为可靠。

4. 向公司销售人员、文秘人员索取公司简介、产品目录或样本，可获得最新的资料。

5. 报刊上的商品服务广告，可收集到产品种类，大致销售范围等方面的信息。注意该公司的特殊之处，或公司认为值得对外宣传的特点。

6. 对专业技术人员来说，要了解从原材料到产品的工艺流程和工艺设备。对管理人员来说要了解销售、产值、利税和主要竞争对手情况。

通过以上方法收集到的信息应分门别类整理成文、装订成册放在身边。

二、翻阅公开出版物

翻看招聘广告

理查德·波尔斯指出，应聘报纸上刊出的招聘广告，这种方法的成功率只有7%，在我国这个成功率百分比也许更低一些。但是从理论上说，你只要有真才实学，只要认真撰写个人简历和申请信，你获得面试的机会近于百分之百。然后通过面试，就可以获得这份工作了，事情就这么简单。可惜大多数人并没有把这些环节都紧紧抓住，所以，他们的成功率低也就不足为怪了。专家们忠告：直接研究的参考资料给了我们成袋的关于一个公司的背景信息，但是它们很少告诉你一个具体的工作机会。报纸却相反，告诉你现在需要人去填补的工作岗位，却对那家公司给了很少确切的事实。这两类信息互为补充。你常常会在报纸上发现那些你已经研究过的公司的招聘广告。这两类信息结合才是最强有力的，它们可以把你推向成功之路。

不言而喻，这也应包括广播、电视等大众传媒的广告。查阅过期的报纸是个好办法。这些报纸也有可能提供大量的工作机会信息源。更有可能的是：这些工作岗位尽管以前做了广告现在却仍然空缺着。我们可以系统地查阅一下招聘广告可以回溯12至18个月，对这些广告可以象新刊登出来一样作出反应。

但是，当你通过信件、电话或电子邮件联系的时候，你的开场白不能这么说："先生，你好，我想答复你们去年7月份在××报上的招聘广告。"而应该这么说："我从内部消息听说贵公司正在寻找……"或者干脆说："我对贵公司发生兴趣，听说你们正在寻找……"国外有人正是使用这个技巧从一则7个月前的旧广告中揽到一份年薪9万美金的工作。

旧报纸之所以有利用价值，是因为企业的经营发展是有周期性的，企业的招聘也是如此。或者用人单位通过广告并没有招到合适的人选；或者虽然招到了，但受聘的人离开了、跳槽了；或者没有解决问题；又或者企业业务扩大了，需要更多的员工。不管哪一种情况，你追踪的旧广告不会百发百中，并不是每一次都会让你获得一个机会，但是只要一次中鹄了，你就成功了。

阅读专业出版物

该信息源包括各类科研期刊、贸易杂志、商报、专利通报、大学学报等。

每一个专业均有十几种甚至几十种中外文期刊杂志，其中尤以外文杂志信息量更为密集。这里几乎每一页都有着可贵的信息，只是需要你了解如何去看，哪里去找，了解怎样采取行动：

1. 要闻、一般概况和市场开发短新闻

这使你能感知该专业市场内的细微变化，从而使你注意到机会，并提供细节给你写信、打电话和编写个人简历时参考，以达到具体的目标。

2. 新产品广告

可告诉你哪些公司正在努力做些什么，哪些公司需要新的人能做这些事情。

3. 重要文章

阅读这类文章可使你了解专业技术动向，了解相关企业的动向，你可通过信件、传真或电子邮件与作者联系，也可向该杂志投稿，发表你的论文。此外，你的行文中还可引用对方语录，或将他的文章作为参考文献。报刊文章引经据典，不足为怪。更重要的是这样做能使双方产生认同感。但要注意适可而止，要做到恰到好处。

4. 招聘栏

报刊的招聘栏和分类广告上都登载大量的企业招聘广告。这类广告把招聘单位的详细地址、岗位、学历、资历要求和工资待遇都交待得清清楚楚。企业或机构不但招聘高级人才，也招聘中级科研、技术、管理人才。

5. 提升、调任和讣告栏

如果某人刚被提升，那么就可以推理，某个环节打开了。譬如 A 公司主管调任到了 B 公司，这就意味着 A 公司正在找人。

三、从中介机构了解信息

就业中介服务机构大致分为下列几种:

1. **中高级专业人才的中介机构**

这种机构常常取这样的名称:人才介绍公司、厂长经理咨询公司、猎头公司等等。

你如果是高级白领,譬如企业总裁、名教授、主治医生、甲级球队教练等等,你有了一定的“身价”,拥有稳定的工作和丰厚的奉禄,较少面对就业困难,而且你在业内拥有较高的知名度,地位举足轻重,因此对流动必须持十分谨慎的态度。你不能夹着皮包去人才市场接受需方工作人员的面试,更不能在公开招聘中出乖露丑,授人以柄。你的信息收集和谋职活动只能在圈内秘密进行,这费时费力,有诸多不便,因此委托一家可靠的猎头公司不失是一种明智的选择。你可以将一切琐事交由他们去办。此时,你除了要关心自己的薪酬、职位和前程外,当然还应更关心企业的产品结构、发展前景、管理体制、人事制度、整体构想以及决策层的经营理念,事无具细都要作全面客观的分析。要知道用人单位不惜重金聘请你必有其深意或困难之处,这对你的能力、魄力和胆略无疑是一种考验和挑战,甚至是你职业生涯的一个转折点。

在国外大多是私营的盈利性机构,在注册时分成两类:EPF(用人单位付费)和APF(申请人付费)。国内则有公办的,也有私营的。国际知名猎头公司的入驻和国内猎头公司的成立细化了岗位的设置,优化了高级人才的选拔。不管性质如何,你事先要问清楚付费情况。他们的服务对象包括中、高级管理,技术人员,也包括有一定技能和工作经验的一般专业人员,以及应届大中专毕业生。你要根据自己的具体情况和机构的性质审慎作出选择。一旦作出选择就要坚持听从他们的忠告。同时要将自己的学历、经验、业绩和要求如实地说清楚以便取得他们有针对性的帮助。你可主动与他们联系，进入其档案或电脑网络。你若在事业上有一定的地位和知名度，可能会收到猎头公司的来信，以打探你的意向。你虽不一定马上安排跳槽，但仍可保持与之联系，这一般是不收费的。

2. 再就业服务中心或机构

包括各区县的职业介绍所，以及社会各界、工、青、妇组织，慈善基金会等团体，纺织、仪器等行业也相继成立职介机构所开办的类似服务项目。这类机构大多象征性地收费甚至不收费提供中介服务。为了提高求职者的素质以适应市场需要，有的还开办免费培训班，为求职者“充电”。他们信息来源广，服务态度好，积极为求职者排忧解难。即使你是企业下岗职工、待业人员、初级技术人员或工人，他们也会一视同仁地热情接待。要注意与他们初次接触时对自己的定位应恰如其分，对工作和工资要求不能过高，要根据自己的专长、年龄条件挑选岗位。一旦在他们帮助下找到工作，先做起来再说，在取得工作经验和技能后，再另谋高就，谋求进展。

3. 涉外劳务输出公司、对外劳动服务公司

这些机构专门为境外企业介绍国内的专业技术人员或技术工人，为境内的三资企业或办事机构物色管理人员、保安、翻译、家政等人员。这些机构收费比较昂贵，因此你要仔细审查其资信背景，如果他们确能帮助你成功，你的收益将大大高于支出。另外，他们对外语也有一定的要求，你至少要能够正确填写各类登记表格。如果你有机会到外面的世界去闯一闯，不妨一试。

四、参加人才交流会

人才市场的格局和模式早已为大家所熟悉。但是人才市场人气过旺，不少人跑了几次都空手而归，因此视为畏途。其实人才市场的信息量是很大的，只要你把握好机会，将会大有收获的。

准备工作

进入人才市场，不能轻言放弃。在那儿设摊的用人单位一般有几种情况：一种求贤若渴，对每位来访者均热情接待，此种单位招收的人才人数较多，范围较广。另一种单位以扩大影响，提高企业知名度为主要目的，虽然也招人，但人数有限，条件较严。当然个别单位显得较冷淡，甚至态度傲慢，这只不过是个别工作人员所为，而且此类人往往没有用人的决定权，可不必计较。因此碰到后两种单位不能视作自己的失败。

在人才市场极少有人当场受到录用。大多数公司只是为了收集材料，而实质性的会见要在以后发生。因此你没有被什么单位当场录用是很正常的。但是你还是要加以注意，也许有人会当场想与你坐下来认真地谈谈。这种事往往在你最意想不到的时候发生，所以衣着要正规。你可能会见到你的新老板，你不应该给他的第一印象是非职业化的。

另外，你除了带一些零钱以支付车费、入场费、购资料费外，还要带好以下东西：

·名片（10 份以上）

·个人简历（5～10 份）

·笔和笔记本。

参加人才市场的操作要点

1. 收集名片，还要注意收集公司小册子和说明材料。可随意同其他求职者交谈并交换名片，你可同设摊招聘人员交换名片。

2. 要走访每一个与你的专业相关的公司摊位，不应仅仅走访有名的大公司。因为小公司来访者少，正可使你有机会面谈。对来访者众多的大公司要等喧闹稍稍平静下来才走过去，这样你会得到更多的时间，谈话稍一深入就可呈上名片和个人简历。如果有时间谈得十分深入时，你就应该突出自己的技能和业绩、资历等。要是其他来访者没有这样做，你就处于更为有利的地位。

3. 你可以上前去提问题，询问他们公司的性质和业务范围等，然后才慢慢谈到你自己，虽然他们既定的招聘目标不需要你，但是你可以询问他们的分支机构或关系户中是不是有什么机会。那些招聘人数较少，要求较高的公司，正因为他们要扩大影响，提高知名度，所以他们处于卖方地位。

4. 要与公司招聘接待人员约定下次见面。“张先生，我知道今天您非常忙，我还想继续与您谈谈。看来你们公司非常吸引人。我想我们是否能安排一个时间再见一次面，或者过几天我打电话给您。”

5. 离开人才市场后回到家里时，每件事在你头脑里尚未淡忘。回顾一下每家公司以及它对你具有何种利用可能性，即看一看你可以从行业需求、市场转换和中长期员工需求动向中摘取什么有用的东西。

6. 要整理好笔记本和名片。对约定的会见要准时赴约。对未约定的单位要在他们不太忙的时候写一封跟踪信或打一个跟踪电话。对其他人，包括你在人才市场所结识的其他求职者则可纳入社会关系联络网中。

五、谋职者关系网络

社会关系网络的价值

下面是我们可以利用的常见社会关系网络：

1．家庭和亲戚。包括配偶的家庭和亲戚。

2．朋友。包括邻居和一面之交的熟人。

3．同事。包括过去和现在的专业同伴。包括过去和现在的上下级、经理或老板。国外有些用人单位在决定录用之前要求候选人提交过去的同事或老板的推荐信。

4．其他求职者。

5．专业领域的其他人。

应该充分回忆，把这些社会关系网络人员的姓名和通讯方式用书面一一罗列出来，以便需要时可与之取得及时联系。

人们常常以为托亲友、找关系意味着把自己的亲友们纠缠得死去活来，直到他们拒听你的电话为止，因而羞于启齿。利用他人来帮助你找工作，而找工作是光明正大的事，只要处理得当，你会惊喜地发现，亲友们、同事们，甚至陌生人是多么愿意帮助你。关键在于关系网需要正确处理。利用关系网并不意味着要你纠缠住亲友，要他们立刻回电给你提供一个工作。而且关系网不仅仅是一个，我们每个人都有几个关系网。我们认识的人不仅仅限于某地，而是全国，有时是国外，任何一个都可能导致一条重要的线索。

如何开展网络活动

有的人你一直以为是正直的伙伴，却不会为你花上半天时间；有的人你从来没有当作朋友，却为你的电话委托全力以赴地奔走。因此你得到的任何帮助都是来之不易的。你要知恩图报，表示你也希望有机会能为对方出力。不管你联系的人是否帮助过你，你得到工作以后一定要让他们知道，并保持至少一年接触一次。

注意开展网络活动也应作好详细书面记录。

不管写信也好，打电话联系也好或是用电子邮件，要掌握好以下几个细节：

1. 首先“套近”关系。提一提你们最近在一起时的美好回忆，或者提到某个你们都认识、最近都谈过话的人。

2. 说明写信或打电话的理由：“我们单位有 100 多人下岗了，50 多人提前退休了，我也不得不挪动工作了。我花了两天时间在找老朋友。”

3. 对你的求职方向，你考虑的公司，征求对方意见，询问对方能否瞧瞧你的个人简历是否写得合适。因为你确实需要一份客观的意见，而且一直很尊重对方的观点。不要特意去问：“我到你们那儿做事好吗?”如果真有什么路子的话，他（或她）会告诉你的。

4. 你以后可再同对方联系，但不要超过一星期一次。可在固定的时间（他们最有空的时间）联系。从他（或她）等候还是回避，可知道他们能够在何种程度上帮你的忙。

5. 要把自己的行动计划告诉对方。他们一般都很想帮忙，但你总得给出个基本框架，使他们努力有方向。譬如同他（或她）讨论什么专业、行业和地区有谋职机会，什么人值得接触之类，以启发双方的思路。

6. 如果对方带着信息找你，你就说："啊，真是太好了，真是难得的机会。"即使你已经知道这个信息，甚至刚同那个单位谈过话，也要这么说。因为他带来的信息必有某些新鲜内容。人们看到自己的意见受到重视和赞赏，就会带来更多的信息。

7. 每当你得到对方推荐，一定要问清楚你去该被推荐单位联系时是否可以提到推荐人的名字作为引见，回答大多是肯定的。但是问一问显示你有行家气质，并会激励对方带来更多的信息。

8. 如果你确实得到帮助，要道谢。如果得到口头帮助，要书面道谢。感谢信中也可附一份个人简历（如果以前没有给过的话）。所谓患难见真情，在这里就能得到很好的体现。

谋职者网络

你可以参加一个谋职者网络。由于彼此处境相同，可以不必谨言慎行、小心翼翼。相互之间可以随时联系，开诚布公，而且没有书面记录的必要。

这种谋职者网络有两个好处：一是信息共享。如果你是工程师，通过活动找到的老板需要一位会计师，你就可把这个信息告诉网络内的会计师朋友。二是在精神上和物质上相互鼓励和帮助，分担生活和人生的忧虑。

如果你周围没有这样一个网络，可以自己动手牵头创建一个。你要做的只是找一些同你处境相同的人，只要有几个人就行。你们的目标非常简单：定期碰头、交换信息、交换想法和意见，相互检查个人简历、信件和自我推荐的准备情况，检查进度。随着时间推移，这个网络必然越滚越大，但也有人会退出。你找到工作后可以仍然与之保持联系，不必急于退出，只是联络的次数可以大为减少。

请人写推荐信

国外大多数企业和国内某些三资企业往往要求求职者提交推荐信。为了使推荐信有参考价值及权威信，有利于你被录用，最好邀请自己原供职单位中地位较高的上级或有声望的同事撰写。这时，你的社会关系网中的这部分人不但要为你提供信息，还要被你用作推荐人，你不妨从要求他提供信息着手。实例如下：

“张建国，我是刘新辉。好久不见了，最近你情况怎么样?”在这儿最好聊上几句闲话或共同感兴趣的话题，然后转入正题。

“建国，我想向你请教。我们单位有一些人员裁减，也许你听说了。因此我想换一份职业以便充分利用我的工作经验。”

在此停顿一下，然后是，“在这方面你有什么信息吗？要是有的话，我就太感激你了。不过我知道你很忙，请不要为这个事太费心，只要随时为我留意一下就行了。我自己一定会去努力争取的。”

再停顿一下，然后说，“建国，你知道推荐人十分重要，我想请你做推荐人，不知道你有没有意见?”

对方的反应通常是肯定的。这时还不能放下电话，还要就如何写推荐信吹吹风。

“谢谢，建国，你真的帮了我的大忙。请让我谈谈自己最近的情况 并把我的进展告诉你。”然后花不到二分钟的时间简略谈谈你们分手以后的简单经历和你的打算。对同事和过去的经理不要忘记谈你离开现在工作的原因，因为这位推荐人很可能会被问及这个问题。

如果条件和时间允许的话，你此时可提示推荐人一些其他问题。包括他认识你的时间，你们相互间的关系，你的职务职称，你的重要职责和业绩，你承担的重要项目，你最大的优缺点，你对工作、对同事、对管理层的态度，是否愿意干超过职责范围的事（周末加班都可以提醒他），你的收入等等。

你通过社会关系网络活动得到推荐人的推荐后，就要利用他的名字作为引见："陈南通先生，我的名字叫刘新辉，我们共同的朋友张建国建议我打电话（写信，拜访）你，所以我首先要转达建国对您的问候……"

六、从专业学会和协会了解信息

所谓专业学会是指全国和各省、市设立的按行业和学科划分的学会或协会，是专业科技人员开展学术交流活动的园地和讲坛。它也包括各种市级或地区级科技馆、科学会堂、文艺或教育会堂等开展专业活动的场所和组织。其参加者大多为该专业领域内的工程技术人员或相关业务人员。

如果你从来没有参加过，可根据自己所学专业和从事过的具体工作选择一二个学会或协会申请会员资格。

你提出申请时不要特地说明你是为收集求职信息而来的，而应该说你主要是对科学研究和学术交流感兴趣。

经批准取得会员资格后，有两个方法可以开展活动。第一是向学会索取会员通讯录。这直接给你提供会员网络信息源，可直接进行口头或通讯联系。但你先不要忙于联系，现阶段只是收集掌握第一手资料而已。第二是定期的会议安排。你要争取参加会议，这虽然不是一个正式的社交场合，但却是会员结识专业伙伴的难得机会。一旦彼此结识后，你才利用通讯录与之联系，加深相互了解，然后才探讨求职问题。

参加会议时要认真听取报告、阅读文件。会后应该积极地与报告人接触，并就报告内容中的一二个细节问题向报告人请教。也可以表示你很同意报告中所说的，并对某个专题补充一点信息或者你说的话达到这种效果："有人能指出这一点是很适时的。"决不要自作聪明地说："你的报告是很了不起的，但是你疏忽了……"报告人一般都是业务圈内的行家和权威，他们欢迎你平等对话，但不喜欢妄自尊大、居高临下的人。因此你要很好地利用他们爱才惜才的心理，在适当时候向他或她私下请教何种求职方向才能发挥你的潜能，就有可能得到他们的热心帮助和指导。

全国性的或地区性的专业会议也不容忽视。作为专业人员，你若能向会议提交高质量的论文，则很可能被邀请作为正式代表出席会议。

如果会议在你居住的城市举行，你即使不出席会议，也可以在会后赴代表们下榻的宾馆拜会你的专业同行。这样做有几个好处：一是结识专业同行，联络感情；二是了解专业范围内的技术进展和动向；三是对有关企业作深入研究，收集谋职信息。

七、Internet 职业库

随着人才市场的工作方式从传统的组织摊位向组织岗位信息和个人资质信息发展，并通过电脑网络提供服务，人才交流正从有形市场向无形市场延伸，从现实社会向虚拟社会扩展。

网上求职的特点是信息流量大，更新快，用人单位和求职的交流便捷迅速。它的缺点是目前通过网上招聘和求职尚不十分普及，只为少数人或少数单位所用，这包括一些从事信息产业的公司和三资企业。这些单位宁愿相信从网上招聘来的人才素质更高一些。因此网上人才交流毕竟代表着人才市场的未来和方向。作为谋职者，作为专业人才，你上网求职只是时间问题，将来势在必行。同时，无论国外还是国内，越来越多的公司开始依靠因特网招聘，并获得成功。现在因特网上有1万多个职业介绍网址，提供500多万个工作的招聘信息。

对于个人用户来说，上网的主要方式为拨号上网。在硬件方面你只要有一台已安装好 Modem 的电脑和一条电话线；在软件方面你最好有 WIN 98，它提供3对互联网操作的全面而有效的支持。例如 WIN 98 有网络安装向导，你可以在它的指导下一步一步地设置好所有的项目，并且它自带网络浏览器 IE4.0（现在中文 IE 5.0 已发表）。然后选择一家收费少、速度快的网络服务提供商（ISP），例如上海热线等，启动 Netscape Navigator，MSIE 等浏览软件，连接到相关的人才市场站点。因特网上这一类站点很多，例如“上海热线”有自己专门的“人才市场”栏目。

名列全球500强的跨国公司，尖端技术领域的大企业，在因特网上所列空缺职位让求职者一目了然。你还可以通过因特网了解到有关公司的情况。填写“求职登记表”，键入自己的个人简历和申请信，那么你的个人资料便可遨游在无限广阔的信息海洋中，就有公司可能与你联络。有时寻找一份工作甚至只要几分钟。

网上求职的优势是不言而喻的。首先，操作上方便快速，一劳永逸。过去一份简历只能投寄一家公司，而通过网络发布的个人资料则有可能吸引成千上万个招聘用户来访问，效率和成功率是其他求职方法不能相提并论的。另一方面，网上信息更新快，分类检索便捷，个人资料一旦输入便能保留较长时间，适应了现代人的生活、工作节奏。其次它能满足不同用户的复杂要求，例如在“个人登记表”上输入隐藏式特殊设置，以后当招聘用户来访时，电脑会自动设障并核对。

简历了。首先我们对自己、对自己的工作及其作用要有一个深刻的认识，并对此加以充分利用。但是仍然有许多人对自己的工作定位不准，无法正确描述自己及工作。例如：你问一个打字员他或她是干什么的，得到的回答往往是："打字员，就是打字呗。"如果问一个会计，就会听到"弄弄数字而已"这就成问题了。他们对自己的工作，对整个公司或部门工作有何种意义认识不足。带着这种心态怎能总结好自己的工作，写好个人简历呢？

但是不少人仍感到难以落笔，勉强写出，自己看了也不满意，更不用说拿出来用于求职了。要解决这个问题应做到二点：一，既然个人简历是十分规范化、程式化的文件，那么起草时应参考别人现成的、成功的范例，无论在结构上、文字上、内容上借鉴吸收其优点。二是这种参考借鉴决不是生搬硬套，盲目模仿。起草前应该先做一些练习，尽量突出自己的个性，写出自己的特点来。这前一点好办，后一点需要作进一步的解释。

接下来我建议大家先做一些练习。拿草稿纸和笔，写下几项你所从事的最重要的岗位职责，每项职责用一页纸。然后在每一项职责下面写下完成该项工作所需要的专业技能，最后写下每一项专业技能的发挥使你完成了什么业绩。

你的这些书面说明并不刻在石头上，只不过是编制个人简历的练习。因此不必过于注意语法修辞，只要用短句短语写下即可。要尽量考虑你为单位节省或赚取的利润，节省的时间。如果你的贡献没有被书面承认，没有一式三份的签字，也不要担心，只要你自己知道是真实的，没有夸张即可。你会对自己写下的东西吃惊，它读来比你想象的要好。然后不断地重读和修改。

例一：某化工设计人员所写的业绩小结

设计：参与大型装置设计，具体承担工艺管线部分，投资费用为 350 万元，装置总投资 3000 万元。

辅助车间厂房设计，投资费用100万。

技改：业主原蒸汽泵功率过大，改用电动泵，投资成本17.5万元，但一年节减支出23万元，当年即回收成本，并盈利5.5万元。

设备和阀门的过滤器由进口改为国产，质量相当，但更换方便，节减资金40%，约7万元/年左右。

做这个练习一是为了更好地“了解自己”，增加自信心；二是为了尽量多地列出数字，为自己所用。虽然这些数字不一定全部得到采用，但有了它们，你在关键处用上一二个，就会显示出你的分量，就会使你脱颖而出。例如上文所说的打字员，你打字的速度是多少？你打过哪些重要文件，参与过哪些项目？累计打了多少？除了打字你还做过些什么文秘、档案资料工作？就打字而言，时至今日你再也不可能采用老式打字机，只是采用电脑了，那么在这方面你有何技能呢？随着笔输入和语言输入的问世，你在这方面的软件或者硬件应用上又有何技能呢？通过练习随着这些问题一一弄清楚，你就可以不再称为打字员，而应该称为文字处理员、文秘或者编程员等等了，我们后面还会谈到。

例二：某人事管理人员的业绩

任务：2年内培训销售人员500人次。

技能：市场知识，正规培训技能，促使未经培训的销售人员获得销售经验和销售效益的能力，促使和激励成功的销售人员保持积极性并凝聚在公司中而不流失。

业绩：减少人才流失7%；增加销售量14%。

所写的业绩要尽量用事实说话，用数据、百分比说话，这才有说服力，用人单位对此最感兴趣。这是个人简历的吸引力所在，它能使你在人群中显得与众不同。注意所列举的数字要具体，甚至可精确到小数点后，这样会更令人信服。

四、个人简历的必备内容

△姓名：撰写英文简历时姓名的拼写不能搞错。如果没把握要查阅字典对照，不要想当然。姓在前名在后，首字母大写，例如王大伟，Wang dawei。取英美式姓名也许可使外籍人士增添一些亲近感，此时可以名在前，姓在后，例如 David wang 或 Davy Wang 等。但取洋名要慎重，要不影响通讯联系，一经确定不要随意更改。

△地址：地址的汉语拼音也要准确，不能错一个字母。英文简历按惯例应由小至大逆序书写。例如，中国上海延安东路 123 弄 45 号 6 室，邮编 234567。

英文为：Room 6，No.45，Lane 123，Yan’an Lu（E）Shanghai，234567 China

其中 Room 可写作 Rm.No. 可用 Apartment 或 Apt. 代替，Yan’an Lu（E）可写作 Yan’an Road（E）或 Yan’an Dong Lu 或 Yan’an Dong Rd.，China 可作 P.R.China 或 Peoples Republic of China. 确定一种写法后便不更改。

△电话号码：一定要有电话号码或传呼，因为这是最快的联系方式，便于对方用电话邀请你面试。

要包括区号，跨国应聘要包括国家代号，例如（86）（21）5555 5555。如果需要动用工作场所的电话，应尽量减少影响。万不得已可在申请信中说明：

“I prefer not to use my employer’s time taking personal calls at work，but with discretion you can reach me at（021）5555 5555，extension 555，to initiate contact.”句意为：我不希望在工作时间接听私人电话，但是倘系首次联系，只要谨慎行事，可

拨打（021）5555 5555转555分机找我。

△E－mail地址：如果你在网上求职，最好留下E－mail地址，其位置与电话号码相同。

△ 求职目标：Job Objective，或J.O

例如：Objective：Marketing Management.

Objective：Accoahtomcg

对于工作职称，有一些注意要提一提，因为目前所谓职称评定不能说明任何问题，但是你必须接触尽可能多的用人单位，必须让对方录用你有依据。鉴此，有几点要注意：

1.采用模糊名称，不要写得太具体。例如秘书（Secretary）可作行政助理（Administrative Assistant），打字员（Typist）可作文字处理员（Word Processor）。这样可以使你谋职面更宽一些。如上述实例，行政助理可充当行政管理，文字处理员则可充任文秘。

2.按事实，而不是按任命。这一点很重要，因为有的人从事的工作并未得到承认，例如代课教师（Supply Teacher）可说成教师（Teacher或Lecturer），而有的人的才华更适合高级职称，例如营业员（Shop Assistant）可说成是销售员（Salesperson）。

3.按实际水平写。例如你有担任会计、预算、审计等岗位的实际能力，可把出纳（Treasurer）说成财务管理（Accountant Management），只是因为工作安排，才担任出纳的。

4.以上情况也可以在面试时说清楚。

5.你申请的工作岗位与你目前的职称类似，但不完全相同，也要说清楚，务必使别人不误解你的相关能力。

6.某些特殊专业要尽可能准确到位，否则效果反而不好。例如厨师不要说成烹饪管理等。

△工作日期：月份在前年份在后，例如 May 1997 – March 1999，可写作 May 1997 – Mar.1999。为了消除就业短暂中断的不利影响，可写作 1997 – 1999。不管采用何种方法，都要保持前后一贯。

△ 工作职称：工作职称不是一种头衔，而是工作种类识别，使对方知道你是哪一类人。

△公司名称：即你加盟过的公司名称。可与上述的工作日期，工作职称结合起来写。具体做法可参考实例。

注意：

1. 有时为了说明问题可包括部门。例如“Bell Industvies”不够，应加上“Computer Memory Division”。

2. 应名从其主，尤其是大公司、著名公司。

3. 缩略语和简写应前后保持一致。

△学校名称：这项的要求与公司名称相同。倘系应届毕业生应该将在校学习的专业和学科列出，得到奖学金或奖励可列出，学校或社会上举办的各类比赛上获奖名次，担任学生会职务或其他社会活动等，反正一切与众不同的特长均可列出。

△暑期打工和第二职业：刚参加工作或中断工作者可写入，包括时间、地点、次数、单位等。

△岗位职责、技能和业绩：这是个人简历的主体部分，不仅要列出所有的职称职责，而且要突出业绩和贡献。

经过前面准备工作中的练习，你一定能撰写一份有份量的个人简历，它将使你从众多的竞争者中脱颖而出。

△个人兴趣：个人兴趣一定要与你申请的工作有关连。与工作无关的不必列出。例如文秘爱好书法，设计人员迷恋美术等可视作与工作相关。

△出版物和专刊：它们向读者揭示你在事业中投入大量的时

间和精力，使你在竞争中很有利。在有些行业这很被看重。最好放在个人简历的最后。

△外语和计算机水平：目前高等院校均开设等级考试，籍此可以说明你的外语和计算机水平，通常为英语四级、六级和计算机二级。

△专业学会或协会：参加专业学会或协会说明你热心于自己的职业。应是与专业相关的学术性或技术性的组织，不应写入政治、宗教、福利或其他不相关组织。撰写时要简洁。例如：

美国心脏学会：地区筹资部主席（American Heart Association：Area Fundraising Chair）

这样写使谋职者显得更具有重要性和成熟感。而且用人单位大多私下认为年轻的员工在学会中为企业忙着。

△鉴定书和执照：有些行业需要专业执照、许可证、上岗证书、鉴定书之类。如果你的行业是如此的话，一定要列出。

△ 专业培训：这项包括专门课程、短期培训和研究班。可列出课程名称。

△公务人员的行政级别和军人的军衔：如果你申请政府工作岗位，该项一定要写清。

△可出差：不一定有用，但一定无害。

△总结：总结是画龙点睛之笔，用一句话提纲挈领抓住读者的注意，突出技能，但不可一下子把王牌摊出。

上述内容是一份清单，帮你整理一下思路检查对照，但并不要求全部写入。否则的话个人简历会显得十分冗长、拖沓。

五、两种形式的个人简历

好了，现在我们可以动手撰写了。要知道：个人简历有两种主要的形式。一种是按时间顺序编写的，即求职者学历和工作经历一律按时间先后一一罗列于个人简历上。另一种是按工作岗位的职能编写的，即求职者将自己所从事过的工作，担当过的岗位职能，一一罗列于个人简历（请参见附录）。值得注意的是附录的个人简历是逆序编写的，是从现在推向过去。不少人习惯于从过去推至现在，这没有任何问题。

按时间顺序编写的个人简历突出了申请人在专业上、业务上不断成长、不断进步的过程。如果你的工作经历一帆风顺，从实习生到技术员、工程师、科长、部门经理、副总经理，从未中断，从未发生职务下降、下岗、待业等情况，那么采用附录二的按时间编写的个人简历对你非常有利。不少企业非常器重这样的人才。

按岗位职能编写的个人简历突出的是申请人的专业技能。如果你的工作经历虽然没有步步高长、拾级而上，但是你却在多种不同的工作岗位上做过，承担过各种不同的岗位职责，那么采用按职能编写的个人简历将会发挥你的优势。例如你是财会人员，先后做过会计、审计、出纳、预概算等工作，就可将这些工作及其主要业绩分项列出。这种形式也可以消除工作经历中下岗待业的不利影响。

你可以撰写两份个人简历，两种形式各一份。采用哪一份视用人单位的需要而定。如果用人单位需要在技能上要求很高、专业性很强的人，而你恰好很对口，不妨递交一份按时间顺序编写的个人简历。如果用人单位需要一位多面手，各方面都能应付，都能独当一面地工作，而你恰好都能胜任，则应该用按岗位职能编写的个人简历去申请。

另外，如果你申请某单位的工作，没有被录用，也即由于某种原因没有获得一次成功，但是后来由于某种契机你打算重新申请该单位的工作。而且你很看重这个单位或这份工作，那么你可以更换个人简历的形式，将第一次按时间顺序编写的形式改变成按岗位职能编写的形式。这可以在一定程度上淡化第一次失败的不利影响。

六、最后检查的四大法则

到此为止，你已经起草了一份个人简历，可对照附录中这些成功的范例，也可请可靠的高手检查一下。在此，我向大家介绍一个可靠检验的四大法则：

法则一：最好使用一般化的工作名称。毕竟你追求的是面试，而不是一个具体名份。要把渔网搞大一点，才能捕到更多的鱼。如果你使用的职称很狭窄，那么你的机会也很狭窄。如果招聘者对你发生兴趣，而你的个人简历中有的地方写得很笼统，很含蓄，就会引发他们进一步的提问，那么你的机会就增大了。

法则二：要显示你能为公司做什么，不要说你期望公司做什么。不要说你以前的工资，不要说对工资待遇方面的要求。不要说离开原工作单位的原因，不要说何时才能到岗。这些要放到以后几个阶段再谈。

法则三：要用事实说话，用数据、百分比说话。同时要注意留有余地。你的特长的素质要让招聘者在面试阶段全部发现才好。

法则四：个人简历应尽量写在1页纸上，尽量不要超过2页。定稿后应打印。有的招聘单位要求手抄稿。若无规定，则最好打印。打印还有一个好处：3页用报告纸或文稿纸手写的材料，打印的话只需1页纸。

附录一：

中文个人简历及英译

个人简历

姓名：王大伟　　　　性别：男

地址：中国上海延安东路 123 弄 45 号 6 室

邮编：200000 电话：(86)(21) 55551212

出生日：1953 年 8 月 11 日 出生地：中国上海

学历：

1976～1979 年：西北理工学院机械工程系研究生毕业。

专业：非线性震动。

1972～1976 年：同上，本科毕业。

科研

1990～1996 年：浙江大学震动研究室，兼职（同时教学）。

研究领域：非线性震动，无规则震动，非线性波飞机负荷。

1982～1990 年：收音机结构强度研究所。

研究领域：同上。

1979～1982 年：西北理工学院非线性震动研究组。

教学

1990 年至今：浙江大学机械工程系。

课程：震动理论（对象：研究生）。

无规则震动（对象：机械系教师）。

出版物

“弹性测杆的非线性波”，发表于《固体力学杂志》。

翻译

《机械系统中的无规则震动》，作者 Stepher L.Wheatly，牛津大学出版社，1988年。

备有推荐信，待索取。

[Translation]

Name：Wamg Daweo　　　　Sex：Male

Address：Rm.6 No 45 Lane 123，Yan’an Road（E），Shanghai，P. R. China

Post Code：200000 Telephone：（86）（21）5555 1212

Date of Birth：Aug. 11，1953 Place of Birth：Shanghai，China

Education：

1976－1979：Mechanical Engineering Dept.，Northwestern

Polytechnic Institute

Graduate student

Specialty：nonlinear vibration

1972－1976：Undergraduate student，as above

Research Work：

1990－1996：Zhejiang University

Vibration Research Laboratory，half－time（while teaching）

Research areas：nonlinear vibration，random vibration，nonlinear wave aircraft load.

1982－1990：Research Institute for the Strength of Aircraft Structures.

Research areas：as above.

1979－1982：Research Group of Nonlinear Vibration, Northwestern Polytechnic Institute.

Teaching Experience

1990－present：Mechanic Engineering Dept., Zhejiang University.

Current courses：Vibration Theory (for graduate students), Random Vibration (for teachers in the Mechanics Dept.)

Publication：

" Nonlinear Waves in Elastic Rods" published in Journal of Solid Mechanics.

Translation：

Random Vibration in Mechanical Systems, by Stepher L. Wheatly, Oxford University Press, 1988

References：

Available upon request.

附录二：

英文个人简历及中译

Jane Swift 9 Central Avenue, Quincy, MA 02269.（617）555 －1212

SUMMARY：Ten years of increasing responsibilities in the employment services industry. Concentration in the high－technology markets.

EXPERIENCE：Howard Systems International, Inc. 1985－Present

Management Consulting Firm

Personnel Manager.

Responsible for recruiting and managing consulting staff of five. Set up office and organized the recruitment, selection and hiring of consultants. Recruited all levels of MIS staff from financial to manufacturing markets.

Additional responsibilities：

·coordinated with outside advertising agencies.

·developed P.R. with industry periodicals placement with over 20 magazines and newsletters.

·developed effective referral programs－referrals increased 32％

EXPERIENCE：Technical Aid Corporation 1977－1985

National Consulting Firm. MICRO/TEMPS Division

Division Manager 1983 - 1985

Area Manager 1980 - 1983

Branch Manager 1978 - 1980

As Division Manager, opened additional West Coast offices, staffed and trained all offices with appropriate personnel. Created and implemented all divisional operational policies responsible for P & L. Sales increased to $ 20 million from $ 0 in 1978.

·Achieved and maintained 30% annual growth over 7 - year period.

·Maintained sale staff turnover at 14%.

As Area Manager opened additional offices, hiring staff, setting up office policies and training sales and recruiting personnel.

Additional responsibilities:

·supervised offices in two states.

·developed business relationships with accounts - 75% of clients were regular customers.

·client base increased 28% per year.

·generated over $ 200, 000 worth of free trade - journal publicity.

As Branch Manager, hired to establish the new MICRO/TEMPS operation. Recruited and managed consultants. Hired internal staff. Sold service to clients.

EDUCATION: Boston University

B. S. Public Relations, 1997

[译文]

概要：10 年来在就业服务行业承担越来越多的责任。主要集中于高技术市场。

经历：霍华德系统国际公司 1985 年至今

管理咨询商社

人事经理

负责征聘和管理 5 名咨询人员。建立办公室并组织咨询顾问的招收、遴选和录用。从金融市场至制造市场聘用各种层次的 MIS 人员。

其他职责：

·配合外单位的广告代理商。

·同行业期刊开展公关活动——共安排 20 家杂志和内部通报。

·开展有效的推荐活动——被推荐人增加 32%。

经历：技术辅助公司 1977 年至 1985 年

全国咨询商社，MICROTEMPS 分公司

分公司经理 1983－1985 年

地区经理 1980－1983 年

分部经理 1978－1980 年

作为分公司经理，增加开设了西海岸办事处，用合格的人才配备和培训了各办事处的人员。制订和实施了对损益负责的分公司经营运作政策。销售量从 1978 年的 0 增加至 2000 万美元。

·在 7 年期间获得并保持 30%的年增长率。

·保持销售人员调整达 14%。

在担任地区经理期间，增设办事处，聘用工作人员，制订办事处规章，培训销售和招聘人员。

其他职责：

·检查两个州办事处的工作。

·同客户开展业务关系——75%的顾客为老客户。

·客户基数每年增加28%。

·创作了价值20多万美元的免费贸易杂志宣传品。

作为分部经理，聘用以建立新的MICRO/TEMPS操作。招聘并管理咨询人员。聘用内勤人员，为客户提供服务。

教育：波士顿大学

公共关系学士学位，1977年

要诀四：

不卑不亢，应对自如

——面试成功要诀

面试是求职中最重要的一环，可以说是“险象环生”，而研究表明大多数人对面谈缺乏充分的准备。从另一个角度看，这对你是个好消息。实际提高你应付面谈的技巧并不困难，这会使你比那些还不知道要学习这一技巧的人多一份优势。

大多数面谈持续60分钟，这是求职中最重要的60分钟。你要尽全力做好它，你可能得到很多面谈机会，每一次都很难得，每一次都有可能使你得到工作。

有一项很好的研究指出，面谈不是你遇到好用人单位的有效途径。大多数用人单位也持有同样的观点，面谈并非一贯是个好办法。事实上，你在面谈中的表现对于是否考虑你做那件工作是很关键的。在面谈中表现出色是对求职的一种要求。

一般情况 下，用人单位愿意聘用那些在面谈中表现好的人，而不是那些获得“优秀”证书的人。面谈本身是一种令人难以置信的，复杂的相互作用过程，我们发现稍加努力就能使求职结果大大改变。本部分介绍我们多年学到的东西，希望对你能有所帮助。

一、面试成功的五个要点

求职者对在这紧要关头该有清醒的认识。因此，在我向你介绍面谈技巧之前，请你想一想在面谈时究竟应做些什么。我认为下面几点是最重要的。表现出积极的态度；让用人单位了解你的技能；不拒绝难回答的提问；让用人单位知道他应该聘你的原因；面谈后继续联系。

这些都是面谈的要点。如果你做得好，就可以戏剧般地增加得到工作的机会。本章将向你介绍如何一步步地搞好面谈。如果把面谈分成几个部分，每次学会把握一个部分，那关键的面试就不会那么令人发怵了。

自信：不要被面谈过程吓倒

很多人对积极地求职望而却步的原因之一，是他们怕被别人拒绝。在大多数传统的求职中这是不可避免的。如果你得不到那份工作是否意味着你永远失败呢？当然不是。但即使这样想，希望被挑选的紧张感和得不到工作的失落感也是难免的。不过，你事先可以做一些工作来缓解面谈中的紧张感。对大多数人来说，面谈是一件使人胆怯和紧张的事。我们平时并不会仔细地被人评头品足，像在面试中那样，同时还有不被聘用的可能。

放松：与你面谈的也是人

如果把与你面谈的人想成敌人，你就得重新审视一下自己。我想提醒你，大多数老板也是从求职者做起的，而且，他们很愿意再扮演一次那个角色。你还应该认识到大多数与你面谈的人也有理由紧张。与你面谈的人紧张的原因有下面几个：

1. 每个人都愿意被人喜欢。据我所知，讨厌面谈的老板是因为他们不愿意拒绝别人，把别人审查掉使他们不舒服。你用不着为他们感到遗憾，不过，这一点确实让人有所考虑 。所以，你看，与你面谈的人一点也不可怕。老板们很像我们自己，因为他们是和我们一样的人，只是他们当时扮演的角色与我们稍有不同而已。

2. 大多数人没有接受过与人面谈的训练，正如大多数求职者不知道怎样找工作一样。与你面谈的人通常不知道怎样做，他们怎么可能学过呢？一个训练有素的求职者可以比面试他的人做得好，这是常有的事（千真万确）。我常听求职者说："他们甚至连一个难题也没问！我只得主动告诉他们我的特长，因为他们根本就没有问我这个问题。"

3. 如果他们聘用了你，而你不能胜任工作，他们就会受损失。如果他们看错了人，老板就会知道。因为培训新的员工要花很多钱，他们的决定实际上价值几千元。在小的单位，如果有一个人不能胜任工作，其他的人都会感到额外工作的压力，聘用你的人就会失去信誉甚至工作。

老板和你一样，也是人，他们也想在聘用一个人时做出正确的抉择。可以想见，聘错了一个人也会给他们招来额外的麻烦与苦恼。假使一个人表现不佳，他们就得多花时间来监督他。假使一个职员呆不长时间便辞职了，老板就等于丧失了许多培训的时间，还不得不重新聘用培训另一个人。如果他们聘的人工作表现差而不得不换掉，他们便遇到了竭力想避免的局面——把这个人开除。

直觉：利用它给你带来优势

很多老板说面谈中他们对某个人有一种"直觉"。我常听参加面谈的人说他们是凭着本能的反应聘用或拒绝某人。如果你不知道他们的感觉是可以预见的，就会使你在面谈中失去勇气。如果你知道什么会引起消极的反应，你就会相应地改变你的表现。

显然，在面谈时避免这一问题的唯一办法就是要诚实。如果你夸张了自己的能力，常常会无意识地表露出隐瞒的事情，许多参加面谈的人都会注意到这一点。

你身上发出的很多强烈的信号是难以用语言来形容的。可以想想测谎仪是怎样工作的。你身上发出的电子化学信号是可以被测量出来的，如果你有意识地想试验一下，什么也不会发生，而测谎仪可以辨别出你“真实”的反应。你的声音、面部表情、手势和其它微妙的信号会使你暴露无疑。

有时你完全没有意识到你身上发出的信号会产生消极的影响，也许你的穿戴不得体或过时了，也许你不自觉地摆弄自己的头发或懒洋洋地坐椅子上，也许你两腿僵直地摆放，一时难以表达自己的想法，这一切都逃不脱老板的眼睛。

应告诉你的好消息是你能够改正很多令人讨厌的举止。请某人或某个朋友与你扮演面谈中的角色并针对你非词语表达的形象提出建设性的意见。通过认识消极的信号，和改变自己的形象，你可以积极地影响老板的直觉，让他聘用你。

坚持：拒绝不是最后的结果

面谈这个词由两部分组成：“inter”是“……之间”的意思，“View”是“看”的意思。我们在这里并不是为了研究词缀，但英语中“interview”大概是指“两个人互相看”。在面谈中应该这样，然而，这常常只是一方的感觉，是有最高权力的老板把求职者看个里外分明。

使用传统方法求职的人很可能被拒绝，这确实使人不好受。

你要克服这样的心情，要明白被拒绝是最终求职成功的必要的组成部分。你得到的拒绝越多（越快），你离被接受的那天就越近。

耐心：被接受前先接受拒绝

老板不是唯一可以说不的人。一种看待面谈的方法是把它看作一连串的拒绝，好比就是这样：不，不，不，不，不，不，不，不，不，不，不，不，不，不……不，可以。

最终你会遇到一位向你提供工作机会的人。如果你接受了，那就是“可以”，然而，在这一过程中，拒绝不是单方面的，面谈应该是双向交流。

二、如何回答棘手提问

现在假设，你已经了解自己掌握的技能，知道自己最适合什么职业，你正在寻找符合自己技能的工作。假如如此，你在面试中表现如何就成了关键所在，将决定老板是否可能放弃比你文凭更高的人而选择你。要注意，最优秀的人才能获得那份工作，而最优秀的人往往是最擅长交际的人。

老板们都十分渴望能聘“对”一个人，渴望一个具有工作所需技能的人，并因此通常以申请表上的工作履历及所受教育为基础。挑选人时这些“文凭”能起重要作用。你如果达不到最低标准，就不会被考虑。

面试提问里最常遇到的十个问题

在这里，我们精心挑选了面试中常遇到的十个提问，它们最可能给接受面试的人带来麻烦。在实际中，同样的提问可能措词不尽一致，老板们总以不同的形式用这样的提问，如果你能对这十个提问做出圆满诚实的答复，你也就很可能回答好其他的提问，那么成功的机会就被你牢牢地把握住了，为什么不好好地准备呢？

下面就是这十个问题：

1. 能不能先自我介绍一下？

2. 我为什么该聘用你呢？

3. 你的主要优点？

4. 你的主要缺点？

5. 你将来的打算？

6. 你以前的老板怎么看你？

7. 你为什么想到我们公司工作？

8. 你现在的个人状况如何？

9. 你以前的经验和我们的工作有何联系？

10. 你期望的收入是多少？

面试答复三步法

你永远没法肯定老板担心的是什么。和所有人一样，有些人的担心在别人看来也许根本毫无意义，有些人做出的假设不一定有根据。例如，曾有个老板，他不愿望聘用有大学学历的人做经理，他认为没有学位的人会干得一样好，甚至更好，而且少拿钱也乐意。我没把握说他正确与否，但我知道他的看法，且他的班子里没有几个有学历的经理。你可能会猜到，他本人也没什么学历。我怀疑他真正的担心是聘一个比他学历高的人……

下面我把问题分成两类。一类是大多数人的经历，且老板完全有理由了解的问题，这包括你的就业间断、被解职的原因等。另一类是那些许多人认为老板在做出聘用与否时不应考虑的问题，例如，年龄、种族、性别。

在回答每个提问时，一定要懂得老板想要知道的到底是什么。有时候，这一点很明显，你可直接回复。有关文凭或与职业有关的技能的提问一般不会有什么伏笔，可以照直回答。不过某些答复方式会明显好一些。

许多提问可能与你无关。例如，你很年轻，刚开始准备工作，你就不会有那些与年龄大的人有关的问题。

下面谈及的许多问题都与人的经历有关。你将发现，如果你学会了如何处理这类提问，它们就不会在考虑是否聘用你的问题时成为障碍。

对绝对大多数求职者来说，最大的问题是许多面试中的提问其真正意义完全与字面不同。有些问题，像“为什么不和我谈谈你自己?”听起来没法做直接的答复。还有些像“你生长在这个地区吗?”往往带有伏笔（在此情况下，老板很可能是想知道，由于家庭或其它关系，你是否会在本地留下来）。

有一种简单的方法帮你答复这些不太直截了当的提问，你可以用它来应付绝大部分面试中的提问，这就是面试答复三步法。

第一步：领会提问真正目的。

第二步：答复简明扼要，不自毁自己。

第三步：申明自己有关的技能，真正答其所问。

在传统的面试里，这类提问很可能带来麻烦。传统的面试一般是指有一个职位空缺，你是这一空缺的候选人之一。传统的面试对大多数人绝不是什么有意思的事。事前准备一下老板可能提出的问题同时还会提高你应付不太正式的会谈的能力。

传统面试的好处之一就是你可准确地预测到要被问到的问题并做出相应的准备。事实上，这也是人事部门对这类面试不满的最大原因之一。他们同样也能预料出申请者对这些提问所做的答复。由于面试是获得有关信息的最直接的方式，因而在各种机构招聘中仍在延用。如前所述，老板也是人。他们也想有把握你能在这个岗位上干一段时间并且干好，因此，有时候需要你直接告诉他们你能满足他们的期望。

你还要明白，绝大多数面试者都未经过专门的训练。他们也仅是在试着去做，在面试时有时也会结结巴巴，有时也会问一些不太适宜的问题。这时，如果你认为他们是想在证实你是可靠的，你就应该考虑原谅他们。作为他们这种担心是合情合理的，而你这时应当帮助他们认识到他们的担心是没根据的。

在这种情况下，我建议你事先将你的情况考虑周到，以便能向老板证明，就你而言，“资历过深，有小孩要照顾，年过五十”等等，全不是问题，而将会是优势。

三、典型的棘手问题举例

在面试中可能会遇到很多令你难以回答的问题，下面是几个最为典型的问题。

工作经历间断

许多人都曾在一段时期失业过。如果你对自己时间较长的失业有合理的解释，诸如上学或生孩子，不妨对面试者直说，千万不要为此表示歉疚或鬼鬼祟祟的。但是你可详细说说在失业期间的与工作有关的活动，这也许会使你更有资格担任那份工作。这样进一步强调了你并未真正脱离老板所需要的东西——而只是主动选择在一段时间内没有积极地从事它。

在面试时，涉及时间的时候仅说年份而不具体说月份会对你有帮助。例如，当被问到在饭馆工作时间时，你可以回答：“1992 年到 1993 年”，而不必是“1992 年 9 月至 1993 年 6 月”。

当然，如果被追问，请毫不犹豫地把准确日期讲出来。

曾被解聘

很多人都曾被“解聘”，这使他们寻找新的工作受到影响。有时候，老板们害怕这些被解聘过的人对他们也会是有麻烦的职员。当然，如果你被解聘的理由正当，你就应当从中汲取教训。在大多数情况下，找不到工作往往是我们本身的原因，而非是因为曾被解聘过。

很多老板曾认为，在弄清一个人为什么离开上一个职位之前，不会考虑聘用他。他们想确保你不是个大麻烦。显然，如果你曾被解聘，你就必须处理好这个问题。这里我有个好消息，绝大多数老板也曾被解聘过。一般来讲，只有负些责任的人才可能捣乱，或有其他人际冲突等等。如果你的解释合情合理，是会被理解的，因为大部分人也有类似经历。

因此，如果你曾失业，最好是实话实说，尽量不要说以前老板的坏话，对以往的事要尽量做正面解释。如果对你不算个大麻烦，不妨说出来，然后解释一下你是如何擅长这个岗位所需的技能。还有一件事，一定要与以前的老板就介绍你时讲什么谈妥，要求一封书面证明信。一般你可以与以前老板商量得到此信，这样你就不至于受到很大伤害。你也可以用对你印象较好的机构出具的证明信，可事先要有关人准备一封。这样就可抵消那些由于与你有个人恩怨的人带来的负面影响。这种事其实常发生，但不会对你产生你认为的那样严重的伤害。

与目前所求职业无关的就业履历

也许，面试者常常很爱问这问那，以便更好了解你。但如果你要改行的努力对你得到这个工作真是障碍的话，你就不会被邀请来面试了。一定要坚持既定计划，突出自己的技能，说明这些技能与工作岗位的关系。例如，一名教师想当一个房地产代理商可强调她的爱好就是投资或修理旧房子，还可以讲讲她的交际能力出众，并善于鼓动学生等等。

与个人目前状况有关的敏感问题

1. 太老了

50 岁以上的人都清楚自己的年龄对找工作不利，为什么呢?有些简单的道理大家都不愿意说。他们其中的许多人跟不上技术发展的步伐，他们掌握的技能已没人需要了。年轻人受过更好的训练，从不掌握新技术的老年人那里拿走了工作。

为了避免你让别人觉得你“太老”，可以谈谈时髦的话题(如你有一个笔记本电脑，或已报名参加了一个与工作有关的技术培训班等)。你对机构背景的研究会告诉你许多方法可用来证明你对最新知识的了解和目前自身的价值。

有一些事情需要做：

(1) 首先，要清楚许多正在成长的小企业都是由“老工人”经营的，他们知道该做什么。

过去十年里，大量的经验丰富的老工人都开始自己从事经营咨询。如果你还没准备好自己干一番，那么就通过与各种企业的接触，告诉他们怎么干得更好，来把自己的经验付诸实践。

(2) 把话说明。

如果你知道怎样开发一种产品，懂得管理、销售或能做出任何显著的贡献，那么你就径直到需要你技能的地方去，告诉负责的人你能做什么。如果你能使他们想要你帮他们挣的钱比他们付给你的多，他们就会为你设一个职位。注意要把自己的丰富的经验及良好的工作履历介绍清楚，这对你有利。例如，你可能立即就能对他们产生效益，并很可能比年轻人靠得住。

(3) 不要自暴自弃。

你应当相信，在这个世界上，一定有人需要你的才能，你得走出去把他找到。

根据调查显示，老板们在面试时面对一个年龄大的人往往担心他不能按新的工作环境自我调整。具体的担心与评论有：

① 年长的职员对我们是最大的挑战。15 年前聘用的人不具备跟上时代步伐所需的教育与技能。

②增加责任感与团队精神的努力遇到了阻力。

③老工人不善于适应工艺与技术的飞快变化。

一定要让面试者按你的思维走，说明你的丰富的经验。成熟是优点而非缺点。老工人总有一些年轻人没有的特点。强调一下你对以前老板的忠诚，过去一段时期取得的成绩。如果第一次面试后对方有些犹豫，立刻直截了当地问对方这样的问题，如，“你担心我的回报吗?”或“如果我能显著降低你们的成本，那你会考虑我吗?”

2. 太年轻

年轻也可能成为你寻找工作的一种阻力，你必须说明你的年轻是财富而并非包袱。例如，也许你愿意工资低些，接受不太受欢迎的岗位，不在乎延长工作时间，或在不太方便的时间工作，做其他有经验的人不太愿意做的事。

如果是这样，一定要说出来。强调说说在学校时你为其组织的活动奉献的时间及其它贡献，以及为了达到自己的目标而放弃的自由活动。而且，要表现得成熟，显示出真正的热情和精力，还要给面试者留下这样的印象：你需要的是机会，而不是指导顾问。

3. 素质极高，经验丰富

如果事实上你确在找一个更高工资的工作，并且在面试时把这个信息用某种方式表达出来，公司便很可能不会给你这份工作，以防你很快离开。

你经验太多并无多大意义，面试者可能担心你会对目前的地位不满意，不久便会离开这里去找一个更好的岗位。所以他们真正需要的是一种保证，保证你不会这样。

如果你愿意接受某份工作岗位，而在这个岗位上你又会被认为素质超强，可考虑在你的履历上少写一些与工作有关的文凭——虽然我不一定鼓励你们这样做。要做好准备，在面试时，解释一下你为什么想要这份工作，为什么你的丰富经验对公司有利而不是有弊。

如果你无论如何都想争取到这个职位，就尽力向面试者保证你不是一个吉普赛式的求职者。要申明你对公司的未来充满信心，讲清你要在这个岗位上如何发展，并说明你可给其它部门以帮助，能解决某些长期难以解决的问题，创造利润，并利用自己的经验在其它方面给公司以帮助。

面试者会一直在心里盘算着你会要多少工资。不幸的是，由于对你的工资的要求没把握使面试者担心面试可能最终只是浪费时间。你的目标就是把你的身价抬高，同时又不能超过对方能够接受的程度。

4. 新近毕业、缺乏经验

如果你确定属于“经验不足”那一类，那就像在前面谈的那样强调自己的适应能力，这会弥补经验不足。

建议你再次考虑向面试者表明愿意接受困难且不尽人意的条件作为开拓一块新的领域并获得经验的方法。例如，阐明你愿意在周末或晚上工作，或可出差及调换工作地点，这些可能会令老板感兴趣，从而为自己带来新的机会。

有些方面的经验，如志愿行动、家务、教育、培训也应看作一种经验，所以不要忽略这些。所有这些你都可作为合情理的活动谈出来，以证明你有能力做你认为你能做的工作。

妇女的问题

妇女在就业中得到平等聘用在今天仍不容易，有些问题继续对妇女的成功构成威胁，包括抚育孩子、性骚忧、歧视和偏见等等。

在这里，同样是怎样把被动变为主动的问题。你为什么不讲讲你怎样找到可靠的托儿中心任务，以此证明你的能干呢？

老板有时担心刚搬家到这个地区的人可能很快又会搬走。如果你刚搬家到这个地区，一定要让老板知道你打算在这儿长住下去。简单明了地告诉他们你是这一社区的一个稳定的成员，而不是飘忽不定的人。

有残疾

据调查，许多被调查者都认为聘用残疾人会给他们单位带来困难。

最重要的是，不要以为与你聊天的人懂得你的残疾的技术细节。我还觉得应随便谈谈你怎样在其它工作岗位上克服残疾工作的，不过要记住说的时候要用一种理所当然的口吻，无论如何也要避免用叫屈诉苦的腔调。这样不但使面试者感到放心，还使他确信你未来的同事将会欣赏你的能力与态度。

你不会找一个你做不了也不该做的工作。那么做当然很愚蠢，因为那样就意味着你在追求一个你没有能力承担的工作。也许，你的残疾与做好这份工作无关，但如所说的，老板会自己判断聘用最适合工作的人选，这也就意味着残疾人也要与其他人竞

是先培养良好的非正式人际关系后，对正式的人际关系才有帮助。一方面要谦恭有礼地维持正式的人际关系，另一方面也要亲身投入非正式的人际关系的组织中，如此才能成为一个成功的白领。

三、好汉不言勇

某家中小企业机构，有一位主管，已 52 岁了，他是从某大公司跳槽过来的。他在公司内的每一场会议中，或多或少都会谈起以前公司的种种好处。所以常引起年轻部下们的不满：在背地里大肆地批评他说："唉！别开玩笑了，既然以前的公司那么好，何不干脆就回到以前的公司去呢?"这位主管毫不理会这些批评，仍然我行我素，甚至发牢骚，说和部下无法沟通。

到了新公司以后，不要将其与原公司进行比较。大谈原公司的好处或是坏处都是不明智的，尤其是把原公司的一些规章制度和做法当作你说服现任上司的依据。即便你是领导，也不要用原公司的一套来要求你现在公司的职员，如果真是有益的经验，也要学会在潜移默化中影响别人。

常见跳槽的人在新公司中，大谈以前公司的情况，尤其是从大规模的企业机构转到中小企业机构的人，常有这种情形。这种情况就如同对现任妻子称赞起前妻的好处一样。这种话任何人听了心里都不是滋味，所以你应该谨慎避免这些行为。

例如，在开会的场所大放厥辞："我在以前的公司就是采取这样的方法"，或是"这个问题在以前的公司，从没有人拿出来作议论的题材"。如此的言行无论如何，都应避免。

你企图把别家公司的作风，强迫推销给他们，这样的比较方式，总令他们深感不愉快。在以前公司所学习的事项，现在能加以利用，无疑是件好事。但是这时，千万不要说是以前公司施行过，应说："这是我个人的意见……"用这种方式才合乎常情。如果真是非常不错的构想，也可借此抬高自己的身价。如此一来，岂不是一举两得吗？

四、坚持自己的目标

"初志不可忘"是所有想成功者的座右铭，为了日后的成功，必须仍保有下决心时的志气。

有时候，对寄予过高的期望值，会觉得理想与现实之间的差距很大。其实，任何一家公司都不是十全十美的，想要一切如愿不太可能。适时地调整自己的心态，即便确实不尽如人意，你还是有机会的，全当它是一次经验。

经过一连串的反复思索，把各式各样的公司拿来比较，最后选择自认为最理想的公司。所以，入行是你在下定决心，且有心理准备的状况下而付诸行动的。可是等你满心欢喜地进入新公司一看，竟然与自己期望的情形大不相同；使你跌进严酷的现实里，不能依自己所期待的去发挥。

谋职的人，难免会碰到这些障碍，只因为你对职业所持有的期望太大，所以才会觉得实际与想像的差距竟然如此大。现实上所遭遇的阻碍，往往像是在诱导你参加"跳蚤症状"的行列一般。

五、扭转立场，重新定位

刚踏出学校的新人，初得公司聘任时，心中无不充满喜悦，满怀希望跃跃欲试。但是对于那些半途放弃前职，重新进入新公司的人而言，仿佛身处雾中独自摸索，内心的不安可想而知。当新进的员工在工作岗位上稍有闪失时，周围的人会说：“啊！他是新手，总是难免的。”代之以同情的眼光原谅他。

自己必须先有心理准备，无论哪一家公司都有它的特色、风气等；明争暗斗的商场上，没有人会欢迎半路杀出的“程咬金”。当然再别妄想他们会以同情心对待你。也许表面上，不会表露出明显的排斥态度，但是总会为本身的利害关系，无时无刻不注意你的一举一动，担心你有一天会爬到他的头上去。他们以严厉的态度对待跳槽者，每每要求你必须达到他们预期的效率。

在商场如战场的企业界，抱着姑且的心理就是一种错误，尤其年纪愈大的企业人，为了这些不堪负荷的重担所操心，更是显而易见。虽然有不堪担负的重任，但是也有新的机会。比方说，以你的能力在以前的公司，由于年资或是学历上的阻碍，无法如愿升迁。但是现在的公司，认为一个职员只要有实力，就可以发挥自己的才能，因此应把握住机会和自己的重责，转变成工作的原动力，以积极的态度与坚强的意志，全力以赴才是最重要。

不要害怕受排斥，因为排斥是一种“好奇与羡慕”。所以，你不妨把排斥当做是自己受众人注目的现象，就能够将此变成达到目的的原动力。

要诀六：

职场秘笈，招招封喉
——谋职实用六招

一、机智跳槽三步曲

动用自己的关系网。俗话说：“强扭的瓜不甜”，找一些在本单位举足轻重的人物帮你，让他们在你的领导面前“吹吹风”，委婉地提醒领导，你去意已坚，即便你勉强留下来，对以后的工作开展也无益。相信你的领导得到这些信息之后也会在心里权衡利弊的。

自己找领导坦诚地谈一次，说出自己的想法和希望。同时对领导所给予的目前这份工作和对你工作上的帮助表示真诚的感谢，让他们感到你是真正尊重他们。这算是感情上的沟通吧。相信大多数领导都有同情心和宽容心，能心平气和地和你解除劳动合同，放你走。

学会道歉。因为提前解除劳动合同的是你，你应该向领导和单位道歉，要发自内心。这样，一般领导都会产生一种包容心，你就能实现“跳槽”的目的了。

这就是我朋友的成功“跳槽”三部曲。不过，我想到了事情的对立面，即“跳槽”失败后怎么办？我以为，即便跳槽不成也不要耿耿于怀，对工作也不能三心二意，踏踏实实干好目前的工作，才是自己的本分。

二、成为择业专家

大家总在感叹“中国学外国的东西，起初都不错，可最后无不走样。”这句话道出了中国人一个最大的弱点，那就是看到了差距，却因为种种原因不愿去弥补与缩小。我们拿 Nike 运动鞋与本地的狼牌运动鞋作比较，在质量上孰高孰低自不待言；在品牌形象方面，Nike 也强于“狼”；还有就是在赞助各种体育事业上狼牌不行。于是，每个人都在想，如果我能加盟这样的公司该多好。但在我们羡慕 Nike 员工选择工作好眼力的同时，我们应该沉思一下，Nike 的员工放到狼牌是否也同样能做出一番事业呢？其实在质量、品德上的差距都是表面现象，实际上这些说明 Nike 的员工能够正视自己看到不足，不断挑战和超越，从而使他们的个人素质与企业文化氛围相互结合，相互选择，获得不断完善，不断进步的推动力。因此，称 Nike 的员工都是择业专家或本行业中的专家一点也不为过，这个择业专家怎么理解呢？

高学历就是专家吗？

高学历不一定是专家，专家一定是复合型人才。这一点，搞电脑软件设计的谷女士深有体会。自从两年前成立公司以来，为了设计工商系统运用的软件，不知花了多少时间去实地了解工商系统具体的运作程序，在此基础上再加上自己掌握的设计原理，才取得了成功。按她的话讲，即使有高学历，光懂设计原理，而不知道客户的需求，是设计不出好软件的，这样也不能成为本行业中的专家。

人人都想成专家，最先想到恐怕就是高学历了。这些年读夜校的人不在少数，他们学各种各样最新的知识，这本是件好事。

可他们为成为专家而去读本职无甚联系的课程，这就不对了。事实上，读与本职有联系的课程后，晋升与加薪的机会大大增加，而且对自己的工作裨益颇多，使自己能更全面更透彻地分析把握本行业的发展动态，从而使自己向专家迈进了一步；反之，读的和从事的工作没有直接的关系，尽管得到了学位，但却造成了以前的工作经验与今后所从事的工作关系不甚密切，也就是成了高学历但不熟悉本行业的新手。

个人修养不重要吗？

是否是专家，还需要社会来评鉴，如果一个人专业知识精，道德意识差，其素质和人品都会大打折扣，也就称不上专家了。专家是龙不是虫。专家必定对自己严格要求，对待工作应该极为认真，事事亲理亲为，而不是说："你们看着办吧！"中国的不少从业人员，特别是不少白领，正是陷入了以上误区，造成了总以老大自居，到了发觉落后时，不是不知所措坐以待毙，就是莫名的急躁。表现在择业上，就是老想着从低层次跳槽到高层次，导致低层次的东西始终追不上高层次，这种恶性循环的后果，使本身存在的差距越来越大，而且更会使自身一事无成。

松下公司的大小员工都称自己为松下人，这谈不上"生为XX，死为XX鬼"，但他们的确有着执著的追求与信念。只要看到不足，就会运用自己的聪明才智去追赶差距，永远处于自我挑战自我超越的状态，为本公司贡献出一生。而不是以同一档次或低档次的东西作为参照物，那样只能导致自满与堕落。从这一角度看，具有终生奋斗，不断超越的本色的人才是真正的专家。

还能被称为专家吗？要成为真正的专家，应当不断进取，不断完善自我，使自己的知识和能力永远处于本行业的前列。因此，每个人的奋斗目标不是相对的被称为"专家"，而绝对的超越——此为专家之真谛。

跳槽能成专家吗？

专家在不少人眼里，除了有高学历外，不外乎还有两点：一是职位高；二是薪水多。所以不少人都希望自己的名片早日印上“经理”或“总监”之类的头衔，都希望自己的薪水越来越多，认为这样就是本行业的专家了。实际上，那不是你尚未找到下一个你需要克服或超越的目标，就是你无法正视和面对这个尚未超越的障碍。既然仰视困难感到太累，只好三十六计走为上，走曲线绕过障碍再说。

三、与猎头公司交朋友

这样的高招一定招致老板的臭骂，但其实质是：机会成本对城市白领来说，是自身价值的一种新的计算方式。

中山大学社会学系的殷一平先生近日出版了一部不错的社会学作品——《高级灰》，书中，他对中国目前的白领阶层和他们经常性的跳槽行为作了描述，对一些尚在犹豫的高素质人才来说，或许有一些启发。

中国最早有猎头公司（HeadHunter）或称人事顾问公司不过是90年代初的事，但到了90年代中期已发展成为一个行业，猎头公司生意兴隆得益于那些急于改变自身境遇的外企人。

我知道的一个某著名计算机公司市场部经理在跳槽前月薪不过1万元，但跳槽后不仅升任新公司中国区经理，薪水更涨至月薪3万元。那时是1995年，当时外企一个市场部经理的薪水在4000～8000元之间，首席代表在1万～2万元之间。这还是北京地区的标准，中国其他城市比这还低。

猎头公司搜寻猎物，首先会寻找那些大公司中的佼佼者。这些人通常外文好，受过正规的专业训练，有过良好的业绩及较为成熟的实际经验，尤为重要的是有广泛而到位的关系网络。

选中“目标”后，猎头公司就会给“目标”打电话约见，许以优厚待遇，直至说服“目标”接受这样的条件；“目标”也会给自己开出更高身价。猎头公司乐意帮助“目标”实现他的愿望，因为这意味着猎头公司可以抽取更多的佣金，当然客户一方的利益，猎头公司也会考虑如何照顾。毕竟没有客户，他们也就没有生存的价值，所以那些尝试跳槽的人经常会被猎头们杀价。经历得多了，外企人就有了经验，再报价时一般都比自己现在的薪水涨一倍。“目标”在成功跳槽后，薪水翻一倍、职位升一级是必然结果，这时他们会将猎头公司的重要性加以传播，引来更多的外企人投身于猎头公司的账下。一家猎头公司有一个几千人的储备是能顺利开展业务的基本条件。许多外企中人也因为这些猎头公司的存在而颇为受益。

当然，并不是每个外企人都很“幸运”地被猎头们争相猎取。猎头公司既然从委托方那里拿到那么高的委托费——通常请一个中层职员是最后成交月薪的2～3倍，请一个高层职员也相当于其月薪的两倍左右。这就意味着每替委托方找到一个人，猎头公司可以挣3万～5万元——他们就必须做到能够令委托方满意，否则，他们就很难再揽到生意。

我知道的一位朋友在某公关公司做公关经理，后经猎头公司推荐，进入一家跨国集团任中国地区市场推广经理。虽然头衔一样，但因两家公司的实力相差悬殊，他的工资也就相差一倍，而所得除了每月1万多的月薪，更有出国机会，培训机会也增多，他因此成长得很快，现在的身价已非昔日可比。他曾说过：“能进入这种国际级的大公司本身就是一种升迁，如同镀了层金，你会成为其他中、小公司竞相争夺的对象。”他现在和太太已准备买房，尽管这可能会花掉他们大部分的积蓄，但因为是在这种大公司工作，他并不担心买房后需要为生计发愁。三四个月后，他又可以有一笔普通工薪阶层需攒上几年才可能有的储蓄。

你若能被猎头公司注意到，你就有可能像被大户盯上的股票一样，几经翻炒，立刻身价倍增。

猎头公司的人后来觉得生意难做，也在于他们很难说服应聘的人降低一点身价。

在上海，一家中资公司想招一位驻沪办事处首席代表，猎头公司推荐的人开价都是8000元以上，一个销售经理也是5000元。

四、以退求进，逆向谋职

“马斯洛需求”表明人的需求有递增性、层次性：生存——安全——交往——尊重——自我价值实现。河海大学社会学教授陈刚日前曾问毕业生：若清洁工的月薪是3000元，老师的工资是1000元，你怎么选择？有15%选择了清洁工。在大学生就业市场上，也经常可看到，一些学生了解单位情况时，首先询问工资。这些同学的想法是：立业先要成家，成家需要钱。

以前人们跳槽，总是“跳”向大公司；现在有些人眼睛开始“向下看”了——“逆向跳槽”，以退求进。

李先生本是深圳一家大公司的老总，现在却跳槽到南京一家民营科技企业当销售总监；梁小姐本是一家知名合资企业华东地区经理，现在却跳槽任一家名不见经传的内蒙公司的宁夏代理，如今，此类“下跳”，时时可见。

陈刚教授称这种现象为“逆向跳槽”。统计资料表明，人们跳槽，一般往工资多的、职位高的、公司大的、地区好的方向跳，现在怎么“逆向跳槽”的愈来愈多了？其实“逆向跳槽”是

"人才流动"发展到一定阶段的必然现象，因为人才的需求层次，总会不断地发生变化。

改革开放之初的下海者，很多人的第一驱动力也是"钱"，有一位年轻记者南下经商时说："找老婆、买房子，都要物质基础，当记者致富太慢。"现在这些人大多有了些钱，便开始了新的追求，"逆向跳槽"在他们中首先开始了。一位年过半百的杨先生追求"安全感和社会地位"，于是又返回院校当老师；那位年轻记者当初弃文经商，现在又干起了自己本就喜欢的记者职业；那位深圳李先生，下聘销售总监之职，则是想"实现自身价值"，他要销售的，是可以和"洋创可贴"一较高低的国产高科技产品"纳米银"，这种世界市场的争夺战，令他意气勃发。

在"逆向跳槽"的波浪中，还有着不少年轻人，他们在改革开放的环境中长大，头脑中原本就很少有"一次分配定终身"的概念，口袋里稍有些钱后，就迫切地想去追求更好的发展机会。

五、骑驴找马，边干边学

骑驴找马在确定得到下一个工作之前，别轻易辞掉现在的工作，你可以一边干一边找，在有了新工作的确定消息后，再作决断。记住任何时候骑驴找马都是有益无害的。

知己知彼：文弘一直特别想当一名白领丽人，因为一个偶然的机会跳槽到了一家美国公司，但是在进去之后她才发现，这个公司的财政状况并不是很好，资金相当紧张。文弘这才明白不是所有的外企都好，她特别后悔在来之前没有对公司做必要的调查和了解。记住，一定要对你要加入的新单位有一个清楚的认识之后再做决定。

沉得住气：小冰去了一趟人才招聘会，有一家大公司表示愿意录用她，她心里很高兴，回来后忍不住把这件事告诉了要好的同事小张。两个星期后，小冰发现办公室有不少人已经知道她要跳槽的事。原来小张并不是故意出卖小冰，只是因为跟小李关系很好，就忍不住把小冰的事告诉了小李，结果小李也有其他要好的同事，这样一个传一个，小冰要跳槽的事就长了翅膀，最后就飞到了领导的耳朵里。

六、避开职业忌讳

有些求职者漫无目的，方向不明，就不可取了。以下四种是最忌讳的：

一是头脑发热，意气用事。有些人的工作岗位及待遇均不错，仅是为了一点小事跟上司或同事意见不和，便不够冷静地跳槽而去，结果酿成更大的遗憾。所以，一定要保持头脑清醒，冷静分析，权衡利弊之后再决定。

二是随意改行，见异思迁。这些人很少考虑自身的专长，每一次换行都成为新手。因此，难以进行知识与经验的积累，也很难成为某一行业的佼佼者，最终沦为求职大军中的落伍者。

三是不加分析，偏听偏信。这种人做事缺乏主见，听到别的单位薪酬高或人家轻率的承诺就不假思索，不考虑自身长远的发展。到了新单位后发觉并不理想，又再跳，进入恶性循环。

四是急于求成，过于频繁。有的人为了博得既高薪又能一展所长的工作，不断变换工作及环境。其实，每个人自身的“含金量”是靠日积月累才能逐步增加的，没有敬业乐业的精神，干哪份工作都不可能有成就感，也不可能增加自身的“含金量”。

附录：

诺基亚职业经理访谈录

现在高级管理人才“跳槽”的不少，因而“跳槽”后如何尽快完成角色转换的问题也随之成为人们经常考虑的问题。近日，记者采访了诺基亚中国公司的副总裁刘持金先生。

记者：不同的企业有不同的企业文化，作为高级经理人怎样对待适应不同的企业文化，刘先生不久前刚从爱立信中国公司到诺基亚中国公司任职，能不能切身谈一谈？

刘持金：对这个问题我只想谈谈我的个人体会。首先要准确理解和把握新公司对你的期望，这跟企业文化关系不大，把握新公司对你期望值的深度和宽度，会对你的工作很有好处。有的职务听起来可能都差不多，都是副总裁，但工作性质可能会完全不一样。

其次，对新公司的企业文化要有一个客观的评价，然后自己作一个有关两个公司企业文化差距的分析，再结合自己的性格特点决定该怎么做。一个企业文化的形成不是一朝一夕的事，再好的管理者想去改变一个企业的文化都是不明智的。通常可以采取的做法就是找一位新公司的老员工做你的良师益友，这位良师益友最好比你的职务高或是平级，在公司工作的时间一定要长，但不要是你的顶头上司。这样半年或一年的时间你就可能完全融入到新的企业文化之中了。

第三，还有一个万变不离其宗的原则，就是以不变应万变。不论什么样的公司、无论什么样的企业文化，都有一些基本的要素，比如对人的尊重、诚恳以及虚心好学等等美德，都是打开你走向任何企业的成功之门。

记者：“以人为本”是诺基亚企业的精神性口号，这句广告词，对诺基亚在经营、销售上的使用产生了什么重大的影响?

刘持金：“以人为本”这句广告词不仅仅是口号，它首先体现在产品设计上，诺基亚手机的“人机界面”就设计得很人性化，这一点从其销售量上就早已证明了。“以人为本”的口号还表现在其内部管理上。在诺基亚最不倡导的就是解聘员工，人才流失率在所有高科技行业中算低的，连5%都不到。“如果我的员工是生活在恐惧中，那他就不会有创造力”诺基亚总裁如是说。正因为此，诺基亚在选拔人才的时候非常严格，一般都要经过笔试及几轮面试。我进诺基亚的时候光笔试就长达3小时。

要诀七：

轻轻地我走了，不带走一片云彩
——办好辞职的技巧

辞职也是一门学问，不仅要选择恰当的时机，还需要用恰当的方式，搞好与原单位的关系，这对你未来生涯的成功是不无裨益的。当你决意跳槽，并且新工作的目标已经基本确定时，就该考虑怎样辞职的事宜。你应该遵守辞职的规则，尽量把辞职做得完美一些，从而体面地离去。

一、阐明辞职理由

不能不辞而别

眼下一些人把随意炒老板的“鱿鱼”，当成一种表现自我的潇洒，当成现代人应具备的气质，认为搞市场经济，就应当鼓励人才流动，如果你不准走，我就“先走后奏”或“不辞而别”。笔者认为：此风不可长！

诚然，市场经济要求资源包括人才资源合理配置。但这种合理的配置，应该是有序的，不能今天这里工资高就在这里干，明天那里工资高就“不辞而别”到那里干。国家人事部于 1996 年印发的《人才市场管理暂行规定》，对人才流动过程中用人单位、应聘人才双方权利、义务作了明确的规定："应聘人才离开原单位时，应当按照国家的有关政策规定，遵守与原单位签订的合同(或协议)，不得擅自离职。通过辞职或调动方式离开原单位的，应当按国家有关辞职、调动的规定办理手续"；"应聘人才离开原单位时，不得私自带走原单位的科研成果、技术资料等，不得泄露国家机密和原单位的商业秘密，不得侵犯原单位的技术权益"。可见，"不辞而别"与此法规是相悖的。

在日本一些大公司、大财团凡招员工，如果某个人主动"跳槽"的次数过多，就首先被剔除了。所以说，那种想到哪里就到哪里的想法，在人才市场上是不受用人单位欢迎的。

其实，在现实生活中，频繁"跳槽"的人员在人才市场上不受欢迎，越来越多的用人单位在招聘人才时，除强调人才确有真才实学外，往往还看重人才的敬业精神。一个大学本科毕业生，在短短的半年内，一连换了四个单位，后来招聘单位都不愿聘他。理由是：这种人追求往往不切实际，对企业缺少责任感，用不起。

作为人才，一方面应多学学有关人才流动方面的政策、法规，弄清自己有哪些权利，该尽哪些义务；另一方面，确需"跳槽"时，应三思而后行，按有关政策、法规去办理有关手续。找到理想职位后，就应把安于职守、努力钻研本职业务，作为一个从业者的基本的职业素质。如是，才不至于在市场经济的海洋里溺水。

辞职的十大理由

事实上，既然打算跳槽就必须下决心，证明若是继续留在公司，对自己确实会造成损失。如果找到这种证明，认真分析，就能以较为客观的立场，阐明自己想要辞职的理由。以下为辞职归纳出10个原因：

1. 公司属于家庭企业，任凭自己再努力，也决无成功的希望。

2. 公司的负责人无意扩大公司规模，再继续呆下去，也是徒劳无功。

3. 公司向来不注意开发新产品，使得业务状况局限在某限度中，难以突破，所以跳槽另谋发展。

4. 公司营运情况不佳，几乎濒临亏损，薪水无法再提高。

5. 待遇比其他的公司低了20%，没有调整的机会。

6. 优秀的人才相继离开，留下的都是缺乏进取自信心，在这种缺乏前瞻性的公司中，只要自己仍有积极进取的信心，不如另谋高就。

7. 整个公司上下，缺乏活力、死气沉沉，再继续呆下去，就会被周围气氛感染，变成一个缺乏斗志的人。

8. 无论认真地工作或是敷衍了事，薪水待遇都一样，不是一个“能力主义”的公司，只要求不要请假，不要迟到，不要不做的“三不主义”公司。继续留在这种地方，没有任何前途可言，不如辞职算了。

9. 每天上班好像泡温水般地不冷不热，继续留在那里，根本没有半点好处。

10. 认为若继续留在原公司里，恐怕会使自己的能力越来越降低，因此不能再待下去。

以上就是10个不得不辞职的理由，你若对跳槽辞职理由抱着不知如何启齿的态度，不妨把前述这10项理由分类图示化，就可以归纳出自己想辞职的真正理由了。

在做这些归纳的工作时，你必须尽量站在客观的立场，不能带有丝毫的成见，才能确定整理出问题的所在，想出解决问题的办法和途径。

二、正确的辞职程序

做任何事都要有个规则，按照一定的程序和步骤有条不紊地进行，才能保证事情完成的效率，辞职也不例外。这里，我把辞职归纳为以下几个程序：

1. 决定辞职；

2. 选定辞职的日期；

3. 申请辞职；

4，整理未完成的业务、办理移交；

5. 归还文具及办公用具；

6. 辞职；

7. 领取需要的文件证明书；

8. 转行活动。

在辞职的过程中，必须注意以下一些事项：

1. 申请辞职，必须按公司规则办理

按照公司的有关规定提出辞职申请，因为不同的公司对辞职可能会有不同的规定，认真弄清有关规定以及你曾和公司签定的劳务合约会使你避免一些不必要的纠纷。

无论何种企业机构，在企业与员工约法三章的规定中，辞职必须在几天前提出是普遍的规则。这是一项很重要的辞职步骤，千万不可忽略，否则出其不意地向公司提出“我明天要辞职”，让公司一下子措手不及，最容易破坏原本相处融洽的劳资关系，引起一些不必要的纠纷。

2. 以书面报告的方式提出辞呈

以书面报告的方式向公司提出辞职，这是一个很基本的常识。偏偏有些人会忽略这一点，只以口头声明，日后引出“你知不知道你这样突然离职，使得公司原本规划好的作业程序完全被搅乱，损失多大吗?”“我已经向您说过我要辞职。”“说？你跟谁说？什么时候？无凭无据……”诸如此类的纠纷与冲突。因此，一定要向公司主管提出书面的辞呈，填妥辞职日期之后，正式而且慎重地将辞呈递出。

正式提出书面申请，以书面报告的形式向上司说清你辞职的理由，打算何时离开等。不要只进行口头申请，随便打声招呼就远走高飞，这样做不仅不严谨，还可能带来一些麻烦，比如公司可以以“口说无凭”为由投诉你擅离岗位而给公司带来损失。

3．保持有始有终的负责态度

一般企业都有旺季、淡季之分。工作的繁忙也如波潮一般，有高低起伏的时候，犹如百货公司通常在换季及岁暮时期最忙碌。你若在此时提出辞职，不免让人认为你是个缺乏社会常识，不懂人情世故的人。所以辞职的时刻，最好选择公司业务的淡季，同时，保持有始有终的负责态度。

4．业务的交接要尽职尽责

离职前处理公司的事务应有头有尾，不要随便地推托。应保持着刚进公司时的负责、敬业的态度，坚持至离职前的最后一刻，才无损于自己的人格，并给人留下一个深刻美好的印象。

5．给继任者一个方便，把经手的事情内容一一详注清楚

以负责的态度完成工作交接。在你的工作告一段落之时提出辞职，同时做好一切交接工作，给继任者提供尽可能多的方便，如果有可能和需要，你可以协助继任者工作一段日子，在其完全接手后再离去。

不可留下一大堆烂摊子，让接替你的人，无从着手接办。应把经手的事物内容一一详记清楚，这举手之劳的工作，对自己总是有利无害。

6. 向公司借用的物品或金钱要列成表格，即刻归还

不要认为这是繁杂的工作，而把它给忽略掉。

三、选择恰当的辞职时机

三思而后行，先考虑 自己的工作是属于哪一种性质，然后在自己工作告一段落的时候，向公司递出辞呈，如此才不失为明智之举。

无论是哪一种机构，一般而言，从提出辞呈到完全离开公司，大概都要两个星期以上的时间。就业规则上所规定的时间，多半是一个月左右。让公司有一个缓冲期，来重新指派接替你工作的人。甚至有些公司会要求高级干部和熟练的技术人员，必须在两个月之前就得提出辞呈，因为人员的训练不容易，而替补高级主管的适当人选也不易决定，故需要有较长的时间培训人员和考虑人选。

职业场上多一个朋友总比多一个敌人好。

不要以为辞职是自己的事情，就轻率地依照自己的方便决定离职日期。虽然辞职是依据个人去留的意愿，不能丝毫勉强。但是在辞职的过程中，除了自己扮演的辞职角色，还有公司所扮演的接受你辞职的角色。所以辞职是双方面的事，必须以较客观的态度考虑对方的立场。尽量以和为贵，不要一意孤行，平添麻烦，而且会伤了大家的和气。

提出辞职要求也应避免在公司欠缺人手的时候，因为这太不近人情了，一个成熟的人应该不仅能为自己着想，还应该为别人着想。

公司业务的繁忙期，不只在公司本身对外营业的旺季，还有会计部门为每年的结算期引起的忙碌，此时公司上上下下，无人不兢兢业业地操持着自己份内的工作。再者，身为公司的技术人员或业务企划者，参加生产计划的同事们，正忙碌地加班时，你却突然开口说："我要辞职。"岂不是存心跟公司过不去，不免被人批评是缺乏敬业精神及不懂人情世故的家伙。所以选在此时辞职的人，实在是不够聪明。

四、绅士般离去

如果你在一家公司已经干腻了，你又找到了一份称心如意的新工作，交接的日子里请注意保持自己一贯的工作作风，善始善终，保持你的名声，体面地离去。尤其是当你所换的工作仍属本行业或是你仍然在原来的城市工作，以下几点提示或许有助于你从容有序地、体面地离去。

对任何人都不表示异议。不指责、不否定，特别对你的上司，还有那些迟早会掌握权力的同事。你内心很想一吐为快，出一出长期以来积压的怨气。但明智的做法是管住舌头，给人们保留良好印象对你今后的工作是十分有利的。

当你在大公司工作顺利，似乎外面厂商、客户都对你奉承有加、形同兄弟的时候，你千万不可乐昏了头。甚至想，如果我跟老板闹翻了，自己去另立门户，大家都会跟我走。

据统计，客户跟业务员跳槽的比例是非常低的。因为：

第一，已经合作很久，既然没出问题，何必自找麻烦换地方。

第二，原厂的老板也是老交情，甚至交情远在那跳槽的业务员之上，何必为个部属得罪老朋友。

第三，许多人认厂不认人。如同猫常常认屋子不认主人一般。

第四，做老板的常向着做老板的。他下意识也不会愿意跟着对方老板的叛徒跑。何况这样做，会给自己手下留下坏榜样。所谓“己所不欲，勿施于人”。

第五，当有人跳槽另起炉灶时，原厂为了留住老客户，常会加强服务、降低价钱。既然已经在这“矛盾之间”获利，也就不必换厂了。

由此可知，除非你自立门户之后，条件远优于原来的公司，你是很难在短期获胜的，即使获胜，也常会两败俱伤。

所以，不论跳槽或自立门户，都得好好策划，而不能因为自己“狐假虎威”地得到些掌声，而错估形势。否则，你会败得很惨，甚至惨到在原来的圈子里待不下去。

不要在任何人面前抱怨自己在这里得到了不公平的待遇，也不必讲自己多有能力，付出了太多而报酬却微不足道。甚至预言一旦自己离开公司，上司会发觉损失太多。你要把情绪封存起来，准备把精力投入新的工作。必须明白：人走茶即凉。

不要拿走公司的任何资料。甚至连名片夹也不要带走，你只应拿走属于你的私人用品和你本人名片。

不少人试图在最后几周内消除多年来与上司或同事之间的不和，希望彼此保留好印象。这往往徒劳无功，或许默默接受既成事实更自然。

不要主动提建议。你也许好心地想在离开时向上司提些建议，但你既然辞了职，在上司的心目中就不再是真正的职员，你的建议或评论很可能会引起他的误解。

附录：

一封规范的辞职信

要离开现在的公司，到一个新的公司去工作，你就需要给现在的公司写辞职函，表明你的辞职意向，尽量继续保持与该公司的融洽关系。在你的辞职函中都应该以正面的态度，说一些对单位、对同事留恋的话，感谢他们对你的关心与帮助。然后，说自己的辞职是不得已而为之，并说明你离开工作的具体日期。

请看下面一封辞职函的例子：

尊敬的××先生：

在过去的一年里，得益于您及公司各位同仁的帮助，我在"公众服务"工作中学到了许多有用的东西。对您及各位给我的这些支持和鼓励，在此我深表谢意！

您可能还记得去年我与您的第一次会面，我曾说我的目标是想成为一名"特殊事业"的设计员。鉴于现在另一家公司已同意提供给我这个机会，所以，今天我只好提交给您我的辞呈。要离开您及各位同仁，甚为遗憾！

我准备两周之内离开我的工作岗位，但如果您需要我训练一位继任职员，我可以延长一周的工作时间。

真诚的感谢各位，并祝各位好运！

××

2000年8月8日

[评注]

这是一封较为规范的辞职信，该信有如下几个特点：

1. 感激性的开头作为一副缓冲剂。

2. 在提出辞职之前先申明理由。婉转的言辞维系了融洽的关系，为以后再接触作铺垫。

3. 本段说明辞职的具体事宜。

4. 一个客气的结尾软化了对方的失望。

要诀八：

遭遇司法

——掌握职业法规

一、劳动合同的签订与解除

劳动合同即用工协议，是用人单位与受聘人员之间就受聘人员提供劳务、用人单位给付报酬而签订的确立双方当事人各自权利和义务的协议。订立用工协议，应以国家有关劳动的法律、法规以及规章为依据，用工协议还应按有关规定履行上报劳动主管部门批准或备案的程序。须要公证的，应当经过公证。

劳动合同是求职人依法在用人单位就职的法律证明，工作期间需按合同办事，一旦决定辞职，亦需妥善解除劳动合同。

签订劳动合同

工作之前，受聘人首先要与用人单位签订劳动合同，考虑的内容需详尽，避免日后造成纠纷。

1．首部

（1）标题。居中写明：“劳动合同”。（2）招聘方受聘方。

2．正文

（1）前言。写明制订本合同的依据、双方平等自愿、协商一致等内容。（2）合同期限。没有一定期限的合同或以一项工作的时间为期限的合同，均应注意；有试用期限的，其试用期限按有关主管部门规定执行，无规定的，双方商定后，亦应写入合同。(3) 工种或职务以及工作要求。(4) 劳动报酬及生活福利待遇。(5) 劳动保护及乙方患病、伤残、生育等待遇以及养老保险办法。国家有规定的，按规定执行，无规定的，双方商定。(6) 劳动合同的解除。(7) 违约责任。(8) 双方商定的其他内容。

3. 尾部

(1) 签约双方。(2) 签约地点。(3) 签约时间。

附录一为标准的《劳动合同书》

防止劳动合同欺诈

作为求职者，要防止被用人单位的劳动合同所"欺诈"，应该从以下几个方面加以注意：

1. 掌握劳动法律知识

人们对此要有清醒的认识：劳动合同可以起到"劳动者保护神"的作用，在某些情况下也可能对自身造成伤害；只有知法、懂法，才能用法律武器保护自己，避开用劳动合同设置的陷阱；如《劳动法》赋予了劳动者在试用期内随时解除劳动合同的权利，即不需承担违约责任。劳动者可充分利用试用期对劳动定额、劳动条件、劳动保护等情况体会、适应和实地考察，能干则干，干不了就依法解除合同，对个人不会造成经济损失。但这要有前提，即劳动合同有约定的试用期，否则，该权利无从谈起。因此劳动者要坚持合同中有试用期的内容，以便能使用它作劳动合同"欺诈"的克星。

2. 保持细心的态度

害人之心不可有，防人之心不可无。在市场竞争中大多数人是好的，遵循公平、诚实、信用的原则与职工依法签订劳动合同，但合同欺诈也不可避免地会出现，劳动合同当事人对此需要有充足心理准备，并采取积极的措施避免。如求职人员若希望获得企业口头承诺的优越工作条件、诱人的福利等把握性大一些，可以请有关人员将其内容写进劳动合同，即空口无凭，立字为证。

3. 杜绝草率签订

作为劳动者，签订劳动合同时，一是要看好劳动合同本身的内容；二是要知道劳动合同的附件、企业制定的劳动纪律和规章制度的内容（若该单位实行了集体合同，也须了解。）将以上条款尤其是关键词的涵义搞清楚，不但要知道企业要求的是什么，更要清楚没有做到需要承担什么后果，有了把握再签字。如劳动合同本身、附件或规章制度等规定了劳动者由于非企业原因解除劳动合同向企业交的惩戒性的违约金数额较多，劳动者解除合同的可能性较大时，采取的方法可以要求企业降低违约金数额后再签字，或签订较短期限的劳动合同，减少承担违约责任的风险。

解除劳动合同

在我国实行劳动合同制过程中，同时存在着“两难”问题：

一是全面推行劳动合同并不理想，劳动合同签订率不高。

二是签了劳动合同的，多因终止、解除合同的不善、不妥、不合法，引发了劳动争议。

为解决劳动合同的“善终”问题，应统一推行两种文书《终止、解除劳动合同通知书》和《终止、解除劳动关系证明书》(见附录)。应注意这两份文书的签订，以合法的方式辞职。

1. 纷争多在分手时。凡在劳动争议处理工作岗位上工作过的人都知道：凡因劳动合同引起的争议，80％以上出现在合同终止或解除这个环节上。深圳市劳动争议仲裁部门 1999 年受理劳动争议1万多宗，几乎百分之百是“见过官司各西东”。个别被裁“恢复工作”的，不久同样以“炒”结局。

2．**分手未必都争议**。之所以“纷争多在分手时”，原因在于我们的思路发生了偏差：劳动合同重签订，轻管理；重形式，轻执行；重头轻尾，不依法去终止、解除劳动合同。

原劳动部《关于实行劳动合同制度若干问题的通知》（劳动部发［1996］第354号）第15条规定：“在劳动者履行了有关义务终止、解除劳动合同时，用人单位应当出具终止、解除劳动合同证明书，作为该劳动者按规定享受失业保险和失业登记、求职登记凭证。证明书应写明劳动合同期限、终止或解除日期、所担任的工作。如果劳动者要求，用人单位可在证明中客观地说明解除劳动合同的原因。”“终止或解除劳动合同除应按上述规定出具证明书外，还应履行用人单位内部规定的相关手续，如工资、经济补偿金的结算，工作、业务的交接，档案移交职工新的工作单位，无新单位的，应转到职工本人户口所在地等等。如果需给付对方违约金或赔偿金的，应交付完毕方能办理结束劳动关系的手续。”

但是，在实践中，我们基本上没按以上规定执行。“炒人”很随意，跳槽亦不客气，这是引起争议的重要原因。

3．**依法操作两份书**。要避免此类劳动争议的发生，应采用两份文书——《终止、解除劳动合同通知书》和《终止、解除劳动关系证明书》，辞职员工应督促单位采用这两份文书，以保障自己的权益。

其中《终止、解除劳动合同通知书》（一式两份，就附印在《劳动合同书》之后。当任何一方需要合同期满终止劳动关系或需解除劳动合同时，即按格式复写，并将一份送达对方即可。）这样既现成、方便，又严肃、认真。按程序操作，有据可查。随意性“炒人”少了，依法成份就大了。

《终止、解除劳动关系证明书》也一式两份，事先印好，但只由用人单位保管待用。当任何一方收到《终止、解除劳动合同通知书》，并就双方办毕终止或解除劳动合同的相关手续时，用人单位即应复写《终止、解除劳动关系证明书》，并将其中一联交劳动者，以示劳动关系的最后终结。这样，劳动关系就不会拖泥带水，或藕断丝连，争议不断了。

二、商业秘密的保护

随着人才流动，企业的商业秘密也随之流失，这是不争的事实。特别是一些掌握企业商业秘密的高级技术人员、经营管理人员和高级研究人员把单位的商业秘密提供给或披露给自己所去的新单位或利用单位的商业秘密自办企业，这损害了原单位的利益，给其造成了经济损失。

商业秘密是企业的无形资产

商业秘密具有保密性、价值性和实用性。它是企业重要的知识产权，是企业的一种无形资产，在企业发展和市场竞争中有十分重要的作用，一旦被泄露并被竞争对手加以利用，或者离职人员利用掌握的商业秘密自办企业，商业秘密权利人不仅难以收回其研究开发资金，而且也难以维持其竞争优势。再如经营信息，在许多场合下比技术信息更为重要，往往是一个企业通过长期公关活动和信誉建立起来的经营网，一旦被他人，尤其是同行业的竞争对手所探明，就会失去竞争优势，尤其是在企业还没有建立管理完善的客户资源网络之前，企业就会因掌握经营信息的员工的离开而蒙受重大损失。据了解，在“现代城”事件中，中国第一商城与现代城一路之隔，而且两者在规模、风格、定位、价格和客户群方面都接近，被挖走的房地产销售人员正是掌握现代城商业秘密的人员。因此，商业秘密对企业具有实际或潜在的经济价值和竞争，是关系企业兴衰成败和生死存亡的重要因素，企业应对之严加保护。

所谓“竞业避止”是指企业与劳动者通过合同约定，劳动者在单位工作期间不得在竞争单位兼职、任职或提供咨询性服务，在解除劳动关系后一定期限内，未经原单位同意，不从事与原单位有竞争关系的工作。尽管在一些国家的有关法律或实践中，“竞业避止”得以认可，但它仍然是实践中一直有争议的问题。争议的根源在于如何正确平衡企业知识产权与个人择业自由，使其既能保护企业在知识产权上享有的正当权益，又要使这种保护不以非法损害劳动者的择业自由和劳动力正常流动为代价。

在我国，政策上允许企业签定“竞业避止”条款，目前尚无具体操作性规范。我国《劳动法》第22条规定“劳动合同当事人可以在劳动合同中约定保守用人单位商业秘密的有关事项”，也就是说，企业可以通过基于职业关系中双方当事人平等协议的基础中形成的契约性要约与承诺关系来保护其商业秘密。“竞业避止”规则应主要注意以下问题：

1. 适用范围

“竞业避止”合同只能适用于居于单位比较重要岗位、掌握企业商业秘密人员，而不是企业所有员工，针对企业所有员工而适用的“竞业避止”条款是无效的。“竞业避止”条款如果适用面太广，将使得企业所有员工或绝大多数员工不能从事自己的专业或发挥自己的特长，这无疑是对“竞业避止”条款的滥用，会导致劳动者择业权的丧失以及不合理地限制市场经济下应有的人才竞争。按涉密状况来分类，“竞业避止”规则适用于：

(1) 高级研究人员、技术人员、经营管理人员。这类人员是关键技术和核心秘密的全面掌握者，往往被竞争对手特别注意；

(2) 市场计划和销售人员。因工作需要，这些人员掌握着经营秘密；

(3) 财会人员。企业的财务状况中包含有大量的商业秘密；

(4) 高级文秘。秘书职责包括会议记录整理，文件的打印、管理和转发，其接触商业秘密的可能性非常大。

2. 合同内容

应主要包括以下两方面的内容：

(1) 受“竞业避止”的企业员工的义务。这是对劳动者择业自由的限制。具体来讲，就是劳动者在原单位工作期间或解除劳动关系后一定期限内，不得在竞争企业兼职、任职或提供咨询性服务，不得自行开展与原企业竞争的业务，不能从事原来岗位的工作，不能用其所掌握的原单位的商业秘密为其他单位，尤其是为与原单位竞争的单位服务，或者利用所掌握的商业秘密自办企业，以及不履行该义务所应承担的违约责任。如有关专利法规中确定，职工在调动工作一年内，作出与其在原单位承担的本职工作有关的发明创造，仍属于“职务发明创造”，申请专利的权利归原工作单位。考虑到商业秘密的特点及其他一些国家的规定，我国可考虑规定最长期限为两年。

(2) 原单位支付补偿费的义务。由于受“竞业避止”的企业员工承担了“竞业避止”的义务，选择工作受到影响，这必然会给其带来经济损失，如果不给予合理补偿，既不符合权利义务相统一的原则，使劳动者单方面蒙受损失，同时也会使企业滥用“竞业避止”条款而毫无相应经济支出。如果合同中没有经济补偿金的规定，劳动者则不受“竞业避止”条款的限制。在确定补偿多少时，要考虑四个因素：一是考虑这个职工所在岗位的重要性，向其发放不同的“不竞争津贴”或“保密津贴”，即考虑该岗位商业秘密的流失大概会给企业带来多大影响；二是考虑这个职工不从事这项工作大概会给他带来多大损失，即他从事别的职业和从事原来职业收入的差额，按照一定比例给予补偿；三是要考虑企业的承受能力，如果企业承受确有困难，则可适当缩短“竞业避止”的期限。国内有些企业对解除劳动关系且掌握企业商业秘密的人员，采取的做法是以离职者在岗最后一个月的工资额为标准，然后逐年递减，直至规定的“竞业避止”期限结束。

人挪活，没有错。人才的有序流动是市场对人力资源配置的必然结果，但在中国现实的工作环境中，都应该遵守其中的“游戏规划”。

案例：南京“机五医”跳槽风波

去年4月，南京机械五金矿产医药保健品进出口公司（以下简称南京“机五医”）突然发生一场“地震”：一名抓业务的副总经理带着5名科长、2名业务员，突然辞职，而他们掌握着公司利润的1/3。

说这是一场地震，一点也不过分，因为业务员携带业务秘密“跳槽”而使外贸公司陷入困境，甚至倒闭的事早已经屡见不鲜了。

但是，如今一年过去了，南京“机五医”在受到亚洲金融风波的冲击、全国外贸出口下降的形势下，仍取得1998年出口量与上年持平，1999年头4个月比去年同期增长4%的好成绩。

他们能顺利地度过这场“地震”，就是因为他们用法律手段筑起了保护商业秘密的藩篱。

亡羊补牢

事情得从1992年说起。这一年，南京“机五医”遭受到沉重的打击：历来被视为公司一根支柱的外贸科，在两个科长的带领下，突然整体跳槽。

熟悉外贸的人都知道，外贸业务的关键在业务员，而业务员的跳槽意味着出口业务的流失。外贸科整体跳槽的结果，使南京“机五医”一下子失了2000万美元的出口额，几乎占当年出口额的40%。

痛定思痛，他们备感保守商业秘密的重要：这些人能在外面发财，不就是靠着属于公司商业秘密的业务资料、收购和出口途径吗？他们想到了法律手段。1994年分房时的协议，是他们用法律筑起保密藩篱的第一招。

他们在协议中明确规定，凡干部因工辞职、自费出国等原因离开公司的，公司有权收回住房。

接着，他们又根据陆续发布的公司法、劳动法、反不正当竞争法等相关法律、法规以及地方的有关规定，同时根据外贸企业的特点，制定了《公司商业秘密保护规定》，其中特别明确了凡离开公司的员工，必须签定保密协议，否则不予办理必要的手续；已经离开的员工也负有保密的义务。

事实证明，这是非常有远见的一招。

至今，南京“机五医”的干部职工还把去年4月发生的事称之为“地震”：8名业务骨干突然集体跳槽，而他们的手上掌握着涉及公司1/3利润的商业秘密。如果他们就这样顺顺当当地跳了，公司无疑将增加一个强劲的对手。

商业秘密是公司全体员工多少年努力的结果，更是公司的命脉，怎么能成为少数人发财的资本呢？在这关键时刻，公司未雨绸缪，用法律手段筑起的藩篱发挥了作用：公司立刻援引保密规定，要求这些人先行签订保密协议，同时要求他们在办好离职手续前必须按协议交出住房。

这些人敢于跳槽，就是仗着手中的商业秘密，他们怎么轻易签订保密协议？何况住房本身也是一笔不少的财富。但是不签协议，不交住房，他们就得不到必要的手续！

他们也曾经闹过，但得不到多数职工的支持。于是，他们一纸申请，把南京“机五医”送上了南京市劳动争议仲裁委员会。

用法律来解决跳槽问题，保护公司的合法权益，这正是南京“机五医”求之不得的事。一方面，他们坦然应诉，另一方面他们也将不愿交出住房的跳槽人员状告到法院。

法是靠山

法律没有让南京“机五医”公司失望。

南京市劳动仲裁委员会审理后认为，几位跳槽人员与南京“机五医”公司签定的劳动合同有效，他们提前解除劳动合同，应承担劳动合同约定的责任，并按公司的规定办理离职手续。在办好规定的事宜之前，南京“机五医”有权不予办理必要的手续，而申请人提起仲裁的其他事宜，因为没有法律依据，也不予以支持。

先后负责审理南京“机五医”诉5名跳槽人员交出房产一案的南京市中级人民法院和两个区法院经过审理认为，跳槽人员在租住房屋时与南京“机五医”公司签订了租房协议，协议约定，被告跳槽，原告有权解除契约，收回住房，这样的协议是合法有效的，应当得到法律的支持。今年年初，两个区法院分别做出了要求被告在限定时间内交出住房的判决。5月底，南京市中级人民法院也做出了维持一审裁决的裁定。

南京“机五医”公司成功地克服“跳槽”危机，在南京的法律界、工商界引起强烈的反响。法律界人士认为，南京“机五医”公司的成功，就在于他们正确地运用了法律手段：根据有关法律法规制定管理规定于先，依法签订合同于后，当跳槽风波骤起时，才能从容应付。而企业界则从这件事中悟出一个道理：企业只有正确地运用法律手段，才能保护好自己的利益，包括商业秘密。

三、用法律保护自己的利益

慎签离职协议

某外企员工李某辞职，单位为其办理相关手续时附带了一个前提条件：必须与其签订一份离职协议。协议有这样的规定：乙方保证在职后的一年内保守甲方商务上及技术上的各种秘密，且不能被聘于甲方在中国市场上的主要竞争者，如果乙方以任何形式违反此条文，乙方将向甲方赔偿20万元。

如果你是李某，面对这样的问题，你会怎样做呢？这样的协议能不能签呢？

没有法律上的明确规定，提出者才可以从自己的角度去界定。当然，在这里，我们也暂且按照这样的思路理解下去。例如，在房地产业、保险业、广告业等诸多行业，企业利益的竞争很大程度上就是争夺客户的竞争。因此，客户信息对同一个行业中彼此相互竞争的企业来讲，就具有了特定的商业价值。而竞业避止的出现，恰恰从一个侧面在一定程度上保障了这种商业价值的实现。

由此，当我们把竞业避止再往后推进一步时，就自然到了保护商业秘密的层面上。从商业秘密的定义来看，是指不为公众所知悉的，能给权利人带来经济利益，具有实用性，权利人采取了保密措施的技术信息或经营信息；从其范围来看，它包括产品配方、制作工艺和方法、管理诀窍、客户名单、货源情况、产销策略等信息。显然，竞业避止的内容基本上涵盖在商业秘密的范畴之中，它也就顺理成章地成为保守商业秘密的前置措施。

维护自己的合法权益比什么都重要，实现合法权益靠的是自己的努力抗争。因此，一旦你面对一个关于竞业避止的合同条款，不管权利争取的过程有多么麻烦，毕竟是在为自己的权益保护建立一道坚实的屏障。如果限于种种条件，一旦你认可了该条款，就要为自己的签字负责，接受合同的约束，否则，就要承担相应的违约责任。

不懂法者吃亏多

近年来，随着人们更加注重发挥自身的才能，社会上的人才流动逐渐增多，但是一些企事业的干部职工在向单位提出辞职或终止劳动合同的时候缺乏有关的法律知识，使自身合法权益得不到维护。程小姐在广东某市场研究公司工作了 3 年后，感觉到公司不适合自己的发展，于是按有关法规提前 30 天向公司提出辞职申请，但公司方面一直没有给予明确的答复，每当程小姐要求公司早点办辞职手续时，有关人员总是说现在很忙，过几天再办吧。程小姐心想，自己在公司做了这么多年，公司不会一点人情都不给吧，于是在提出辞职的 30 天后离开了公司。

然而过了 2 个月，公司对程小姐的辞职手续仍然拖着不办，这下程小姐着急了，在朋友的指点下到劳动部门申请劳动争议仲裁，但由于已过了 60 天的申请仲裁时效，劳动部门不予受理，此时程小姐才明白公司拖延时间的目的。由于原单位至今仍未给程小姐办理辞职手续，使其无法再与其他单位签订劳动合同。

又如李先生向单位递交了辞职信后就离开了单位，但过了不久，李先生接到单位的除名通知，李先生很不服气：我已经辞职了，为何单位还要除名？后到有关部门查询才知道，根据国家的有关规定，在3个月的辞职审批期间，辞职人员不得擅自离职，否则给予开除或辞退。为此，有关人士提醒辞职人员，审批结果要以书面通知为准。

他为何被驳回申诉请求

案例：小张于1999年3月从河南省来京务工，被一酒家聘为厨师，并签订了为期1年的劳动合同。1999年9月，小张被该酒家解聘。小张不服，向当地劳动仲裁委员会提起仲裁，要求该酒家给予一定数额的经济补偿金，却被劳动仲裁委员会驳回申诉请求。小张的申诉请求为何被驳回呢？

这关键要看小张来京务工是否符合自1995年6月13日开始实施的市政府14号令《北京市外地来京务工管理规定》和北京市劳动局关于办理《北京外来人员就业证》的通知（京劳发[1995] 110号）的有关规定，即外地来京务工人员，必须持“三证一卡”方能合法地在本市务工，其合法权益才能受到法律的保护。

“三证一卡”是指：(1) 个人居民身份证；(2) 暂住地公安机关核发的《暂住证》；(3) 外来人员原籍县以上劳动行政部门签发的《外出就业登记卡》（简称《登记卡》）；(4) 外来人员持《登记卡》到务工所在地的区、县劳动和社会保障局办理《外来人员就业证》（简称《就业证》），《就业证》为“证卡合一”证件，《登记卡》必须贴于《就业证》的指定位置，《登记卡》必须与持卡人的情况相符，无卡的就业证无效；(5) 育龄妇女办理《就业证》时须持有暂住地计划生育主管机关核发的《婚育证》。

根据有关规定，《就业证》是外来人员在本市务工的合法凭证，未取得《就业证》的外来人员任何单位和个人不得招用。

对于小张的申诉请求，经劳动仲裁委员会审查，小张属非法务工。故此，其申诉请求被劳动仲裁委员会驳回。当然，对于非法用工的某酒家也应受到法律的制裁。

四、有关辞职的法律规定

1. 辞职应遵循哪些原则？

所谓辞职是指个人主动与所在单位脱离行政隶属关系的行为。辞职必须按人事管理权限，向所在单位或主管部门提出书面申请。所在单位或主管部门一般从收到辞职申请起，在3个月内，予以办理辞职手续并发给辞职证明书。但下列人员的辞职必须经过批准：

①国家和省、市（地区）重点科研项目的主要负责人和业务骨干，辞职后对工作可能造成损失的；

②在边远地区、少数民族地区工作的；

③从事特殊行业、特殊工种的；

④从事国家机密工作，或曾从事国家机密工作，在规定的保密期内的；

⑤经司法或行政机关决定或批准，正在接受审查、尚未结案的；

⑥法律、法规、规章规定的其他情况。

辞职应按规定程序办理手续，不得擅自离职。按照劳动政策法规规定：劳动者在合同期内提出辞职，应提前30天用书面通知用人单位，擅自解除劳动合同造成单位直接经济损失是要承担一定赔偿责任的。

同时，辞职时应有点君子风度，多一人帮助多一条路，在激烈的人才市场竞争下，难保“好马也要吃回头草”。

2. 什么情况下辞职人员可以保留全民干部身份？其工龄如何计算？

辞职人员辞职1年之内，去全民所有制单位、集体所有制单位、“三资”企业工作的，保留其干部身份；辞职人员从事个体经营、到私营企业工作或辞职1年之内找不到接受单位的，不再保留其全民所有制干部身份。

辞职人员被全民所有制单位重新录用，辞职前和录用后的工龄合并计算。

3. 富余职工申请辞职其工龄和生活补助费如何计算？

申请辞职的富余职工，经企业批准，在办理辞职手续时，企业应当按照国家有关规定发给一次性的生活补助费，标准是：家居城镇的，工龄每满1年，发给相当于本人半个月标准工资的一次性生活补助费，最多不超过6个月的工资；随户口转回农村的，工龄每满1年，发给相当于本人1个月标准工资的一次性生活补助费，最高不超过12个月的工资。再次就业后又申请辞职的企业富余职工，应按再次就业后重新计算的实际工作年限计发，其生活补助费，不得同以前的工作年限合并重复领取。但再次就业后的工龄可合并计算为连续工龄。

附录一：

劳动合同书

劳合字________年第________号

用人（甲方）单位：

聘用人（乙方）：

根据我国劳动法规和劳动合同制的有关规定，为明确用人单位和受用人的权利义务，经双方协商一致，特签订本合同。

第一条 甲方根据公开招收、自愿报名、德智体全面考核、择优录取的原则，自签约之日起，乙方为甲方的劳动合同制工人。

第二条 合同期限为________年______月______日至________年______月______日。

第三条 在合同有效期内乙方应完成的生产（工作）任务：

第四条 乙方在完成上述生产（工作）任务数量的同时，必须达到如下要求：

第五条 乙方的试用期为________个月。在试用期内，经发现乙方不符合录用条件，甲方有权解除合同。

第六条 在合同履行期间，甲方必须向乙方提供如下生产（工作）条件：

第七条 在合同履行期间，甲方根据国家有关规定和乙方生产（工作）的数量和质量应支付的劳动报酬：

第八条 乙方在职期间应享受的由甲方提供的福利待遇与劳动保护：

第九条 乙方因患病，或非因工伤及因工或因病死亡的应享受的有关待遇：

第十条 在合同履行期间，乙方必须遵守如下劳动纪律：

第十一条 解除劳动合同的条件：

发生下列情况之一时，甲方有权解除劳动合同：

发生下列情况之一时，乙方可以解除劳动合同：

第十二条 违约责任：

第十三条 劳动合同双方发生劳动争议时，应当协商解决；协商无效的，可以向当地劳动争议仲裁委员会申诉，由劳动争议仲裁委员会仲裁；对仲裁不服的，可以向当地人民法院起诉。

第十四条 双方约定的其他事项。

第十五条 劳动合同届满，即应终止执行。由于生产工作需要，在双方完全同意的条件下，可以续订合同。

第十六条 本合同正本________份，合同双方各执一份；合同副本________份，送单位备案。

用人单位：(公章) 受用人：(签名)

地址：

法定代表人：(签名) 委托代理人：

委托代理人：(签名)

签约地点：

签约时间：________年________月________日

附录二：

终止、解除劳动合同通知书

__________：

双方所签______年______月______日至______年______月______日的《劳动合同书》，现因下列原因之一通知终止或解除：（________）

（1）合同期满之日终止，不再续订劳动合同。

（2）劳动合同第______条约定的终止条件出现，现决定于______月______日终止劳动合同。

（3）试用期内的解除。本方决定于______年______月______日解除劳动合同。

（4）协商：拟于______年______月______日解除劳动合同，请对方回答是否同意。（但如送达 72 小时内无信息反馈视为同意。）

（5）根据《中华人民共和国劳动法》其它条款解除劳动合同。解除时间：______年______月______日。（第______条第______款）

（6）其它原因结束劳动关系。结束劳动关系时间：______年______月______日。（说明：________________）

对以上终止或解除意见无异议时，请于接到通知之日起______日内办好如下相关手续：

（1）工作、业务交接，于______年______月______日时前完成。

(2) 最后一月工资共______元，押金______元，经济补偿金______元，或违约金______元，代通知金______元，于______年______月______日时到______领取。

(3) 社会保险金已交于______年______月止。

(4) 档案处理意见：______________。

(5) 有关证件的处理意见：______________。

(6) 其它需办理的手续：______________。

全部相关手续办妥时，即发《终止、解除劳动合同证明书》。

特此通知

通知人签名：______（盖章）

签署通知时间：______年______月______日

说明：1. 本通知书一式二份：送达一份，存根一份。2. 涂改无效。

送达记录：受送人：______ 送达时间：______ 证明人：______

附录三：

终止、解除劳动关系证明书

姓名______、性别______、年龄______岁。出生：______年______月。

籍贯______省______市______县______镇。

身份证号：____________________

该员工于______年______月______日与本单位签订的《劳动合同》（从______年______月______日至______年______月______日止），已于______年______月______日终止、解除，并已办妥一切与劳动关系相关的手续。现在依法出具证明如下：

在本单位工龄：从______年______月______日至______年______月______日。

在本单位担任过的工作：____________________历任职务：____________________。

在本单位获得过的嘉奖和荣誉：__________________________。

最近三个月的工资待遇：______月份：______元；______月份：______元；______月份：______元。三个月的平均工资为______元。

其它需要证明的情况：______________________________。

特此证明

出具证明的单位：__________（盖章）

法定代表人签名：__________

______年______月______日

证明：(1) 本证明可作求职登记、再就业、或失业登记使用。

(2) 本证明涂改无效。

后　记

在现实生活中，很多人对自己的人生缺乏规划，只是盲目行动，结果影响了个人在更大范围和更高层次上的成功。本书力图在总结前人对职业发展的有关研究的基础上，系统地提出人生职业规划的理论，并前瞻性地指出21世纪的27种热门职业。最后，就求职、跳槽、辞职、劳动法律等人生职业发展过程中经常遇到的问题做了一些探讨，希望对求职者有所帮助。

然而，由于种种因素，加之编者才疏学浅，难免有一些缺憾和错误，敬请专家、学者和读者不吝赐教！

在编辑过程中，我们深切感到很多前辈学人已对职业问题做了大量深入的研究工作，并达到较高的水平。为了更好地指导求职者和大学生做好人生职业规划，编者参考了前辈专家学者的有关著作和报刊、杂志和网站资料，引用一些精彩论述，可以说本书是集体智慧的结晶，其中，有《21世纪人生兵法：营销时代的成功学》、《白领航图：你的一生要有一个计划》、《一网打尽：互联网带来的100个商业机会》、《强者生存》、《关键时刻中国人的选择》、《走向老板》、《就业宝典》等图书和51job、zhaopin、ChinaHR等网站。编者向这些职业咨询工作者致以崇高的敬礼，并深表谢意。

由于种种原因，编者与一些参考著作的专家学者没能取得联系。若涉及著作权问题或有意探讨职业咨询的人，请直接与编者联系。

通信地址：北京市海淀路175号中国人民大学2－98研＃21

世纪职业发展研究中心（100872）

E－mail：ZXZ369@sina.com

祝：各位专家学者研究成果丰硕！

各位读者人生职业前程锦锈！

编　者

2000年12月